应邀而来

半日闲斋读书札记·丙编

阿艾 著

中国出版集团
中译出版社

图书在版编目（CIP）数据

应邀而来 / 阿艾著. -- 北京：中译出版社，2025.
1. -- (半日闲斋读书札记). -- ISBN 978-7-5001-8153-8

I. I267

中国国家版本馆CIP数据核字第20244YC876号

应邀而来
YINGYAO ERLAI

出版发行：中译出版社
地　　址：北京市西城区新街口外大街28号普天德胜大厦主楼4层
电　　话：010-68002876
邮　　编：100088

特约策划：傅小英
责任编辑：张　旭
营销编辑：李珊珊
特约编辑：臧亚男
封面设计：黄　浩
排　　版：北京竹页文化传媒有限公司

印　　刷：北京中科印刷有限公司
经　　销：新华书店
规　　格：710毫米×1000毫米 1/16
印　　张：27.25
字　　数：350千字
版　　次：2025年1月第1版
印　　次：2025年1月第1次

ISBN 978-7-5001-8153-8　定价：82.00元

版权所有　侵权必究
中译出版社

阿艾读书掠影

本书出现的图书出版机构和出版时间信息均来自作者藏书,有些作品的版本情况已经变更,特此说明,后不赘述。——编者注

[英]罗纳德·哈里·科斯/王 宁 著

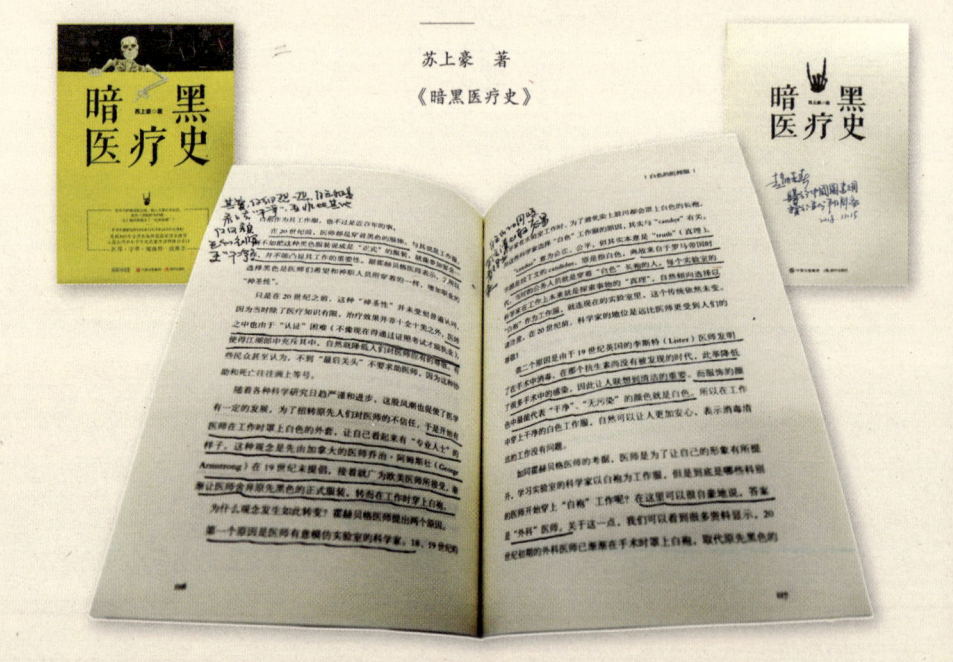

《变革中国：市场经济的中国之路》

二

苏上豪 著

《暗黑医疗史》

[英]阿兰·德波顿 著
《哲学的慰藉》

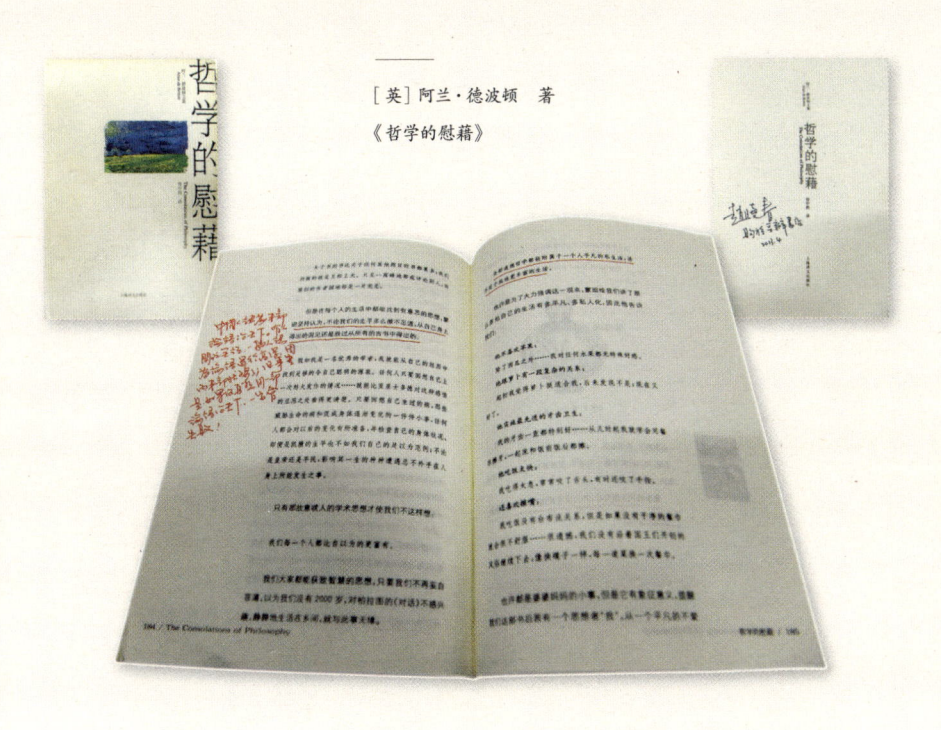

[美]萨莉·肖尔茨 著
《波伏娃》

于 坚 著

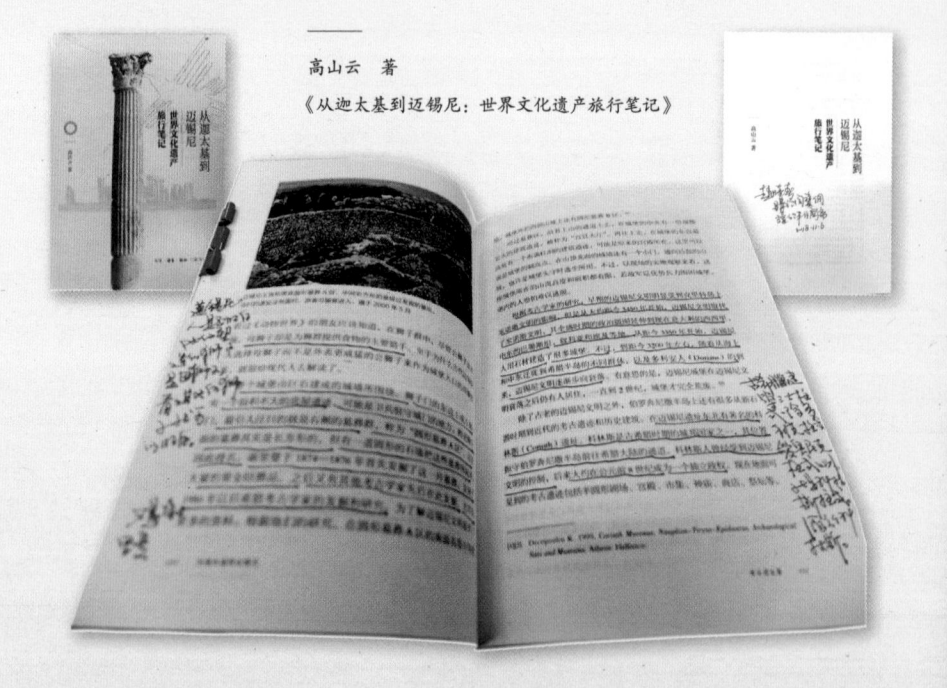

《朝苏记》

高山云 著

《从迦太基到迈锡尼：世界文化遗产旅行笔记》

[英]尼尔·麦格雷戈 著

《大英博物馆世界简史》

丰子恺 编著

《梵高生活》

［德］苏珊娜·帕尔奇 著
《建筑的历史》

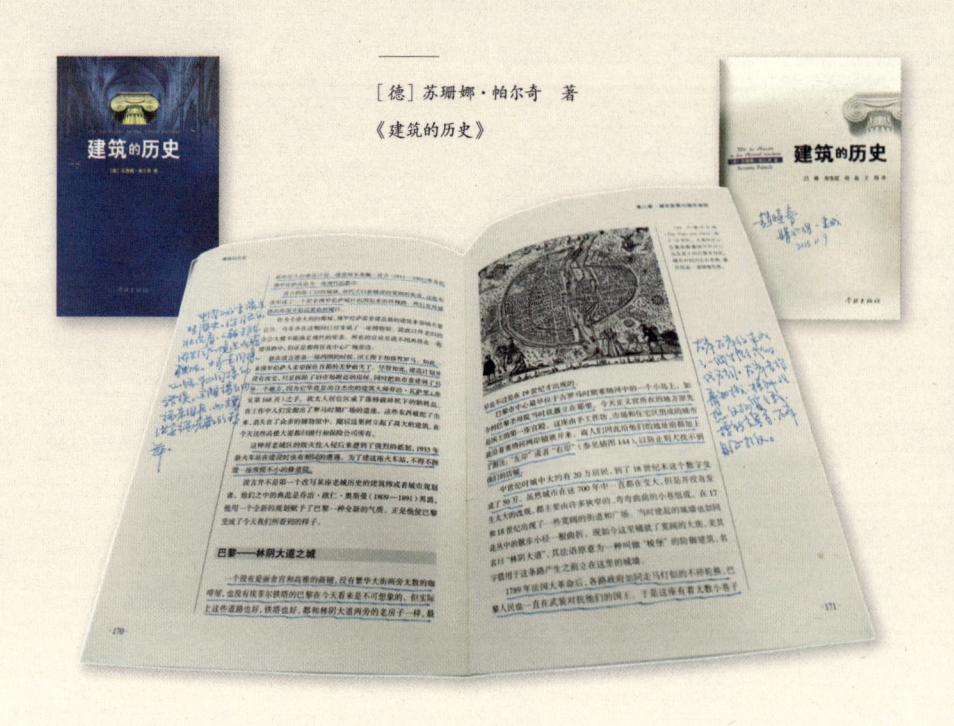

梁思成 / 林洙 著
《心灵之旅》

[日] 野岛刚 著

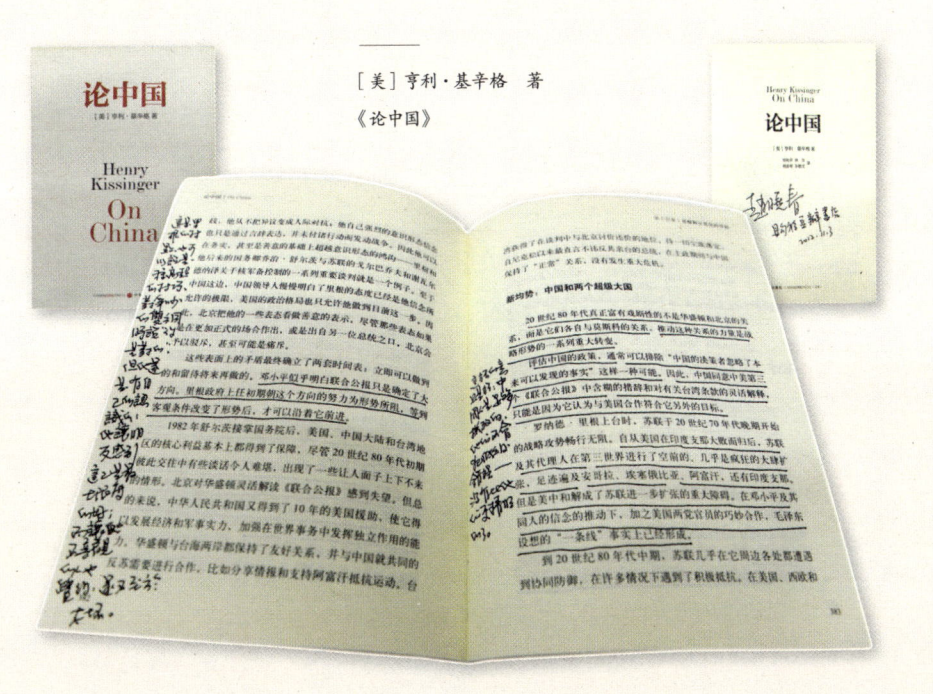

《两个故宫的离合：历史翻弄下两岸故宫的命运》

[美] 亨利·基辛格 著

《论中国》

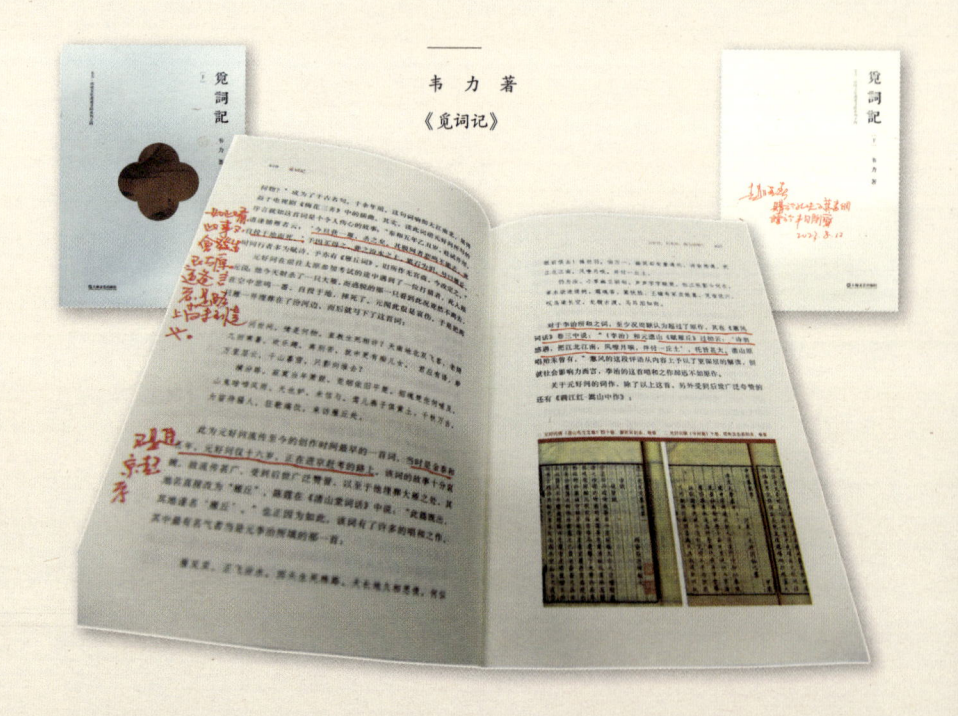

[奥地利] 马克斯·比尔奇 著
《马克思传：替时代背书的人》

韦 力 著
《觅词记》

陈丹青 著

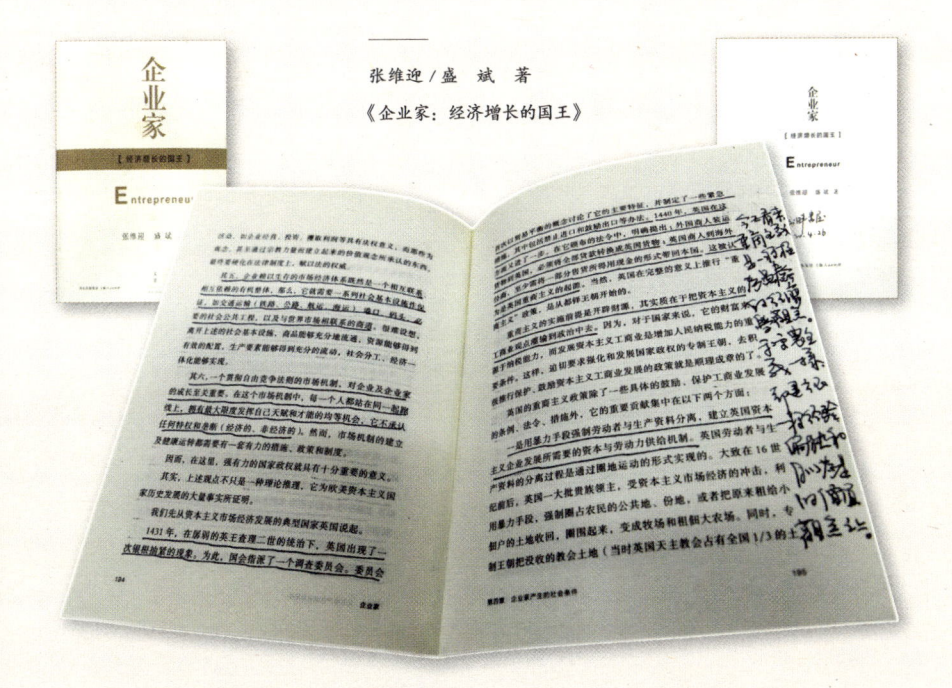

《局部：陌生的经验》

张维迎 / 盛 斌 著

《企业家：经济增长的国王》

[美]汤姆·斯坦迪奇 著
《舌尖上的历史》

艾绍强 编
《谁家的夜郎》

［意大利］卢卡·巴拉内利 / 埃内斯托·费里罗　编著
《生活在树上：卡尔维诺传》

［英］彼得·弗兰科潘　著
《丝绸之路：一部全新的世界史》

徐贲 著

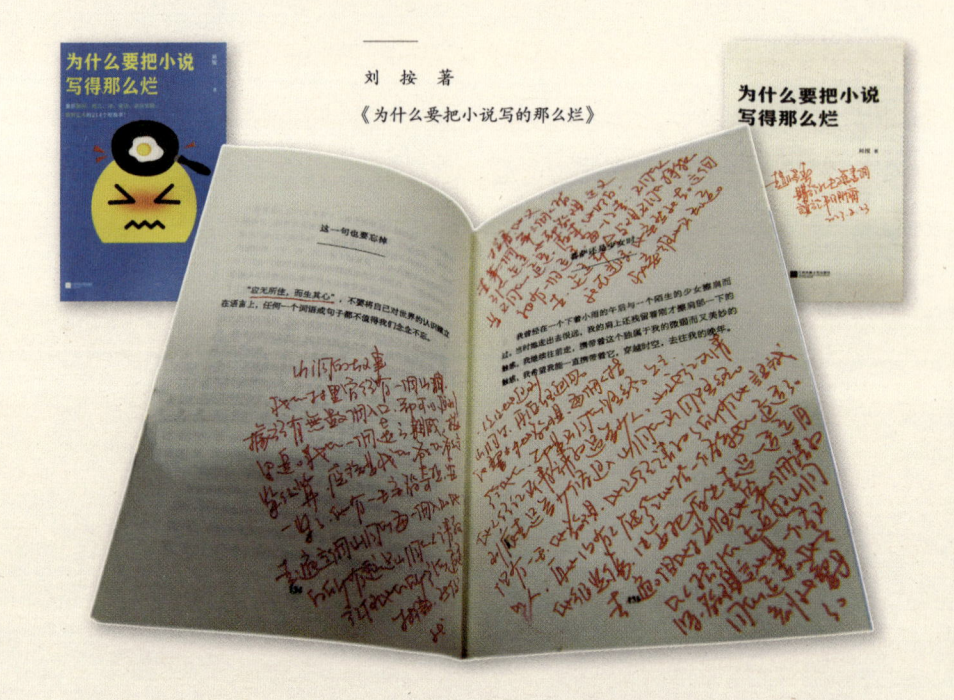

《颓废与沉默：透视犬儒文化》

刘按 著

《为什么要把小说写的那么烂》

张建安　著

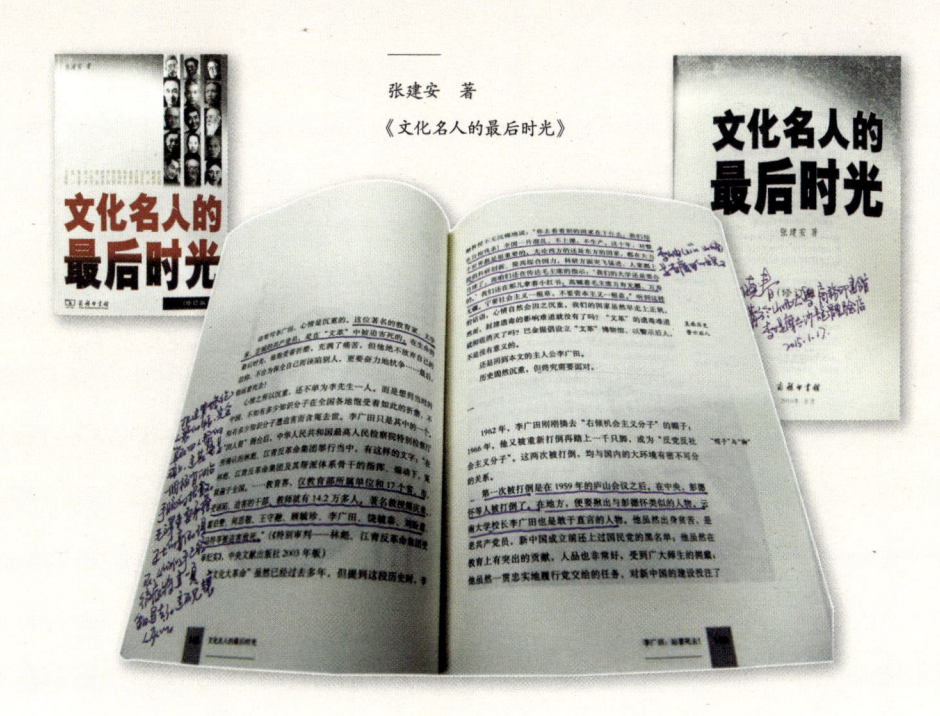

《文化名人的最后时光》

陈丹青　著

《无知的游历》

[法] 阿克塞尔·凯恩 / 帕特里克·贝什 /
让·克洛德·阿梅森 / 伊万·布洛哈尔 著
《西医的故事》

《先生》编写组 编著
《先生》

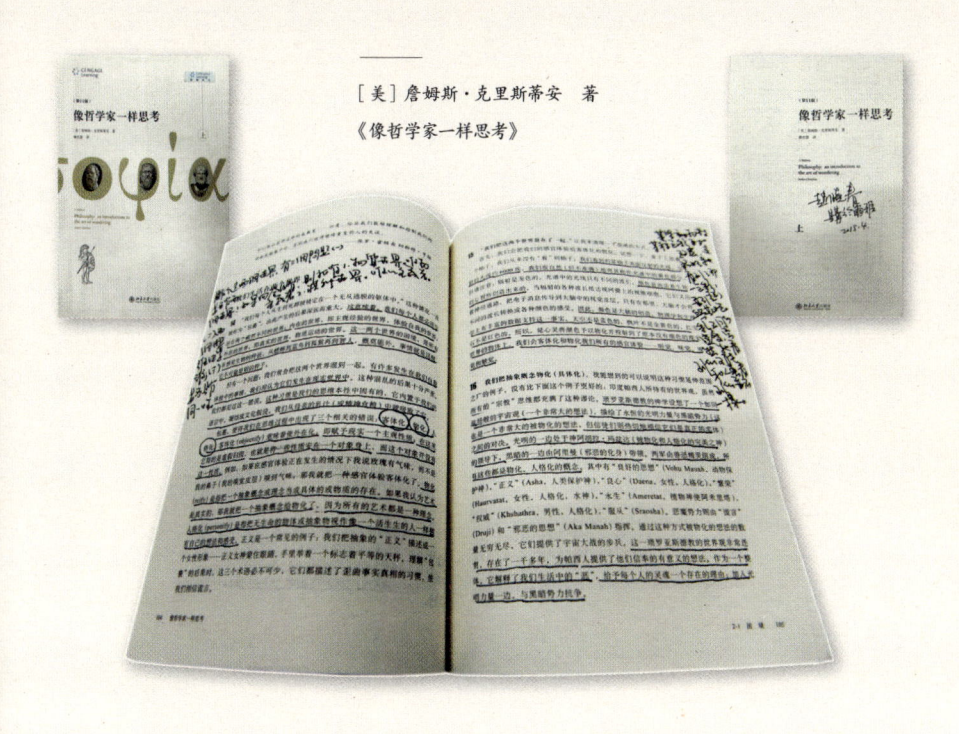

[美] 詹姆斯·克里斯蒂安 著
《像哲学家一样思考》

[澳] 罗伯特·休斯 著
《新艺术的震撼》

［日］杉本博司 著

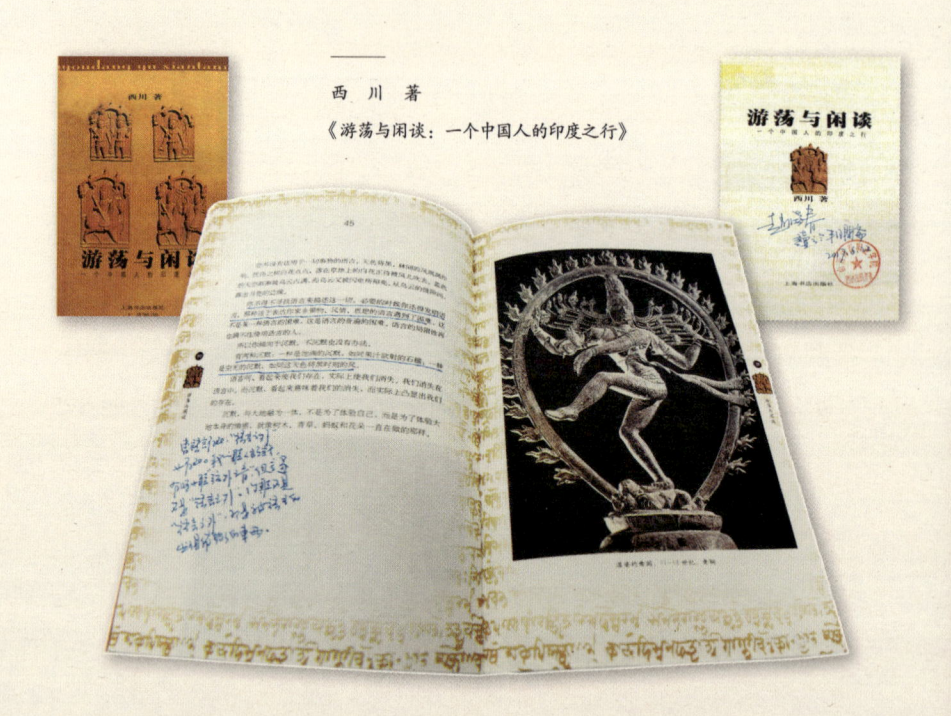

《艺术的起源》

西川 著

《游荡与闲谈：一个中国人的印度之行》

学贯中西的书痴

让一个读书少的人给一个天天读书的人写序，是件令人汗颜的事情。但我又有一种"讨巧"的私心，那就是想看看这位赵先生都读了些什么书，是不是可以通过他的读书笔记来获取精华，省下自己去阅读的精力和时间——这就像一个营养不良的小瘦子想从大胖子那里知道他的独家营养食谱。怀着这种"不可告人"的心理拜读完晓春先生的书稿，这位魁梧的老友在我眼前幻化成了一只巨兽，一只永远吃不饱且不停地在吃的饕餮——十数册的大部头三两口啃完，二三十万字的"小书"囫囵吞下，然后再通过反刍来细嚼慢咽，最后像只蚌一样生产出一颗颗光华四射的珍珠来奉献给读者。他自谦为一条"书虫"，其实是一头"书魔"，一头拥有六个胃的牛魔王，看到喜欢的书尤其是大部头的著作，不由分说就吞进肚子里，有多少就吃多少，并且用其强大的消化功能时时刻刻在消化吸收，连睡觉时都在反刍。当我看到他的《世界通史》读书笔记时，震惊不已："终于读完了这本近900页的巨著。很多地方看得不细心，划作重点的地方应当重读一次。收获很多，世界历史的脉络清晰了；很多细节的知识令人思索。"可见，这个姓赵的饕餮巨兽或者牛魔王是很挑食的，他目光如炬，只挑经典和好书吃，对出版社也很挑剔，尤为钟爱三联"新知文库"，因此品味和品位又很高，所以孕育出的珍珠成色很高，窥其一斑足见原著的全貌和精髓。

  我这样的不断比喻是为了表达内心的震撼和惊讶，我见过爱读书的人、读书多的人，没见过这样读书成癖的人，大多数人读书都跟兴趣和专业有关系，而晓春兄却包罗万象，只要是好书他就不放过，这就有些痴气了，是没有功利心的纯粹的读书了。单就这本读书笔记来说，已经足够庞杂，庞杂到如果不是读他的书稿，我可能一辈子都不可能读完这些好书大书了。这些书涉及政治、经济、历史、人文、地理、艺术、外交、军事、宗教、美食、企管等领域，包罗社会学、人类学、图像学、造型学、语言学、国学、伦理学、法学等学科，最重要的是作者都不是一般人，而是在人类历史和政治舞台上作出贡献和有影响力的大人物，或者各个专业的权威人士，比如毛泽东、基辛格、雅各布·阿伯特、霍金、梁思成、林洙、朱自清、周作人、丰子恺、阿兰·德波顿、资中筠、余光中、阿城、罗纳德·哈里·科斯、西蒙·蒙蒂菲奥里、戴尔·卡耐基、西川、徐贲、张维迎、周涛、陈丹青、马未都等。这是个不完全精英作者和译者名单，阅读他们，几乎就是跟人类现代思想宝库对话了。

  本书的首篇文章"不是谁都有资格活在未来"是晓春先生

读《马克思传：替时代背书的人》的感想，开篇即彰显其作为读书人的独立思想。晓春兄多年研读数种马克思传记，他判断："在我看来，所有为未来活着，并且最终深刻地影响了未来的伟大人物，排在人类史上第一位的，当数卡尔·马克思。"为什么这样说？——"在马克思主义成为广大共产主义者的伟大实践之前，马克思的一生，同样充满了那些为未来而活着的人所必然经历的痛苦、磨难甚至自我怀疑和否定。走在探索真理的荆棘丛中的马克思，要比已经高居神坛、为全世界共产主义者顶礼膜拜的马克思更能深刻地打动我们，或者说，前者正是后者的必经之路。如同我们看《西游记》，取回经书固然重要，但取经路上克服重重困难，正是更为重要的篇章。"这让我想起安徒生的《光荣的荆棘路》。安徒生写这个故事时，他的心中一定荡漾着激情，这种激情闪耀着理性的光辉，足以面对所有的荆棘和苦痛。今天，让马克思痛苦的荆棘已经荡然无存，而光荣却依然存在，马克思主义永放真理光芒，照亮人类的前进道路。

虽则学术无国界，但赵晓春先生是个有立场的读书人，那就是他的阅读是基于中华文化背景，将古今中外文化对比阅读，因此可谓学贯东西，并且常有不俗的心得和发现，比如"中国的语言腐败，就是从战国开始的"，"人类生活中的悲剧性"在于历史人物的个人贡献与残酷命运。这样看似无心其实振聋发聩的判断，就从读书人上升到学者高度了。并且晓春先生毕竟是位作家，涉猎虽广，对文学却是情有独钟，因此谈起博尔赫斯、阿城等文豪、大师，景仰之情贯穿字里行间。他对《岛上书店》的精辟解读，很好地诠释了他为什么爱读书以及人为什么需要阅读，那就是追求超越救赎与爱的"使心灵不孤独"。

这一卷虽已是"丙编"，但照他这样的嗜书程度，所有的"天干地支"都会像其所涉猎的人类思想光芒一样闪耀在历史的天空。我常对人讲，读书应该是跟呼吸和吃饭喝水一样的生命需要，而我却远远没有做到，但晓春先生做到了，正像他所说："阅读不仅作为爱好，而且作为生活方式的妙趣所在"。晓春先生用他的阅读笔记来推动全民阅读和书香社会建设，为传承人类文化和建设中华现代文明作出贡献，我向他致敬。

且为序。

李骏虎

鲁迅文学奖获得者、山西省作家协会主席

目 录

学贯中西的书痴　　　　　　　　　　　　　　　李骏虎 / 1

1. 不是谁都有资格活在未来
   读《马克思传：替时代背书的人》　　　　001

2. 古代的犬儒与现代的犬儒
   读《颓废与沉默：透视犬儒文化》　　　　005

3. 从象到数
   读《洛书河图：文明的造型探源》　　　　012

4. 舞台小世界，世界大舞台
   读《戏中山河》　　　　　　　　　　　　017

5. 残酷的两难
   读《我不是杀人犯》　　　　　　　　　　023

6. 一本关于人的世界史
   读《大人物的世界史》　　　　　　　　　027

7. 危险的并不是既得利益，而是思想
   读《论企业家：经济增长的国王》　　　　031

8. 励志的总统与卑微的林肯
   读《林肯传》　　　　　　　　　　　　　035

9. 风车，还是巨人？
   读《上海书评选萃：兴衰之叹》　　　　　040

10. 一本独特的西洋绘画艺术史
    读《名画的诞生》　　　　　　　　　　044

11. 两个梁思成
    读《心灵之旅》   047

12. 西川版的"西游记"
    读《游荡与闲谈：一个中国人的印度之行》   050

13. 在时间的开端和终结处会发生什么？
    读《我的简史》   054

14. 此生何曾"逍遥游"
    读《乡愁：余光中诗歌》   057

15. 打开孔子的特别尝试
    读《孔曰》   062

16. 难得有趣
    读《杨贵妃的子孙》   066

17. 文化突变与选择的重要实证
    读《槐树荫泽：明清山西移民与文化交流》   072

18. 活在世界之外
    读《残楼、海棠与老王》   078

19. 何谓以色列？
    读《以色列2000年：犹太人及其居住地的历史》   082

20. 管理时间：价值观或方法论
    读《把时间当作朋友》   085

21. 真正的远方
    读《世界神秘之地》   089

22. 绕到经典的背后看看
    读《圣经的世界》   093

23. 何以叶脉？
    读《文明叶脉：中华文化版图中的山西》   096

24. 世界真的有秩序吗？
    读《世界秩序》   *101*

25. 艺术如何回应了后现代？
    读《新艺术的震撼》   *108*

26. 走出峡口天更阔
    读《历史的峡口》   *114*

27. 一个对活着比对写文章重视的人
    读《威尼斯日记》   *119*

28. 佛陀世容
    读《慈悲清净：佛教与中古社会生活》   *122*

29. 卧游中国的最佳攻略
    读《地名中的中国》   *126*

30. 刀尔登的理想国
    读《七日谈》   *129*

31. 一部特殊的中国近代史
    读《论中国》   *133*

32. 入木三分的古代政治史
    读《中国政治二千年》   *136*

33. 在中国，艺术是文化的表达
    读《中国艺术讲演录》   *140*

34. 这孤零零的神秘伟大的地中海呀
    读《从迦太基到迈锡尼：世界文化遗产旅行笔记》   *144*

35. 欲与周公试比高
    读《周公旦》   *150*

36. 笑书神侠倚碧鸳
    读《小说金庸》   *156*

37. 别样的"旅食"
   读《旅食集》 160

38. 一段云南的特殊记忆
   读《流亡三迤的背影》 163

39. 江天一色真性情
   读《雪夜闲书》 166

40. 经验诚可贵，教训价更高
   读《中国历史的教训》 169

41. 绕到《水浒》背后看看
   读《水浒摸鱼》 171

42. 先生如华夏之背影
   读《先生》 175

43. 礼制、权力和法律的"三驾马车"
   读《公主之死：你所不知道的中国法律史》 179

44. 博尔赫斯的"恶棍"
   读《恶棍列传》 183

45. 识得庐山真面目
   读《百问千里：王希孟〈千里江山图〉卷问答录》 186

46. 应无所住而生其心
   读《慧能的世界》 193

47. 一个巨大的中国旋涡
   读《惠此中国：作为一个神性概念的中国》 197

48. 孔门档案大全
   读《孔子辞典》 200

49. 不想当作家的医生不是好博主
   读《暗黑医疗史》 203

50. 科学的边界
    读《中国古代技术文化》　　　　　　　　　　207

51. 一书一世界，无人是孤岛
    读《岛上书店》　　　　　　　　　　　　　212

52. 凭吊这地下的太阳渴慕的画家
    读《梵高生活》　　　　　　　　　　　　　215

53. 不读刀尔登
    读《不必读书目》　　　　　　　　　　　　218

54. 战神的悲歌
    读《汉尼拔：布匿战争与地中海霸权》　　　221

55. 应邀而来
    读《波伏娃》　　　　　　　　　　　　　　224

56. 李约瑟难题的西方解答
    读《理性的胜利：基督教与西方文明》　　　228

57. 敢问路在何方？
    读《丝绸之路：一部全新的世界史》　　　　234

58. 不出户亦可知天下
    读《世界通史：公元前10000年至公元2009年》　239

59. 西医是如何改变世界的？
    读《西医的故事》　　　　　　　　　　　　246

60. 雄文传千古
    读《将革命进行到底》　　　　　　　　　　251

61. 有一种哲学叫作德波顿
    读《哲学的慰藉》　　　　　　　　　　　　254

62. 只有出门，才能远方
    读《马未都杂志·出门》　　　　　　　　　259

5

63. 刘瑜风暴
　　读《送你一颗子弹》　　　　　　　　　　　　262

64. 有另一种小说，也叫刘按
　　读《为什么要把小说写得那么烂》　　　　　265

65. 不是景点，是文化
　　读《无知的游历》　　　　　　　　　　　　269

66. 熟悉而又陌生的南亚邻邦
　　读《印度的故事》　　　　　　　　　　　　274

67. 帝国衰亡的必然性
　　读《帝国的衰亡：十六个古代帝国的崛起、称霸和沉没》　276

68. 还是要听听科斯的
　　读《变革中国：市场经济的中国之路》　　　280

69. 在时间中，局部大于整体
　　读《局部：陌生的经验》　　　　　　　　　285

70. 神祇原本在心头
　　读《朝苏记》　　　　　　　　　　　　　　289

71. 细节里的古中国
　　读《谁家的夜郎》　　　　　　　　　　　　292

72. 同是马的一族，却与众马不同
　　读《野马群：新诗丛》　　　　　　　　　　296

73. 吃出来的世界
　　读《舌尖上的历史》　　　　　　　　　　　300

74. 伪装成佛教的中国文化
　　读《中国禅宗》　　　　　　　　　　　　　303

75. 那些不太真理的"真理"
　　读《影响人类的真理》　　　　　　　　　　308

76. 中国文化的"微缩式"景观
    读《中国文化六讲》 310

77. 新瓶是如何装老酒的?
    读《创世纪:传说与译注》 312

78. 人间正道是沧桑
    读《两个故宫的离合》 315

79. 朝闻道集,夕死可矣
    读《朝闻道集》 319

80. 放飞心灵的哲学之旅
    读《像哲学家一样思考》 322

81. 死生亦大矣
    读《文化名人的最后时光》 330

82. 上帝与牛顿之间,到底是什么关系?
    读《在上帝与牛顿之间》 333

83. 永别了,生物武器
    读《生物武器》 337

84. 时间的终结
    读《艺术的起源》 341

85. 从洋学到国学
    读《佛教东来》 344

86. 词在山水林田间
    读《觅词记》 347

87. 古今中外的"另一条战线"
    读《暗影:中国古代的刺客与间谍》 350

88. 掷地可作金石声
    读《孔子》 353

89. 从卡拉瓦乔开始
   读《艺术的力量》　　　　　　　　　　　357

90. 山西木构天下第一
   读《立体史记》　　　　　　　　　　　　361

91. 拒绝宏大叙事
   读《历史活着》　　　　　　　　　　　　366

92. 神方客谜留
   读《100 谜题：对新奇问题的新鲜回答》　369

93. 帝国是文明的温床
   读《西方帝国简史：欧洲人的文明之旅》　373

94. 那些不太忧伤的"头脑和心灵"
   读《十三邀》　　　　　　　　　　　　　377

95. 何来广厦千万间
   读《建筑的历史》　　　　　　　　　　　381

96. 致敬纳兰
   读《纳兰词》　　　　　　　　　　　　　384

97. 清明时节诗纷纷
   读《清明遇见诗歌·古今清明诗歌选》　　386

98. 万物生光辉
   读《大英博物馆世界简史》　　　　　　　388

99. 一份迟到的敬意
   读《生活在树上：卡尔维诺传》　　　　　392

100. 山西不只好风光
   读《大地上的山西》　　　　　　　　　　397

跋　　　　　　　　　　　　　　　　　李俊君 401

1. 不是谁都有资格活在未来

读《马克思传：替时代背书的人》

书　　名	马克思传：替时代背书的人
作　　者	［奥］马克斯·比尔（Beer.M.）
译　　者	王　铮
出版机构	黑龙江教育出版社
出版时间	2011 年 11 月

诗人臧克家在中华人民共和国成立之初，为了纪念鲁迅先生逝世 13 周年写了一首诗，叫作《有的人》。引如下：

有的人活着

他已经死了；

有的人死了

他还活着。

有的人

骑在人民头上："啊，我多伟大！"

有的人

俯下身子给人民当牛马。

有的人

把名字刻入石头,想"不朽";
有的人
情愿作野草,等着地下的火烧。

有的人
他活着别人就不能活;
有的人
他活着为了多数人更好地活。

骑在人民头上的
人民把他摔垮;
给人民作牛马的
人民永远记住他!

把名字刻入石头的
名字比尸首烂得更早;
只要春风吹到的地方
到处是青青的野草。

他活着别人就不能活的人,
他的下场可以看到;
他活着为了多数人更好地活着的人,
群众把他抬举得很高,很高。

不考虑其中的政治因素，这首诗也有某种深刻的原型意味。它用一种二元对立的方式提示，世界上有两种"成功"，一种是被此生所肯定，另一种是被未来所肯定。而诗人借对鲁迅先生的讴歌，称许了那些"计利当计天下利，求名应求万古名"的志士豪杰和伟大人物，同时，也反映出了人类社会发展中虽不多见，但相当引人注目的一个现象：总有一些卓尔不群之人，从明确自己的人生信念开始，他们就是为未来而活着的——他们的非凡与苦难，都由此而来。

如果要举例说明，耶稣、释迦牟尼、孔子……他们都有这样的人生理想和现实经历。

为未来而活着，足够伟大，也足够艰辛；足够光荣，也足够痛苦。在最极端的情况下，就像在中国革命胜利前夕被反动派屠杀的烈士，尽管即将看到曙光，却只能仆倒在黎明前的黑暗之中。所谓"千秋万岁名，寂寞身后事"，比"冠盖满京华，斯人独憔悴"还要苦难。此中绝大多数今天具有非凡历史地位的人，每每一生潦倒、颠沛流离，让人唏嘘感慨，不能自已。

当然，在我看来，所有为未来活着，并且最终深刻地影响了未来的伟大人物，排在人类史上第一位的，当数卡尔·马克思。1999年，剑桥大学评选"千年第一思想家"，结果马克思位居第一——爱因斯坦屈居第二，这也差不多表明了马克思的历史地位。

我看过三四本马克思的传记，从德国的梅林到中国的萧灼基，马克思的一生，对我而言，并不陌生。相比之下，这本《马克思传：替时代背书的人》似乎并没有特殊之处。不过，如果让我向中国读者，特别是那些从未了解过马克思生平的人，推荐马克思的传记，从这一本开始，可能是最合适的。一方面，这本传记篇幅很短，比及前述的梅传和萧传，文字量大概不到一半。可以说，作者行文深入浅出，在如此小的篇幅内全面展示马克思的一生，尚无其他著作可以比肩。另一方面，作者本人是一个坚定的经典马克思主义者，因而，他可以全面而清晰地为读者介绍相当纯正的马克思主义学说，包括马克思的经济学说和历史学说。对广大中国读者而言，这不仅是历史阅读，也是政治学习。

对我而言，这本书的重要价值还在于，它毫不避讳地描述了一个"失败者"马克思。当然，不是他学术的失败和思想的错误，而是在马克思主义成为广大共产主义者的伟大实践之前，马克思的一生，同样充满了那些为未来而活着的人所必然经历的痛苦、磨难甚至自我怀疑和否定。一个走在探索真理的荆棘丛中的马克思，要比已经高居神坛，为全世界共产主义者顶礼膜拜的马克思更能深刻地打动我们，或者说，前者正是后者的必经之路。如同我们看《西游记》，取回经书固然重要，但取经路上克服重重困难，正是更为重要的篇章。难能可贵的是，这本书还收录了一篇关于马克思的小说，用小说描述马克思曲折而离奇的人生轨迹，印证探索真理的人永远无法逃避的命运之旅——活在未来，就难以活在现在。拉法格曾经评价马克思："思考是他无上的乐事，他的整个身体都为头脑牺牲了。"这就是那些活在未来的人在现实中的样子。这是那些不同意马克思观点的人们必须信服的。

2. 古代的犬儒与现代的犬儒

读《颓废与沉默：透视犬儒文化》

书　　名　颓废与沉默：透视犬儒文化
作　　者　徐贲
出版机构　东方出版社
出版时间　2015年7月

经常到书店、图书馆或在网站上读书的人，时间久了，总能"遇到"像徐贲这样身在国外但又以华语写作的学术大咖，如同读到许倬云、袁伟时、余英时、薛涌等优秀学者的文章。他们不仅用中文写作，也以研究中国的历史和现实为己任，创作了大量黄钟大吕般的出色作品。从其按照中国独特的"问题意识"入手来与时俱进地展开现实批判的特点看，徐贲教授又多少有些"异类"。有些时候，他待在离战场很远的参谋部"决胜千里"，但更多的时候，他会亲临前线，短兵相接，围绕着这个巨变时代的若干问题投入白刃，倾泻弹药。我们虽然看不出他有多少歧见，但总是替他捏一把汗。

徐贲1950年生于苏州的一个书香之家，曾就读于苏州大学、复旦大学，改革开放后出国深造，获得了美国马萨诸塞州州立大学文学博士学位，现任美国加州圣玛丽学院英文系教授，出版各类著作几十本。在我看来，徐贲算得上著述颇丰了。今天想推荐的这本《颓废与沉默：透视犬儒文化》是我最早读到的徐贲著作，是一本由三个篇章共79篇文章组成的杂文集。看完以后，颇觉过瘾。

79篇文章，尽管分别写就，彼此独立，但所有文章的主题指向一个我们既陌生又熟悉的词汇——犬儒。在这样一个论域内，徐贲不仅对现代语境下犬儒的概念、类型和表现做了学理上的辨析和阐述，也直面现代生活中形形色色具有"犬儒色彩"的人和事，从犬儒这一独特视角观察和切入现代背景下出现的各种吊诡现象和"社会病态"，进而用犀利的语言展开批判，发出了大量振聋发聩的箴言乃至呐喊。鲁迅先生说杂文像是投枪，徐贲在这本书中的每一篇文章都像投枪一样锐利而精准，包括我自己，也常常被压出"皮袍下面的小字来"，惊厥之余，一身冷汗。

由此来看，把这本书直接叫成"现代犬儒批判"，似乎也没什么问题。但是，恰恰在这个环节上，出现了一些有待辨析的情况。一言以蔽之，古今之犬儒概念，意蕴并不相同，甚至恰好相反。现代人在使用犬儒一词进行社会批判之时，实际上是以一种自身不能控制和扭转的缘由，有目的地借用了古代的犬儒概念。假如古希腊的犬儒代表人物第欧根尼重新活转过来，即使让他谙熟现代语言，可能也对今日之犬儒文本茫然不解。而一个现代人认真读点书，也会发现今日之犬儒，已经大大不同于古代之犬儒。假如这个现代人具有正常的道德水准，一定会对古代之犬儒暗生钦佩，而对今日之犬儒多有腹诽——但他估计不会大声讲出来，因为别人会以为他是在做自我批评。

先说古代的犬儒。我们都知道，在古希腊时代的晚期，大致是希腊半岛内战结束，雅典和斯巴达都走向衰落之后，在哲学学派如同过江之鲫的古希腊文化体内，又诞生了一个"人斥为犬，自黑为儒"的哲学学派，他们追求绝对的个人精神自由，轻视一切社会虚饰、习俗和文化规范，过着禁欲的简陋生活，被时人视为犬，故称"犬儒"——联想起我们的孔夫子也有这样的遭遇，曾被骂为"丧家狗"。

一个比较典型的故事就是关于犬儒哲学的重要代表第欧根尼的：

> 亚历山大巡游某地，看见第欧根尼正躺着晒太阳。亚历山大走到他的身边，两人自报家门之后，亚历山大大帝见他居然以狗自称，不禁肃然起敬，诚恳地问道："我能为您做些什么？"第欧根尼抬起眼皮看看他，连动都没动，坦率而又不失礼貌地回答："请别挡着我的阳光。"于是，亚里士多德的学生——开创了希腊化时代的亚历山大谦和地含笑点头，转身而退，让出了自己身躯遮住的那片阳光。事后他感叹道："如果我不是亚历山大，我就愿意做第欧根尼。"

这个故事一定源自知识分子的自抬身价，如中国的伯夷、叔齐不食周粟，老子西去，庄子拒绝相位，孟子养浩然之气等都是如此。虽然情节本身不大靠谱，但知识分子"穷且益坚"的风骨，也大致可知。

但在徐贲著作的语境之下，犬儒的风格已经不是"穷且益坚"，而多半是"穷且益颓""穷且益哑"乃至"穷且益媚"了。现代犬儒不仅走向了古代犬儒的反面，而且发展出了多种变种，以至于变种和变种之间，也互相难以辨识。其中的某派，或可能以犬儒之名，攻击同在现代犬儒大旗下的同类。所以，谁是犬儒尚未分明，谁更犬儒亦成了问题。

不过，徐贲之可贵，在于他以哲学思维由杂多而精一的方法论，深入思考了现代犬儒现象的心理背景、滋生土壤、分类表现和社会后果，把纷繁复杂的犬儒作了两大标识，也就是颓废和沉默，然后分别陈述了其各自表现。进而，作者"跳出犬儒看犬儒"，针对中国一定时期内的信仰危机、社会颓废、人类价值、教育分歧、公共说理等论域，针砭时弊，揭示内涵，鼓励反思，寻求问题的解决之道，展示了强大的思想力量。

令人拍案叫绝的是，徐贲还在这样由颓废和沉默的理路而阐明事理的基础上，把现代社会中出现的两种犬儒心理背景下的行为表现做了描摹。大多数情况下，"颓废"对应于"习惯性犬儒"，他描述道：

> 现代犬儒的一个重要特征就是"看穿"：看穿人性的自私自利，看穿一切制度都不可能公正（总是为某些人的私利服务），看穿一切价值的矫饰和虚伪（无非是被某些人利用来掩盖他们的私利）。犬儒主义之弊不在于"看穿"，而在于

"看穿一切"。不加分辨、不分青红皂白地看穿一切，这就会变成不加思考、没有判断，只凭条件反射地说"不"。这样的犬儒被称作习惯性犬儒（routine cynicism）、不思考犬儒（unthinking cynicism）或永动型犬儒（perpetual cynicism）。习惯性犬儒不知道什么时候应该怀疑，什么时候应该信任，什么情况下可以怀疑，什么情况下要守护信念。

　　人们习惯性地犬儒，并不是因为他们天生就什么都怀疑，什么都不相信，而是一种经验性的定性结果。人是因为不断抱有希望，又不断失望和幻灭，最后才索性放弃希望，成为犬儒的。可悲的是，犬儒看穿一切，也看穿了自己的希望，把自己逼进了绝望的死角。犬儒因此同时是环境和他自己的受害者。凯尔德维尔指出："屡屡失望能自动产生犬儒主义……犬儒以前什么都见识过了。这么多的规划，解决方案和理想都提出来过，屡试屡败，这么多的承诺，无不都是空洞的口惠。……终于只能用犬儒主义对待任何事情。还要多说什么？干吗还费心思去想它？肯定不会有结果。……犬儒一旦成为习惯，变成自动而不加思考的反应，再有根据，再逻辑合理地说服，想影响它也都是枉然。"通过公共对话，说理可以帮助愿意思考的犬儒变得不那么犬儒，但对习惯性的犬儒却毫无作用。

　　习惯性犬儒在网络上随处可见，许多人几乎对所有的事情都有即刻看穿和否定的习惯。他们无须了解事情原委，也不用思考，更不要说深入思考了。他们当中有的成为"用脚后跟想都知道"的犬儒。这样的犬儒不仅自己不思考,而且对别人的思考也极为鄙视和反感。他们可以毫不迟疑、十足确定地否定任何思考的结果,将其看穿为"公知""叫兽""砖家"的胡说八道。这样的犬儒有它反智和非理性的一面,但也有其经验基础和根据,它本身可能是对社会中存在的学术犬儒、知识犬儒、学院犬儒等的直觉反应,是某种程度上真实生活经验的产物。

而具有"沉默"特征的犬儒,徐贲则把他们概括为"知识分子犬儒"乃至"创新性犬儒"。显然,他们沉默,并非什么都不说,而是"不说实话"。徐贲一针见血地指出:

> 在我们今天的现实世界里,确实有不少知识分子、教授、专家在说假话,用所谓的"学术"来取悦和投靠权力和当权者,谋取私利。他们以貌似高深、渊博、精致的理论包装普通人用常识就能看穿的谎言,有的甚至还相当"富有创意",善于"理论更新",或有"理论建树"。
>
> 创新性的犬儒是一种"知识犬儒主义"(intellectual cynicism),这些犬儒人士都受过高等以上的教育,有相当的思考和知识能力,拥有学者、教授、专家、作家、记者、媒体人的体面职业。他们当中,有的一面厌恶体制,一面却在其中做各种"纯学术"表演,甚至不惜弄虚作假,为职务升迁、为"受重视"或为一点课题经费使尽心计、百般讨好、颠倒黑白。

徐贲以其难得的"问题导向"为研究取向，建设高度精练而概括的"犬儒理论"，对当代的社会问题进行了入木三分的批判。在一个犬儒已经成为不能忽略的社会现象的时代，徐贲这本分量不轻的书，展示了自己深刻的观察、深厚的学养和令人敬佩的批判精神。许纪霖评价他："这是一个很难用科学来界定的问题型学者，是文学的、历史的、哲学的，也是社会学、政治学、法学的。而激情与理性的奇妙混合，可以称之为一种知识分子的学者写作。"

本来，这就是全体知识分子都该有的精神或者风骨，但可惜的是，只有很少的知识分子才配得上这个评价。

3. 从象到数

读《洛书河图：文明的造型探源》

书　　名　洛书河图：文明的造型探源
作　　者　阿城
出版机构　中华书局
出版时间　2014年6月

我在推荐阿城的《常识与通识》时，曾经提过想要聊聊这本《洛书河图：文明的造型探源》。当时是这么说的：

　　……差不多六七年前，阿城已经老了——纯粹是指年龄。突然又在市场上看到他的一本书，叫作《洛书河图：文明的造型探源》。这本书，如果按照现在人文学科的分类，大约是属于"人类学"范畴的，主要内容是他在中央美术学院授课过程中的杂谈，同时集合了人类学田野考察的成果，目标就是中华文明符号探源。书中文字不多，大部分都是图片，从图像和符号入手来探源，正是早期文明研究的主要领域，并不奇怪。奇怪的倒是阿城的又一个转向，不过也是"情理之外，意料之中"。限于我对这一领域难言熟悉，这里姑且不评价。但书还是很好看的。

看得出，谈到阿城这本书，我的心里颇感踌躇。因为谈他别的书，我自己的思考深浅不论，至少不会跑题。而这本书，因为内容之陌生，完全可能谈成南辕北辙。

不过，最近又重看了这本书，大抵还是有些心得的。阿城利用了地理学考古和图像考古的一些最新成果，从造型的角度，对东亚地区出现的一个早于我们今日文明的文明现象进行了考证和猜测，形成了一些具有一定说服力的观点。这是一个相对冷门的话题，但阿城这样娓娓道来，活灵活现地讲出来，还是颇让人脑洞大开。

从地理学考古的发现看，今日中国乃至东亚大陆的样貌，并非从来如此，而是有着古今完全不同的形态。在所谓的末次冰期，中国大陆和朝鲜半岛、日本半岛是连在一起的，按照阿城先生的表述："东海大陆架，在距今不到一万年前，还是陆地，而且还算平坦，气候比现在所谓的中原湿润，居住在那里的人类，肯定会从旧石器时代过渡到新石器时代的文明。这个文明的区域应该很大，北达现在的渤海湾、朝鲜半岛，东达日本，南到中国台湾，西到海南岛、北部湾。而现在所谓的中国大陆、朝鲜半岛、日本列岛，在当时应该被视为高原。"末次冰期，就是离我们最近的冰期，发生在第四纪的更新世内，主要是在北半球，大约从11万年前开始，最盛期在约1.8万年前，到公元前9700—前9600年完结。之后全球变暖，冰川融化，海平面上升，造成了世界范围的大洪水。《圣经》中的大洪水和中国的洪水传说，应该说的都是这一次洪水。洪水泛滥，原先那个广袤的文明圈就被淹没了。

我最近读了另外一些资料,谈到这次大洪水,其西边缘已经到了太行山脉东麓,今天的东部沿海地区全是一片汪洋,原先的长江下游、黄河下游乃至洪山文化,全退而汇聚于山西高原。苏秉琦先生那首"华山玫瑰燕山龙,大青山下斝与瓮。汾河湾旁磬和鼓,夏商周及晋文公",正是描述各地文化同来的这次大聚首。

此后,洪水退去,文明才又"走出山西",遍及整个华北平原和长江中下游平原。这样的地理学考古成果,揭示了一次文明的断裂。而阿城希望通过造型学的途径,研究埋藏在今日文明之中的前一文明孑遗。难得的是,他以素来代表中国传统文化传承的河图与洛书为切入点,寻找到已经湮灭的"东亚文明"之孑遗可能存身的两个古老艺术领域,一个是以苗族为主的少数民族服饰纹样,另一个是青铜器纹样局部。这两个领域,都可谓源起古老,遗存丰富,但阿城却披沙沥金,从中找到了所谓天极与天象,从而猜测那个被大洪水中断和分割了的文明,其实已经有了统一的自然神崇拜。而这个崇拜的对象,很有可能就是天极或者说天象。

阿城自己是这样描述的:

> 只是利用图像学的一些简单手段,试图证明中国文明的造型起源中的一个现象,就是天极与天象。从稻作文明的角度,再做了以上的推测。要知道,末期冰河时代的大陆架是连接的,龙山文化,红山文化,可以是很容易互相影响的,我的意思是可以进一步推测它们可能在末期冰河时代,就是

宗教一致的，只是海面上升之后才隔开了各自再发展。另外，世界各大古文明区的天象崇拜是不同的。

在我看来，之所以要用图像学的方法，很简单的一个原因就是那时还没有文字。我们今天所有人思考绝大多数的问题，都是用语言来思考的。我们已经有了一整套无比精致且丰富的语言工具，不仅可以用以交流也内化于我们的心理机构。也就是说，你说梦话以及自言自语，也和与人交流一样用的是语言。但未有语言之前，难道人类就不思考吗？显然，人类那时也是思考的，只不过是用形象来思考，就是我们通常而言的"形象思维"。显然，要理解当时的文明形态，就不能用语言，而是要用形象。这正是阿城把研究的切入点放在图像学基础上的原因所在。

其实我们看《老子》比较早成篇的那些，也存在大量的形象思维，也即"象"。我以前在一次讲座中也涉及过这个问题，引于下：

> 如果说老子难讲，就是因为他的思想是从巫术到文明的过渡时期来的，里头有一些混沌不明的东西。我们不要把老子想得很神秘，觉得他有大智慧，他高于我们。其实他一点儿不高于我们，他只是早于我们，他那时候需要很费力地去寻找一个概念，去描述他内心的感觉，在今天很简单，我们的语言已经丰富得多，完全可以表达出非常细微、非常多样化的东西，但是在老子那时完全做不到。这样，他就只能用

一种描述性、近似性和联想性的东西去讲，就给我们带来一个巨大的疑问。因为他直接讲不出来，概念还没有生成，但是他又敏锐地触及了那个东西。比如他说"其中有精、其中有象"，但是"精"是什么，"象"又是什么，他说不出来，需要我们去想象、从内心深处去感悟，就非常困难。我们今天是一个语言清晰化的时代，我们要讨论科学，要讨论具体的事物，我们如果要讨论一个问题，必须首先要问，你说的概念是不是我说的概念。如果不是，那就别讨论了，那讨论什么呀？那咱俩就不在一个语境里。但是那个时候不是，一个概念往往有巨大的歧义，依赖于人的主观性想象，我们要用清晰化的语言去描述那种混沌不明的东西，这就非常困难。

翻开阿城这本书，一个直观的特点就是图像比文字多，但道理讲得很实在。即使你对古人类学完全不感兴趣，也能从这次特殊的阅读旅程中获得些什么，那就是，唤起内心深处对形象的深刻记忆。这不难理解，想想我们在幼儿园，最初的学习方式，就是看图说话。儿童如此，人类的早期也如此。阿城之所以能研究这些，拿老子的话说，是因为他有一颗"赤子之心"。

4. 舞台小世界，世界大舞台

读《戏中山河》

书　　名　戏中山河
作　　者　王　芳
出版机构　山西人民出版社
出版时间　2023年4月

　　我的父亲是一名戏曲工作者，一生钟爱晋剧——具体地说是中路梆子。他年轻时在河北张家口从事戏曲教学，中年后调回山西大同，仍在戏校授业。那时暑假回家，他每天上午都会坐在院子里择菜，边干活边哼唱晋剧段子，门口经常会围着一堆人听他唱。有一次，父亲突然想起什么，打开院门，一堆人看到他都不好意思地笑起来。退休后，他又如痴如醉地喜欢上了京剧，尤其是程派唱腔，特别喜欢的一个程派演员叫作张火丁，一提起这个人眼睛就会发亮。父亲是我们家所居住的小县城唯一订阅《中国戏曲》杂志的，邮递员不用看地址就能按时送来。

　　父亲大多数情况下是个沉默寡言的人，遇到自己不感兴趣的话题，常常连敷衍的话都不会说，但一提起戏曲，就眉飞色舞，滔滔不绝。他退休后我回家次数多了些，每次见他，话题也无非是戏曲。他对戏曲的见地，不是欣赏者的层面，而是研究者的水平。他对戏曲文本历史感的追求，对戏曲程式化表演的美学意境，对人物刻画心理层次的变化，乃至对戏曲在新社会的困境与使命，都有深刻的见解。闲来无事，写了不少文章，我帮他整理成一本书，虽未出版，但也印成了一个集子，送给亲朋及同道赏读。

书中父亲讲戏曲的功能，有一句话叫作"舞台小世界，世界大舞台"。他做了很多阐述，我至今感触极深——不止于对戏曲的理解，而更在于人生哲理。看得出，我对戏曲有不小的情感，多半是拜父亲所赐。三年前（2021年）父亲去世，我想给他写个传记，走访了不少父亲生前的同道，也看了不少此方面的回忆录，当然也看了些山西戏曲史之类的著作做参考。2023年下半年，差不多写了一年半的父亲传记基本完成。此时，我心目中的戏曲也由平面化的知识转为立体的造型，逐步鲜活而生动起来。也就在这个时候，拜山西人民出版社吴春华老师所赐，我拜读了王芳老师的大作《戏中山河》（吴老师是这本书的责任编辑），对戏曲文化的感受愈加深刻起来，竟是别有一番滋味在心头了。

这本《戏中山河》，是一部名曰"走读山西"八册丛书里的一本。这部丛书从不同文化门类的角度，写山西历史文化的某一领域，作者皆是张石山、杜学文这样的三晋文化大家。除了《戏中山河》，我还看完了《何以直根》《立体史记》《彩壁千秋》，其他四本也计划启读。与文化圈里的朋友说起《戏中山河》，大家都觉得不错，且由王芳来写，似乎是极其顺理成章的事。

我与王芳老师至今未谋面，以书为媒才有了缘分。看书中的王芳简介，知道她1971年出生于山西长治，是中国作家协会会员，中国文艺评论家协会会员，长治市作家协会理事，《黄河》杂志编辑，《映像》杂志副主编，天津文学院签约作家。2012年出版散文集《沉吟》，2013年出版散文集《尺素书》，2014年出版文化散文集《关城怀古》，2017年出版散文集《拈花一笑》，还著有人物传记《听一出戏》、长篇纪实《天地间一场大戏》，也曾任山西卫视大型节目《人说山西好风光》《伶人王中王》撰稿人。看得出，她丰厚的创作成果中，与戏曲有关的作品比例不小。由她来写这部以戏曲文化折射山西文明的著作，当是必然之选。看完书就知道，王芳创作的这本书，选题独特，开掘深厚，情感饱满，文字了得，的确是一部呈现山西文明别样风貌的力作。

所谓选题独特，是指王芳以戏曲文化表现五千年文明看山西的主题，采取了选出十部剧目来例说、分析和渲染的方式，可谓匠心独出焉。山西是华夏戏曲滥觞之地，亦是中国戏曲发展重镇，因而，以戏曲作为八卷本图书其一重点推出，恐怕是丛书的编委会在选题之初便订立的规划——君不见堂堂山西博物院，七个历史文化专题馆便有"戏曲故乡"一馆，可类而知之。但选题摆到王芳面前，该如何破题则并非不言自明。显然，山西戏曲源头之远，剧种之众，底蕴之厚，剧目之多，与山西乃至中国历史文化结合之紧密，都使这一选题有了"不知从何下手"的难度。王芳不是从山西戏曲文化整体上的宏大叙事展开，而是有意味地选择十部戏曲作品，直截了当地切入"戏曲里的山西"乃至"山西戏曲所映射的中国历史文化"之具体情境，由曲折动人的故事讲起，经勾勒历史背景而深化，最终，从春秋时期的《赵氏孤儿》到明末清初的《柜中缘》，把十个戏曲片段不经意地还原为一部山西文化史。到此，读者才如观赏大地图景般地顿悟，那些细微处的悲欢离合，竟连缀起如广袤田野上尺幅巨大的稻田艺术造型。

所谓开掘深厚，是指这本书以戏为媒，努力揭示了戏曲视野中斑斓折射的山西文化风骨与神韵。在王芳的笔下，她所着意描述的每一部戏曲作品，都不是以其唱念做打、起承转合的程式和情节呈现出来的单纯艺术作品，而是蕴含着强大精神力量和文化意涵的"有意味的形式"。在《赵氏孤儿》中，王芳看到的不只是忠佑幼主、杀身成仁的中国品格，而是"其赴汤蹈火者，仍出于其主人翁意志，即列之于世界大悲剧者，亦无愧色也"（王国维语）的人类命运共同体情感。在《两狼山》中，王芳看到的也不只是奋勇与畏缩、忠心与奸佞之间的尖锐对立，而是更深切地体察到"驱驰本为中原用，尝享能令异域尊"这样超越民族、敌我、胜败等寻常因素的英雄主义情怀和生命勃发的强大力量。王芳在后记中以"我到底写了什么"为题，总结出的五条结论，也正是这种"绕到戏曲的背后去看看"所看到的历史必然性和文化对历史的深刻彰显与记忆作用。这就使得一个大写的山西呼之欲出，蒸腾而上，这是比寻常语言揭示得更加宏伟的文化壮景和文明颂歌。

所谓情感饱满，是指这本书从头到尾，王芳都不是以一支笔去冷静而客观地记录，而是倾注了自身喷薄的情感，用心去感受每一部戏曲背后所传达的精神力量。按照书中的描述，王芳创作这部著作，不是仅仅坐在书斋，披阅案卷，秉笔书写，而是努力地行走到每一部戏曲的发生地，去亲身感受那种风雨凄凄、金戈铁马乃至征程漫漫的历史现场，从并州到解州，从代州到蒲州，每一个戏曲的现场，也成了王芳踏勘寻访、亲炙冷暖的精神领地。在宁武关，为了一睹周遇吉墓园，王芳被困于风雨交加、雷声大作的山腰之上，几乎冒着生命的危险；在平陆县，王芳寻访《柜中缘》的主人公，在乡村野老的协助下，居然确认了戏中李公子的真正原型是明代宁夏巡抚、因反清复明粮绝被杀的李都堂李虞夔，既而为山西争回了这出脍炙人口的大戏的原创权。这样一位一直在路上的行走者，表现出的不仅仅是丰富的学养和深厚的底蕴，更是一种对戏曲艺术乃至其背后精神力量的热烈情感，这是对艺术的情感，对山河的情感，对文明的情感。唯其如此，王芳笔下的每一个剧目都能如此鲜活动人地呈现在我们的面前。

所谓文字了得，是指说一千道一万，这是一本好看的书，只要翻开第一页，你就会欲罢不能地看下去。从书中描述的许多细节看，王芳具有一种举重若轻、灵动自如的文字风格，如同武侠中的峨眉剑，轻抹疾挑、移形换步间，招法便如落英缤纷，顷刻间花雨如潮，飘逸动人。从书中的内容看，王芳在山西戏曲发展沿革的历史上做了很多功课，知识底蕴相当深厚，但她没有就此堕入"掉书袋"之中，而是努力驱动她风格独具的语言，以"六经注我"的路数，写出这一部戏、这一个人物和这一方典型情境。在我看来，这正是戏曲唱词的功夫。小时候我随父亲看戏，最不耐烦的便是大段的唱词，但现在听戏，唱念做打俱佳，也要以唱为先。这恰恰是唱词中所具有的神韵与美感，成为戏剧语言表达最为动人之所在。王芳深谙戏曲之堂奥，自然能巧妙地运用这种兼以历史、文学和艺术的叙述功夫，以疏能跑马、密不透风的节奏变换，写出戏曲之妙，也写出"世界大舞台"的人情冷暖、悲欢离合。

父亲生前，一直叹息就戏论戏者多，却罕有写出戏曲背后思想与情感的好书。遗憾的是，父亲已经作古，我才看到王芳这本书。倘能时光倒转，庶几可以令父亲夜坐灯下，捧卷而读，发出一声赞叹的。父亲一个人的希冀也许微不足道，但在中国的民间，戏曲文化其实有着丰富的土壤和强大的生命力，亦有千千万万如父亲般喜爱戏曲胜过一切的普通百姓。这是因为，戏曲的形式和内容，从一开始就联络着中国人的道德哲学和生存意志，是他们生命激情与人生追求最直接、最热烈和最优雅的表达。这不仅是戏曲作为一种文化样式的生存空间，也是中国之别于其他民族、其他文明最鲜活的特征。在某种意义上，它甚至是万千黎民百姓最为深切的政治表达和文化追求，就像周初的采诗制度，一直到乐府、梨园乃至勾栏瓦舍的浅吟低唱、清歌曼语，表达的却是一个个时代的核心价值观和个体的人生理想。从这个意义上，戏曲中折射出的这个世界，比我们直接的观察还来得真切和动人。在我看来，这正是王芳这本书最重要的意义。

"舞台小世界，世界大舞台"，戏曲和人世间，何时不是互为表里并且相得益彰？也许，山西文旅的宣传词，也该有一句：看戏请到山西来。

5. 残酷的两难

读《我不是杀人犯》

书　　名	我不是杀人犯
作　　者	［法］弗雷德里克·肖索依
译　　者	孟　晖
出版机构	生活·读书·新知三联书店
出版时间	2018年6月

作为一个资深书虫，我收藏了不少丛书，也颇有可以"藏之名山"的佳品。三联书店出品的"新知文库"，是我所藏诸多丛书中最值得珍藏的一种，洋洋150多本（据说现在已经出到了200本），几乎每一本都让人想读。读者有所不知，这套书早在20世纪80年代就已经策划出版，侧重译介西方现代人文社会科学知识，邃密群科，网罗精品，出了差不多100本。到了2007年，三联书店又推出新版"新知文库"，较之旧版，涵盖更广，兼括自然科学与人文社会科学，聚焦历史，关注科技，同时搜罗各种新奇冷知识，视角新颖独特，较之旧文库，无论是信息量还是精美度都提高甚多。我收藏的，就是这个版本。我自己曾经制订了个计划，用5年的时间读百本以上。目前，已经读完了七八本。先来谈谈这本《我不是杀人犯》。

看书名，起初我以为是刑侦题材的作品，翻了几页才知道，这本书是写我们偶尔关注的一个公共话题,叫作"安乐死"——当然,不是研究"安乐死"的历史与现实,理论与实证,而是讲了一个因现实需要所迫实施了安乐死的典型事例。看这个事例,原先有些遥远的安乐死问题,突然会逼迫到每个人的面前,无法回避。

这是一个让人不忍卒读的悲惨故事。法国一位23岁的志愿消防员樊尚·安贝尔,在一次意外车祸中全身瘫痪,虽然神志尚在,但全身多数的神经系统都已经失去作用,只有一根手指尚且能动——而且,这个状况是不可逆的。对不幸的樊尚·安贝尔来说,他明白自己的处境——身体已经成了灵魂的牢笼,而且永无改变的机会。于是,他靠这根手指与人沟通,强烈表达了希望安乐死的意愿。2003年9月,他的母亲不忍看他痛苦下去,在多方求援无果的情况下,向儿子的胃管里打进了巴比妥酸剂(一种作用于中枢神经的镇静剂,如注射量过大会导致呼吸抑制而致人死亡),以彻底解除儿子的痛苦。无奈,这一行动被医生及时发现,樊尚被救了回来。后来,在重症科里,樊尚的请求通过母亲的传达,得到了科主任弗雷德里克·肖索依医生的帮助。在2003年9月的一个早晨,肖索依医生决定,撤走呼吸机,并给予一定的神经镇静剂的注射,给樊尚的痛苦做了一个了断。樊尚·安贝尔摆脱了遥遥无期的痛苦,安详地离开了人世。但是,按照现行法律,樊尚·安贝尔的母亲和协助他的弗雷德里克·肖索依医生都犯了杀人罪。

人之常情,没有一个母亲能下决心帮助自己的孩子死去——

即使孩子已经重度瘫痪，只比植物人多一根能动的指头。但樊尚·安贝尔的母亲用一种更加深沉的爱走出了这一步。这个母亲应该这么做吗？那个协助她的医生弗雷德里克·肖索依，明知法律后果，是否应该协助这个可怜的母亲？法官应该判他们有罪吗？整个法国社会都在关注这个问题。

最终，在各界的帮助和支持下，弗雷德里克·肖索依用他勇敢的举动，迫使法国通过了一项关于生命终结的法律。这个事件的结局就是肖索依医生依旧行医，而法律和大众对死亡多了一份沉甸甸的思考。这本书的作者，正是参与实施这次安乐死的医生弗雷德里克·肖索依博士（与人合作）。他用简约的笔调，记述了整个事件，同时表达了他的认知。

对照我们在社会生活中的寻常所见，站在弗雷德里克·肖索依博士的角度，我突然想到了汉娜·阿伦特提出的那个颇具洞察力的主题——平庸之恶。作为樊尚·安贝尔的主治医生，弗雷德里克·肖索依博士完全清楚樊尚·安贝尔遭遇的悲剧性质和程度，也完全能够理解樊尚·安贝尔和他母亲的痛苦。从技术层面，他只要做一件很简单的事——拔掉呼吸机的管子，给病人注射镇静剂以消除痛苦，就能为一个家庭解决这种遥遥无期的灾难。当然，如果站在他自己的角度，最合理的选择是 Do Nothing（什么都不做）。这样，尽管他没有好处，也绝不会有麻烦——这难道不是大多数人在大多数情况下极其自然、不假思索的选择？但汉娜·阿伦特质问，"也许你不能违抗命令，但至少可以把枪口抬高一寸"，否则，这就是"平庸之恶"。

当然，就事情的性质而言，我们不能把弗雷德里克·肖索依博士与恶名昭著的纳粹头子阿道夫·艾希曼等量齐观，事实上他们也做出了完全不同的选择。阿道夫·艾希曼选择了犬儒般的"执行命令"，而弗雷德里克·肖索依选择了自己心中的道义。

6. 一本关于人的世界史

读《大人物的世界史》

书　　名　大人物的世界史
作　　者　［英］西蒙·蒙蒂菲奥里（Simon Sebag Montefiore）
译　　者　谷蕾、李小燕
出版机构　湖南人民出版社
出版时间　2019 年 10 月

在十多年前，一个名叫西蒙·蒙蒂菲奥里的英国历史学家进入了公众的视野，从《耶路撒冷三千年》开始，此君以几乎每两三年一部的速度向广大读者推出他的历史学著作，包括《青年斯大林》《罗曼诺夫皇朝》等，也包括我要推荐的这本《大人物的世界史》。

从书中提供的资料看，西蒙·蒙蒂菲奥里 1965 年出生于英国，是英国著名的历史学家、电视节目主持人、流行历史书和小说作家，英国皇家文学学会研究员。他曾在剑桥大学攻读历史专业，其作品被翻译成 50 余种语言，先后斩获英国科斯塔传记奖、美国《洛杉矶时报》传记图书奖、法国政治传记大奖，以及奥地利克莱斯基政治文学奖等众多大奖。最近，他还写了一部历史小说，叫作《萨申卡》，已经推出了中译本。他的另一本著作《耶路撒冷三千年》是其迄今为止水平最高、影响力最大的历史类著作，西蒙·蒙蒂菲奥里之所以能够在广大读者中享有盛誉，多是拜这本书所赐。

当然，这绝不是说西蒙·蒙蒂菲奥里的其他历史学著作就乏善可陈。恰恰相反，尽管我还没有读过《青年斯大林》，但就读过的《大人物的世界史》来看，其水准与价值是丝毫不亚于《耶路撒冷三千年》的。

这本书首次出版于2016年11月，讲述了一百多位改变历史进程的"大人物"的生活和故事，作者也凭借他们之整体，构筑了人类三千年的世界历史。在书中，作者用每人三到四页的篇幅，栩栩如生而又详略得当地为我们描述了一个个足以改变历史走向的"大人物"。这些"大人物"，有的为我们所熟知，有的则相对陌生，但"观其所以，察其所由"，无一不是对今日世界之所以如此模样做出了实质性影响的非凡人物。作者以"大人物"来概括，大约蕴含着只看影响力，不做历史道德评判的意味，英雄豪杰自然入选，大奸大恶也一视同仁。当然，作者选中这些人物，除了其个人的历史地位，也参考了历史进程的连续性和承继性。这样，就人物的个体而言，那些我们熟悉或者不熟悉的人物，在作者笔下都呈现出了更为丰富的内涵，以及不为人知的一面。

本书的译者谷蕾说："作者对于收录这部书中的历史人物似乎没有一个确切的标准，如果非要说有的话，那也有一点，便是有名。书中既有思想上、政治上影响历史进程的伟人，也有像开膛手杰克这样臭名昭著的罪犯。鉴于本书通俗读物的定位，这样不拘一格的选录反而更令人读来有趣。"在我看来，谷蕾只说对了一半，作者另外的意图是把这些人物串联起来，从整体上形成一部上下三千年的世界史，如同将零件组装成汽车，发动机当然入选，座椅上的装饰也不可缺少。

本书介绍历史上的一百多位重要人物，或侧重人物生平，或侧重重大事件，或侧重个人特质和逸事传奇，就读者的感受，也是颇为丰富多彩且妙趣横生的。这也是作者能令读者一气呵成而欲罢不能的奥秘所在。当然，我们多少有点遗憾的是，入选的人物多以欧洲、西亚、北非的历史人物为主，既有帝王重臣、政治家、军事将领，如拉美西斯大帝、亚历山大大帝、彼得大帝、汉尼拔、罗斯福、丘吉尔、甘地、曼德拉等，又有影响后世的思想家、文学家、艺术家，如苏格拉底、海明威、贝多芬、毕加索等，也有着重大发现的科学家、探险家，如牛顿、爱因斯坦、哥伦布等，还有闪耀人性光辉、堪为道德楷模的贞德、辛德勒、南丁格尔等。总体上看，作者仍然或多或少地囿于欧洲中心主义的窠臼，对人类历史进程中其他文明中的"大人物"缺乏足够的重视，包括创造了灿烂华夏文明的中国，也只有四人入选，且皆是唐代及其之前的上古、中古时期人物。如果不是另有缘由，这便是这本书一个非常令人遗憾之处。

读者如果对世界历史存有兴趣，又对那些过于严肃和艰深的大部头世界通史望而却步，不妨以这部颇有趣味的特殊世界史作为入门教程。这本书尽管篇幅不短，但阅读起来毫不费力，且语言妙趣横生，引人入胜。作者自己说，"历史不由少数人塑造，但他们或多或少改变了历史的走向。他们是先知、国王、皇后、诗人、艺术家、哲学家、征服者、探险家……他们或高尚、勇敢，有着独特的魅力、智力和创造力；或鲁莽、蛮横、厚颜无耻、近乎疯狂；或者，是这两者的结合，是英雄和野兽的矛盾体"。在我看来，这才是真历史，花朵美艳，虫洞赫然，你都该看看。

7. 危险的并不是既得利益，而是思想

读《论企业家：经济增长的国王》

书　　名　论企业家：经济增长的国王
作　　者　张维迎、盛　斌
出版机构　生活·读书·新知三联书店
出版时间　2004年6月

网上有很多段子是讽刺专家的。你把这些段子讲给众人，引发哄堂大笑之余，还颇能令人产生共鸣，可见段子的背后，也有复杂的社会心理。在我看来，一方面，是专家的队伍里，经常混入伪专家，比如不懂医理的"医学大师"，读不通《论语》的"国学大师"，只学过初中物理的"引力波研究者"，乃至没学过生物学的"转基因批判家"。这种人多了，专家的行情就坏了，好比一个地方老丢东西，就会疑心此地人人是贼。另一方面，一些确有水平的专家自己不够检点，总喜欢在自己不熟悉的领域大发议论，他的常人之见未孚专家之实，也坏了专家的名声。当然，还有另外的原因，因为话题的专业性，公众未必明白专家的微言大义，也可能"播下去的是龙种，收获的却是跳蚤"。当然，有些人骂专家，是因为既能有骂个痛快的好处，还能确保安全无虞，骂别人就不一定，所以人会"欺软怕硬"地把怒火倾于专家，先出口恶气再说。

在受到讽刺的专家中，经济学家每每首当其冲。这大约是因为自身财产多寡予取的问题太过重要，人们对经济问题关心甚多。加上即便是严肃的经济学家，对同一问题也常常意见相左，从而令公众左右为难，莫衷一是。更为常见的是，经济理论与经济现象，常常不会简单契合，许多道理尽管"看上去很美"，却经不住理论与经验的检验。在这种情况下，公众常常会不假思索地反对专家，特别是某些时候，有人信口开河，许之以难以落实的厚利——比如免费医疗或者公共食堂之类，清醒的专家就更成了众矢之的。这样下来，仿佛世间不幸，都是专家存心作乱。此时，专家收获的，就不止于跳蚤，还包括唾液的洪流，板砖的飞蝗，甚至对祖宗的"问候"。

在诸多挨骂的经济学家中，张维迎不算众矢之的。我曾经分析过，张维迎之所以挨骂少，与他个人所具有的平民主义形象有关，大家本来要骂，一看是自己人，骂声就减弱了不少。不过，尽管他在维护市场经济的地位、强调产权的重要性、反对政府对经济活动的干预乃至对所谓"语言腐败"现象的抨击方面挨骂不多，但他维护企业家的主体地位，强调企业家管理行为作为生产要素的合理性与重要性方面，尽管观念进步，学理充分，在实践中也有重要意义，但还是给他招来不少骂声，有人甚至称他为新的"资本家的乏走狗"，认为他为企业家发声，就是为富人牟利，为剥削招魂，为社会不公寻求合理性。这样的骂声，言未必高，声未必振，却有着显而易见的杀伤力。

为张维迎招来骂声的，正是他这本《论企业家：经济增长的国王》。严格来说，就内容，这本书自然是张维迎的原创，但就其思想而言，却是来自英国一个著名经济学家熊彼特。1925年，熊彼特在自己的代表作《经济发展理论》中，将"经济增长的国王"这项桂冠赠予了企业家。在熊彼特看来，这样的称号，不仅仅是一种荣誉，也是被欧洲几百年的经济发展史证明了的一个事实。熊彼特认为，资本主义的灵魂是企业家，而企业家的职能是"创新"，也就是所谓引进新的产品、新的技术、新的生产方法，控制原材料的新供应来源，实现企业的新组织，从而从微观层面解决企业发展、经济增长和社会进步的经济学机制问题。从战后全球经济的恢复、发展的实际状况看，熊彼特的理论已经成为全球经济学界的共识，不仅具有理论上的合理性，也产生了巨大的实践效益。

张维迎和盛斌的这本书，其实就是熊彼特《经济发展理论》中关于企业家精神之论述的中国版，当然，也结合了中国经济社会发展的实际，进行了大量理论研讨和论证。在作品的前三章，企业家的社会地位、企业家的职能、企业家的素质等领域内，作者运用熊彼特的理论成果，旁征博引，直面现实，深刻论述了作为现代生产要素的企业家精神的地位、作用与条件，从而奠定了中国企业家理论的基本框架。在接下来的部分，作者又从企业家产生的社会条件方面，论述了在当今中国经济社会中，推动优秀企业家脱颖而出的经验与教训。最后，作者以"企业家与中国的改革"为研究对象，深刻分析了中国经济改革与发展进程中的企业家所具有的特殊作用，指出了中国企业家成长的可行之路。作者最后认为，一个社会，从"学而优则仕"过渡到"学而优则商"，无论是对于经济社会的发展，还是体制机制改革的推进，都具有特殊重要的意义。显然，这是一个具有鲜明理论勇气和实践意义的重要课题。在今天整个社会进入高质量发展的时代背景下，这样的理论振聋发聩，弥足珍贵。

100多年前，著名英国经济学家凯恩斯在他的名著《就业、利息和货币通论》中有一段名言："经济学家和政治哲学家的思想力量之大，常常超出常人意料之外。事实上统治世界的只是这些思想罢了。或许我认为不受任何学说的影响，却往往当了某个已故经济学家的奴隶。狂人执政，自以为得到上帝的启示，其实他的狂想的由来则是若干年以前的某位学者的思想。我确信既得利益的势力未免被人过分夸大，其实远不如思想的逐渐侵蚀力那么大。这种力量当然不是马上就起作用，而是在经过一段时间以后，因为无论是在经济哲学和政治哲学方面，一个人如果一旦到了25岁或30岁以后，很少会再接受新学说。所以公务员、政客，甚至鼓动家们在目前时局中运用的种种理论通常并不是最新的。但是或早或晚些，不管是好是坏，危险的并不是既得利益，而是思想。"这段话，对于那些网上的骂客，应该是一味清醒剂。

8. 励志的总统与卑微的林肯

读《林肯传》

书　名	林肯传
作　者	［美］戴尔·卡耐基（Dale Carnegie）
译　者	张　勇
出版机构	作家出版社
出版时间	2016 年 10 月

　　林肯有无数本传记，其中最为著名的一本来自卡耐基——一位全球著名的成功学大师。由于卡耐基的"晕轮效应"，每个读卡氏《林肯传》的读者都把这本书读成了成功学秘籍。但我读了以后才发现，这即便不是误读，至少也削弱了卡耐基创作这本书的初衷——他似乎不是要写一本励志的书，尽管很像。通读这本书，首先感受到的是作品传达出强烈的悲剧情感。这就好比，窦娥是靠父亲中了进士才沉冤昭雪的，但你如果把《窦娥冤》看成"如何高中进士"的励志故事，关汉卿的棺材板子就盖不住了。

　　我最近重读了这本《林肯传》，不是因为别的，仅仅是在读一本大部头的美国史的过程中，读到南北战争这一段，想找本写同一题材的读物参照印证。显然，要想切入独立战争的内核，没有比了解林肯其人更直接的了。有人甚至把美国独立战争称为"林肯的战争",至少不是在信口开河。没有林肯,不是北方能不能打赢这场战争的问题,而是南北双方会不会有这场战争的问题。

　　说这本书是励志故事,似乎也有道理。毕竟,这是讲一个苦孩子最终成为美国总统的故事。林肯被称为美国历史上最伟大的总统(也许那些华盛顿的拥趸会不同意),这更彰显了"成为林肯"的巨大意义,当然也是巨大困难。无论如何,从头至尾把这本书读完,大家都能体会到林肯走上权力巅峰的不凡——从事实到意义,也必然激励所有的读者将他奉为楷模,励志奋发。"取法乎其上而得其中",一个人以美国的林肯为榜样,虽然不能保证当上总统,至少也应该取得非凡业绩。一个社会底层的人经过努力拼搏,当上美国总统,造福美国民众,为美国作出巨大贡献,名垂史册。难道这不正是最好的励志故事吗?

　　我们可以料想,林肯不会同意这样的说法,因为在他看来,自己的一生,经历足够坎坷,却难言成功。在他只有56年的生命历程中,绝大多数的时候都充满着常人难以想象的苦难和挫折。整个童年,他都随着作为拓荒者的父亲,生活在美国肯塔基州一个偏远农村——比之以中国,类似于今日进城务工的打工者,他们住在一个十分偏远的地方,除了几个邻居,方圆几十里都没有人烟。林肯9岁时,母亲就因病去世了,随后父亲搬到一个小镇,而后一个寡妇成为他的继母。直到15岁林肯才开始读书学习,只接受了很少的课堂教育。他的大多数的知识都来自自学,甚至自学法律成了一名律师。自学法律的时候,他遇见了自己的真爱，但几年后初恋就病死了，这令他痛苦万分。过了几年，林肯和一个自己不爱的女子玛丽结了婚，婚后并不幸福，甚至害怕回家。太太玛丽终日忙于社交和炫耀，尤其是林肯当了总统后，她更加跋扈，甚至在林肯公开演说时当众扇他耳光。林肯和玛丽一共生了四个儿子，但有三个儿子早夭，只养大一个。林肯职业生涯也难言顺利，长大以后，当过农场雇工、石匠、船夫等。不过，由于他自小练就的出色演讲才能，加上妻子的资助，尽管连续三次竞选国会议员都以失败告终，但总算在37岁当选了国会议员，然而两年之后又连任失败。46岁和49岁，他又两度竞选参议员落选，快50岁了，仍然在人生的苦海中沉浮挣扎。

直到51岁，他才阴差阳错地成为共和党的总统候选人，并多少有点侥幸地当选美国总统——赢得了所有北方州选票，却输掉了所有南方州选票，稍有差池就会落选。即便如此，他也仅仅是接下了美国历史上一个最烂的摊子。在他上任时，南方因为他的废奴主张，已经威胁要退出联邦。他不得已，一边颁布《解放黑人奴隶宣言》，一边与宣布退出联邦的南方各州展开战争。在很长的时间内，战事十分不利，自己的治下也千疮百孔。就在他要输掉连任选举的关键时刻，北方军多少有些偶然地打赢了战争，促成了他的连任。但是，还不到一个月，也就是在南方军队投降后第五天，林肯就在包厢看戏时被枪击，成为美国历史上第一位遇刺身亡的总统，此时他才56岁。

无论是家庭还是事业，林肯也许有一定程度的成功，但他的一生难称幸福。这样的人生，没有人会乐于效法。他生得卑微，死得凄惨，直到死去的那一瞬间，在人世间也没有享受到多少幸福。如果卡耐基准备用这样的故事来宣扬他一贯推崇的成功学，要么是搞错了逻辑，要么是举错了例子。

在我看来，林肯的意义——自然也是《林肯传》的意义，恰在于揭示一种人类生活中根深蒂固的悲剧性，就是伟大的人物尽管伟大，却无法在生活中享受自己给人类创造的福祉。苏格拉底启迪了雅典，却被雅典的公众判处了死刑；恺撒为罗马征服了整个欧洲，却被元老们无耻地暗杀；汉尼拔为了迦太基浴血奋战，最终出卖他的就是他的祖国；女英雄贞德帮助祖国打败了英国侵略者，却被自己的国王出卖给了英国人而慷慨赴死。中国也一样。车裂商鞅的，正是他帮助最多的秦国人；放逐屈原的，就是他深爱的楚国；李太白曾经"冠盖满京华"，也难免"斯人独憔悴"；风波亭上杀死岳武穆的，正是他想捍卫的"自己人"；袁崇焕被冤杀后，被弃尸于市，北京城中的百姓纷纷出钱买袁崇焕身上割下的肉吃。尽管这些情形与林肯的故事不尽相同，但是，个人巨大贡献与残酷命运的吊诡冲突，却是高度一致的。林肯拯救了甚至重新缔造了美国，却死在黎明前的黑暗之中，正是如此。

书中介绍："在这本书中，作者以其感人至深的笔触，生动再现了一个内心忧郁、富于理想、愈挫愈勇、满怀仁慈之心的林肯形象。林肯的从政之路充满坎坷和失败，但追求平等的政治理想却一直支撑着他屡败屡战，直至最终入主白宫。这位平民总统富于传奇色彩的一生，相信会让每一位读者唏嘘不已。"在我看来，读者不能"群情激昂",而只能"唏嘘不已",这才是这本书抒发情感的重点,不是励志的鸡汤,而是悲剧的烈酒。

林肯说:"为了赢得胜利,也许你不得不干一些自己不想干的事。"也许,"自己不想干的事",也包括迎着子弹,慷慨赴死。

9. 风车，还是巨人？

读《上海书评选萃：兴衰之叹》

书　　名　上海书评选萃：兴衰之叹
作　　者　金重远　等
出版机构　译林出版社
出版时间　2013 年 7 月

上大学的时候读塞万提斯的《堂吉诃德》，印象最深的是堂吉诃德带领桑乔与大风车搏斗的情节：

> 这时他们发现了田野里的三四十架风车。堂吉诃德一看见风车就对侍从说："命运的安排比我们希望的还好。你看那儿，桑乔·潘萨朋友，就有三十多个放肆的巨人。我想同他们战斗，要他们所有人的性命。有了战利品，我们就可以发财了。这是正义的战斗。从地球表面清除这些坏种是对上帝的一大贡献。""什么巨人？"桑乔·潘萨问。"就是你看见的那些长臂家伙，有的臂长足有两西里呢。"堂吉诃德说。"您看，"桑乔说，"那些不是巨人，是风车。那些像长臂的东西是风车翼，靠风转动，能够推动石磨。"堂吉诃德说："在征险方面你还是外行。他们是巨人。如果你害怕了，就靠边站，

我去同他们展开殊死的搏斗。"说完他便催马向前。

因为错把风车当作巨人，堂吉诃德颇吃了些苦头，书中描写"长矛刺中了风车翼，可疾风吹动风车翼，把长矛折断成几截，把马和骑士重重地摔倒在田野上"，这位勇敢的骑士甚至差点丢了性命。

之所以在很多年以后还能记得这段情节，是因为这段故事给过我一个算不上深刻的教益，那就是，先搞清事实，再发出感慨。看上去这只是一个常识，但活了半辈子发现，我们——自己以及别人，在生活中发出的很多感慨，都缺乏事实基础。鲁迅说"古人看见月缺花残，黯然泪下，是可恕的，他那时自然科学还不发达，当然不明白这是自然现象。但如果现在的人还要下泪，那他就是糊涂虫"，也有这个意思。

这是昨天读《兴衰之叹》这本书，偶尔产生的一点感慨。这本书是"上海书评选萃"丛书中的一本。几年前，我在青岛一个旧书店发现了这套书，一套八本，包括《似是故书来》《都是爱书的人》《谁来决定我们是谁》《流言时代的赛先生》《兴衰之叹》《国家与市场》《穿透历史》《画可以怨》。并无函套，不知是否全了。翻了翻，作家重磅，内容可观，亦因为是书评集子的缘故，简直如获至宝。几年下来，差不多都读下来了，阅读的感受，不负购入时的兴奋。

《兴衰之叹》恰好是最后读完的一本。主题是关于苏联和东欧的历史与现状，书中收入了金重远、金雁、吴伟、王晓渔、程映虹等名家的文章,有读者说它"有好书推荐,有见解表达,有文化内涵",我觉得是颇为贴切的评论。其内容,因为文章不多,正可以把标题逐一引于下,包括《金重远谈二十世纪五十年代的苏联社会》《末代沙皇的退位及其遇害》《中欧的价值:"欧洲精神"燃烧之地》《后苏联民族问题的症结》《总理眼中的国家悲剧》《赫鲁晓夫的1957》《让"失败者"说话》《1962:核战边缘》《一道翻不过去的墙》《谁是苏联的掘墓人?》《南联邦解体二十周年祭:记一个"小帝国"的终结》《有时候,我们要下到井里看看繁星》《裸体主义:东德人的专享自由》《东德人为什么要跑?》《俄罗斯为什么选择保守主义》《冷战史中的苏联解体》,十五六篇文章,基本涵盖了一个半世纪以来苏联(俄罗斯)乃至东欧历史中的重大事件。

难得的是,这些文章其实是以书评的面目出现。如果读者有进一步深研的需求,这本书就不光是事实的陈述与观点的揭示,亦可以充当引路的夜灯,引领读者走向事实幽谷的更深处。我之所以阅读此书后对"事实"与"感叹"颇有些感慨,正是流连于事实的幽谷时对见所未见之事物的新鲜感所致。毕竟,本书的主题,因为一些显而易见的原因,是颇有公众关注度的。20世纪80年代和90年代之交发生的那场巨人轰然倒下的大事件,直到今天仍然余波未平,歧见杂出。在我看来,一个重要的原因是许多议论如同堂吉诃德,不是基于事实,而是基于想象。因而,读这本书,多了解些事实,或有裨益。

当然,事实虽然可贵,但也畏惧一种情形,那便是人先有定见，不顾他说。在《堂吉诃德》中，堂吉诃德让风车击打得鼻青脸肿，本该明白，结果却出人意料：

> "上帝保佑！"桑乔说，"我不是告诉您了吗，看看您在干什么？那是风车，除非谁脑袋里也有了风车，否则怎么能不承认那是风车呢？""住嘴，桑乔朋友！"堂吉诃德说，"战斗这种事情，比其他东西更为变化无常。我愈想愈认为，是那个偷了我的书房和书的贤人弗雷斯通把这些巨人变成了风车，以剥夺我战胜他而赢得的荣誉。他对我敌意颇深。不过到最后，他的恶毒手腕终究敌不过我的正义之剑。""让上帝尽力而为吧。"

所以，尽管我强调事实，心里也不免气馁。在堂吉诃德眼里，风车不是风车，是巨人变化的。这种情况下，思想固然无用，事实也只能偃旗息鼓。我们对世界发出什么样的"感叹"，不惟基于事实，更由头脑中预置了什么样的意义决定。

10. 一本独特的西洋绘画艺术史

读《名画的诞生》

> 书　　名　名画的诞生
> 作　　者　[俄]伊·多尔果波洛夫
> 译　　者　蔡汀 等
> 出版机构　金城出版社
> 出版时间　2010年1月

　　这本书我前前后后看了好几年，中间数次辍读又重新开始，直到 2023 年的最后一天才终于读完。很难想象，一个俄国艺术史家对欧洲油画艺术的介绍，其内蕴的澎湃力量居然远远超过那些我们已经耳熟能详的欧洲艺术史名著。

　　在读这本书之前，我已经读过贡布里希的《艺术的故事》和英国 BBC 著名的"艺术史三部曲"（《文明》《艺术的力量》《新艺术的震撼》），以及一本从人文学角度回顾艺术沿革历程的《人文学通识艺术：让人成为人》，也读过蒋勋所著若干本介绍西洋艺术家的普及读物。比较起来，贡布里希的著作偏重于艺术理论及其变迁，"艺术史三部曲"更多地揭示作品的内涵与时代特征的关联，《人文学通识艺术：让人成为人》则覆盖不止于绘画的各类艺术，重点是揭示作品背后的人文精神，而蒋勋则带着我们面对艺术品本身，以通俗而感性的语言教给读者如何鉴别其中的美感。

而这本《名画的诞生》选择了一个完全不同的视角。顾名思义，它描述了艺术家们如何创作那些如今已经广为人知的经典作品，包括他们最初的冲动，创作的历程，遇到的心理和现实挫折乃至他们的努力，以及创作完成之后的种种遭遇。这种独特的追求使这本书成为难得的"这一个"，不能忽略，也无法代替。有一个有趣的评论说，这本书"让读者在吃鸡蛋（欣赏名画）的同时，也能知道鸡是如何下蛋的"，这是切中要害的说法。

据有限的资料介绍，这本书的作者叫伊·多尔果波洛夫，是世界上最重要的艺术史家之一。此君撰写的一系列普及艺术史、推介艺术家的文章，常年刊载在具有重要影响力的前苏联文艺杂志《星火》上，得到艺术界专家和广大读者的高度赞许，并在1981年精选结集成书。这就是这本《名画的诞生》。本书自问世起，已在全世界以多种语言和不同版本销售逾600万册，受到各国读者的极大欢迎，被誉为艺术史上"一本独一无二的著作"。

这本书之所以能够"独一无二"，在于其入选的画家和作品都是全球视野下的第一流。从画家看，包括了达·芬奇、米开朗琪罗、拉斐尔、伦勃朗、德拉克洛瓦、米勒、雷诺阿、蒙卡奇、列宾等在内的20位世界名画家，这个名单，放在任何一本艺术史著作中都是必选之大家。当然，其中如马克斯·施瓦宾斯基、亚历山大·伊万诺夫可能不像西欧著名画家那样令人熟悉，但看其作品，观其技法，乃至"察其所由"，亦是可以比肩西欧大师的名家。从作品看，这20位名家的代表作品悉数收入，作者在每篇文章中着重介绍的作品，也大都是每位名家的传世名作。通读这本书，完全可以等同于阅读一本内容丰富、视角独特的西洋绘画艺术史。

尤为难得的是，作者不是用一种冷静、理智和客观的叙述方式，像教科书般介绍那些已经广为人知的人物经历、艺术流派和作品的风格特征，而是以清新明快、充满情感的笔调，抒发了作者对画家发自内心的热爱与倾慕。由于对艺术历史的谙熟乃至内蕴的澎湃激情，作者没有貌似公允地评论每一位艺术家，而是努力把握他们特有的精神气质，捕捉艺术家生平中的关键时刻对其艺术创造力的激发与积淀，从人性的角度破译出这些艺术家代表作中所传达的生命意蕴，从而使这一本介绍画家及其作品的著作，同时具备了艺术哲学的风韵与气质。通过阅读作家如火激情之下的抒发式解析，读者可以体会到从古典主义到浪漫主义、现实主义乃至现代主义艺术的继承与革新，从而进行一个近现代绘画艺术的漫长巡礼，感受到艺术在时代变迁过程中所释放出的人性的绚烂光芒。

这本书的扉页上有一段话："一本好的艺术史不应是史实的简单罗列，而应是对艺术观念、艺术精神的集中表达与传扬。本书的成绩证明了一种活泼、真实、源自心灵的写作并非绝无可能。"

"活泼、真实、源自心灵"，不仅是艺术史家的追求，甚至也应该成为艺术作品本身的追求。这是对我们经常看到的那些泡沫般浮华艺术的最好解药。

11. 两个梁思成

读《心灵之旅》

书　　名	心灵之旅
作　　者	梁思成、林洙
出版机构	人民文学出版社
出版时间	2013 年 4 月

二十七八年前，我还是省体育局办公室的一名普通工作人员，受命接待一位来自北京的领导。在晚餐中，这位领导听说我是学建筑的，就问我：为什么西方古典建筑都是以石材为主，而我们中国建筑却是以木材为主？我当时虽然做了回答，但连自己都觉得答得有些苍白无力。

我虽然是学建筑的，但从建筑学科当时的专业划分，我所学的专业叫作"工业与民用建筑"，主要任务是将建筑师（通常来自一个叫作"建筑学"的专业）所设计出来的建筑造型选用合适的结构方式搭建起来，从结构的设计，到工程的施工，都是工民建专业的任务。遗憾的是，我当时一点也不喜欢这个专业，学习的过程完全被动。毕业以后，直接就改了行。

但我没太想到的是，毕业后不久，我却如痴如醉地喜欢上了建筑。从一定意义上，那位北京来的领导的问题是一个诱因。由于想对这个问题做出一个更为准确和扎实的回答,我找来很多关于中国古典建筑的书籍,一本本翻看,就在这个阶段,梁思成开始进入我的视野。完全料想不到的是,从那时候起,我读了无数本梁思成——当然也包括甚至更具传奇色彩的他的夫人林徽因的著作,也追随着梁林的步伐,实地勘访了无数个中国大地上的木构遗存。作为对照,也在出国访问的有限经历中,参观了不少西方石结构建筑。当然,更多的"游览",是熊逸先生所说的"纸上卧游":我每年都要阅读大量关于古典建筑的专业、半专业乃至游记性读物,乐此不疲地思考和探索其中之奥秘所在。对于今天的我来说,建筑虽然从专业变成了业余爱好,但我反而把业余爱好做出了专业追求。

阅读关于梁思成先生的这本《心灵之旅》,是我关于古典建筑"卧游"历程中的一个独特经历。从书的作者看,它由梁思成、林洙(梁思成先生续弦之妻)夫妇共同完成。从内容看,这本书分为正编、副编两大部分。第一部分主体为梁思成先生早期建筑方面的文稿,主要是梁先生在中华大地上古建方面的调查报告,辅之以他的第二位夫人林洙女士的导读,以及梁思成本人自少年至成年的大批珍贵照片和来自梁思成先生自己的古建摄影。这本书有的内容可见于其他书籍——但林洙女士的导读大多数是新近创作的。林洙女士也是清华大学建筑师,陪伴梁思成先生走过了人生艰难岁月的最后11年,直到梁思成去世。由她来解读梁思成先生的著作,可谓珠联璧合。第二部分附录,是梁思成先生晚年与林洙的通信,占了全书一半的分量。信中,我们看到的是身体孱弱、感情细腻、内心纠结而又"虎老雄心在"的另一个梁思成。这部分内容是首次披露出来，无论是史料的丰富与完善，还是阅读的情感体验，都是难以替代的珍贵资料，对后人了解和研究梁思成晚年思想具有不可估量的价值。

从成书看，这本书是后期编辑和策划的结果，主要来自对此题材和人物无比关心的出版社编辑和林洙女士的共同努力。而最后形成的这样一个版本，是由现有的资料决定的。本来，两个不同的内容，如果更加细致地整理和编撰，完全可以成为两本各具特色的读物，前者理性，后者深情，以飨对阅读有不同趣味与渴求的读者。但这样多少有些"粗率"地嫁接到一起，尽管看上去不循常例，但就我自己的阅读体验而言，却有一些令人喟叹的独特体验。在一本书的容量里，为读者呈现出两个显著不同的梁思成——作为伟大建筑师的梁思成和一个垂垂老矣、心情复杂的普通人梁思成。这样的奇异组合，成了这本书也许编辑和作者皆始料未及的一个亮点。

直到今天，尽管我自己关于古典建筑的知识已经今非昔比，但如果让我准确地回答"为什么西方多石构而东方多木构"的问题，我仍然会感到力不从心、言难尽意。不过，这本书倒让我看到了两个梁思成：一个是石材的梁思成，以无比坚毅的意志去探索中国古典建筑之堂奥，使之成为巍峨雄伟的理论大厦；另一个是木材的梁思成，以极其旺盛的生命力感知生活和情感，绽放出郁郁葱葱的精神绿意。我们喜欢建筑艺术，不仅于前者，而更是后者。

12. 西川版的"西游记"

读《游荡与闲谈：一个中国人的印度之行》

> 书　　名　游荡与闲谈：一个中国人的印度之行
> 作　　者　西　川
> 出版机构　上海书店出版社
> 出版时间　2004 年 1 月

在一千多年前的古代，人们亦多出行海外，其著名者，有张骞通西域、鉴真渡东洋，而去往古印度的，则以玄奘西游最为出名。其实，东晋的法显去古印度求法，比玄奘早二百多年，旅程也更艰苦，只是缺个吴承恩替他扬名。此外，唐代还有一个叫作王玄策的将军，曾经三赴古印度，惜乎历史记载多半散佚，后世影响不大。唐高宗李治时，还有一位著名高僧义净也曾到古印度取经，"历时二十五年，遍游三十余国，得梵本佛经四百部"。古代中国文化水平极高，到别处都有传经送宝的意味，唯有到古印度，在文化层面上，至多是平视。西川说印度（古印度）曾经是我们的远方。这个"远方"意味深长，至少当是令人向往的美好之地。

但世事变迁，今天的国人对印度，颇多了些自傲。我们经济总量已经到了世界第二的水平，再谈及排名第五、经济总量却只有中国五分之一的印度，即使鼻孔不朝天，也多半要撇撇嘴，做出不屑置辩状。进入21世纪，国人出国旅游数量激增，从日韩到东南亚再到欧洲、非洲、大洋洲，都是大热的旅行目的地。笔者有一年出访法国恰逢新年，感觉巴黎街头的人流中，中国人比法国人还多。但谈及去印度旅游，似乎就小众了许多。或许还有人瞪了眼问：去印度，学瑜伽还是肚皮舞？全不知瑜伽本是修行之术，肚皮舞却要去埃及才好。

在这样的背景下，读西川这本书，就显得别有一番滋味在心头。在书的序言里，西川对这种国人冷落印度行的状况，颇有感触，称之为"这说明我们的文化意识，尚欠发达"。我虽然对他如此直截了当有些不习惯，但还是很同意他的说法。他这本书写于20年前，如今过去了20年，情况也未见改观。东晋法显和玄奘义净王玄策们目睹此景，怕也要大摇其头。

事实上，即使不论古代印度文明长期的高水准，单从古代中国受外来文化的影响程度论，古印度恐怕是排在第一位的。尽管现代印度与古印度有着本质的区别，但它们之间仍有很深的联系。虽然影响中华文明至深的佛教文化在其本土已经式微，但作为一个具有高度精神文化传统的宗教大国，现代印度之国情与文化，却走着一条迥异于西方，也迥异于中国的道路。仅就其对世界文化的影响力而言，历史地看，是堪与中华文明相伯仲，甚至从某种意义上，是有过之无不及的。从文化互鉴的角度，去印度旅游参观，其独特性、丰富性、神秘性、绵延性，都能使旅人有真正深刻的触发与感悟。在我看来，印度当是国人旅游的"高级别"

目的地，我虽然没有机会西游一番，但退休后第一次出国就去印度，是早已心向往之的。

虽然普通游客不多，但自21世纪以来，文化名人到印度一行，回来写本书的，为数不少。在我自己的公众号中，介绍此类著作的文章，至少已有方方访问印度的游记以及日月洲的印度佛教陈迹游等两篇；如果算上介绍印度的其他著作，应该还有两三篇。

但之所以仍要介绍西川这本书，实是因为它在同类著作中自有与众不同之处。在我看来，就对印度精神传统之挖掘，日月洲写了印度之表，即便不止于"腠理"，也多半仅及于"肌肤"，至于印度的"肠胃"乃至"骨髓"，却只有西川这本书做到了。这倒不是哪一位浅薄或者深刻，而在于前面两位都是顺着地表之遗存的状况一路写来，虽则也能"触及灵魂"，但不免有些浮光掠影，就事论事。而西川则基本是从毫无逻辑关联的片段入手，写印度市井与江湖中的人，把印度文化的底蕴，化作自身深切的感悟，一点一滴激发出来。从第一页起，书中便处处充溢着诗人独特的感悟和鲜活的文字，每每以寥寥数笔，便勾画出具有异域色彩的风土人情。从书的结构上，与跟着景点走的游记不同，它是打乱时空，跟着印象的记忆，写出一个个鲜活的片段，在历史和现实两头自由游走，每小节独立成段而又相互呼应。一方面，呼应了现代人追求快节奏、一点触发的阅读习惯；另一方面，惯于以诗的语言产生丰富的哲学意向，从而更深刻地触及印度文化的底层逻辑。书中配合了大量精致的图片，尤其是诗人亲自拍摄的照片，给人以极强的视觉冲击力。

在书的最后，西川写道：

　　随着我对印度生活体系的逐步了解，在积累了一些使我得以自如地孤身旅行的经验之后，我爱上了唐僧、孙悟空、猪八戒、沙和尚头脑中的这"西方极乐世界"。尽管印度并非《阿弥陀经》和《无量寿经》中所说的"极乐世界"，没有金沙布地的七宝池，没有黄金为根、白银为身、琉璃为枝、水晶为梢、琥珀为叶、美玉为华、玛瑙为果的宝树，但我还能把"极乐世界"假设到什么地方去呢？学会观察和思考，就是学会透过表面现象去把握事物的实质；而印度文明，当然是一种富有智慧的文明，而印度人在为生存而进行的漫长、艰苦的劳作中所表现出来的坚韧的精神，当然就是这一文明的希望所在。

这是西川的"西游记"，写给成年的中国和中国人。

13. 在时间的开端和终结处会发生什么？
读《我的简史》

书　　名　　我的简史
作　　者　　[英] 史蒂芬·霍金（Stephen William Hawking）
译　　者　　吴忠超
出版机构　　湖南科学技术出版社
出版时间　　2014 年 8 月

只要不是过于孤陋寡闻，一个人总会对霍金这个名字有所耳闻，但即使最博学的人也不敢说自己对霍金有多么的了解。正如他自己的这本自传，小开本，精装，大量的图片，仅仅 100 页多一点，大约 3 万字。仿佛是说，能写出来的都在这里了，其他的就不说了，反正你们也不懂。

据说，这个世界上真正能够明白霍金的"黑洞蒸发理论"和"宇宙创生"理论的，不超过 100 人。也有人说，也许只有寥寥数人，我自然不敢奢望能在其中。事实上，他在写到理论问题时已经尽可能地通俗，但前面的第六章以及从第十章到第十二章还是令读者完全看不懂。仿佛一首调门极高的歌，尽管伴奏者已经降了好几个调，依然还是唱不上去，嘶吼也没用。所以，阅读这本书只能是看看他的经历，甚至我们都不能由他的经历推理他的成就——那是无规律的，基本不合逻辑。

在我看来，霍金代表了这个世界的完全不可思议之处。这样身患疾病却在某一领域令世人惊叹的人，翻遍近现代史，或许也只能找到海伦·凯勒和史铁生。如果我们有宗教信仰，或许可以归因于佛祖、上帝或者其他的神，但我们是无神论者，霍金本身就成了神。

在这本书里，他用13章的笔墨介绍了霍金的经历，从小时候求学、考上牛津并在那里参加划船比赛、到世界各地旅行、读剑桥的研究生、患病、收获爱情并且有了孩子、在轮椅上证实了宇宙大爆炸的发生、离婚并且再次结婚，一直到他继续在物理学的最前沿进行探索。如果忽略了他的伟大发现，我们也不太看得出他和其他残疾人的差别。反过来，我们也同样看不出他的经历和他的伟大发现有丝毫的关联，由于理论物理学家通常不借助实验或者别的外在手段展开研究，所以，我们甚至不能认为他的残疾帮助或者妨碍了他，说没有关系可能是更准确的。看上去，这部薄薄的著作是关于两个人的，一个是残疾人霍金，另一个是物理学家霍金。

从这本著作的写作风格看，霍金本人似乎只是一个不带任何感情色彩的陈述者，不曾炫耀，也没有伤感。笔调之冷静甚至让人感觉他是在说别人的事情。也许一个洞悉了宇宙奥秘的人便只能如此说话，在那些深刻、神圣和不可思议的大道面前，人类的知情意不免都是雕虫小技。所以，在阅读的时候，我们也只能随着他冷静下来。看那些无法想象的宇宙现象时，也仿佛只是看一场马戏表演。这是一种让人绝望到连叹息都多余的瞬间，我们只能目瞪口呆地旁观。

　　霍金生于 1942 年，死于 2018 年，活了 76 岁——我的母亲生于同一年，死于同一年，也活了 76 岁。这个巧合让我心潮起伏。按照霍金的理论，人不可能回到过去，因为，他天才般地说，我们从未遭遇未来的人回来。从逻辑上讲，霍金是对的。但他打破了我偶尔的幻想。我本来还希望有一天能与母亲重逢的。不过，我也有些伤感地希望，诚如霍金所言，在时间的开端和终结处，会有些事情发生。在这一点上，他不仅是物理学家，也是一个巫师。在时间的开端和终结处会发生什么，只有他知道。

14. 此生何曾"逍遥游"

读《乡愁：余光中诗歌》

书　　名　乡愁：余光中诗歌
作　　者　余光中
出版机构　上海文艺出版社
出版时间　2020年11月

几天前，我突发奇想重读了余光中先生的诗集《乡愁》，生发出许多感慨，一时萦怀于心，比上大学时初读，都来得更强烈些。

首先，还是那首脍炙人口的《乡愁》：

小时候，
乡愁是一枚小小的邮票，
我在这头，
母亲在那头。

长大后，
乡愁是一张窄窄的船票，
我在这头，

新娘在那头。

后来啊,
乡愁是一方矮矮的坟墓,
我在外头,
母亲在里头。

而现在,
乡愁是一湾浅浅的海峡,
我在这头,
大陆在那头。

  多数人觉得诗的高潮是在第四小节,由家而国,由个别到普遍,写出了一种浓烈的家国情怀。但对于我来说,更多的感触还是来自第三小节,毕竟,我没有乡关天涯的失落,却有着痛别母亲的哀伤。"我在外头,母亲在里头",这是刻骨铭心的记忆。甚至每当在北方冬天的寒风中冷意逼人的时候,脑海里经常会闪过一个念头:那里边那么冷,母亲受得了吗?
  这是诗的力量,也是诗存在的理由。而余光中恰恰能写出这种沧桑之中的绝望与挣扎、渴求与无奈、怅惘与飘零。青春期的"少年不识愁滋味",往往难以感受其"行至水穷处"的失落感,而到了中年,明白了"世事一场大梦,人生几度秋凉",才能在余光中的字里行间,看出令人无可逃避的悲凉。

大概是在2011年,中国台湾的出版机构"行人文化实验室"主导拍摄了以"他们在岛屿写作"为主题的文学大师系列电影,邀请五位精锐导演(陈怀恩、林靖杰、杨力州、温知仪、陈传兴),用影像记录六位文学巨擘(林海音、周梦蝶、杨牧、余光中、王文兴、郑愁予)。而关于余光中的那一部,题目定为《逍遥游》。在我看来,这个题目,实在是不准确的。连余光中先生自己都多少带点无奈地说:"庄子的《逍遥游》意思是不要有牵挂。我用这个题目倒不完全是这个意思。我那本散文是写我在美国的心情,在美国读书,离开故乡,到一个不同的社会,所以我把它说成是逍遥游。可是这个逍遥游,其实并不很逍遥,充满了乡愁,充满了所谓的文化震撼,很不习惯。"看余先生的诗行,满纸都是沉重与苍凉。何尝有逍遥?

　　再引一首《寻李白》吧,也许更能说明何为"满纸的苍凉":

　　　　那一双傲慢的靴子至今还落在
　　　　高力士羞愤的手里,人却不见了
　　　　把满地的难民和伤兵
　　　　把胡马和羌马交践的节奏
　　　　留给杜二去细细地苦吟
　　　　自从那年贺知章眼花了
　　　　认你做谪仙,便更加佯狂
　　　　用一只中了魔咒的小酒壶
　　　　把自己藏起,连太太都寻不到你

怨长安城小而壶中天长
在所有的诗里你都预言
会突然水遁，或许就在明天
只扁舟破浪，乱发当风
——而今，果然你失了踪
树敌如林，世人皆欲杀
肝硬化怎杀得死你？
酒入豪肠，七分酿成了月光
余下的三分啸成剑气
绣口一吐就半个盛唐
从开元到天宝，从洛阳到咸阳
冠盖满途车骑的嚣闹
不及千年后你的一首
水晶绝句轻叩我额头
当地一弹挑起的回音
一眨世上已经够落魄
再放夜郎毋乃太难堪
至今成谜是你的籍贯
陇西或山东，青莲乡或碎叶城
不如归去归哪个故乡？
凡你醉处，你说过，皆非他乡
失踪，是天才唯一的下场
身后事，究竟你遁向何处？

猿啼不住，杜二也苦劝你不住

一回头囚窗下竟已白头

七仙，五友，都救不了你了

匡山给雾锁了，无路可入

仍炉火未纯青，就半粒丹砂

怎追蹑葛洪袖里的流霞？

樽中月影，或许那才是你故乡

常得你一生痴痴地仰望？

而无论出门向西笑，向西哭

长安都早已陷落

这二十四万里的归程

也不必惊动大鹏了，也无须招鹤

只消把酒杯向半空一扔

便旋成一只霍霍的飞碟

诡绿的闪光愈转愈快

接你回传说里去

这是一个无法超越的李白。

15. 打开孔子的特别尝试

读《孔曰》

书　　名　孔　曰
作　　者　齐人物
出版机构　鹭江出版社
出版时间　2007年4月

国学大行其道的时代，人们总该有些了解儒家的方式。在我看来，这件事可以完整地做，比如说，把儒家的所有经典通读一遍，当然还要看看后世的学者对儒家的研究与评述，这自然无比困难。当然，这份庞大的书单可以简略一点，再简略一点，一直简略到只有两个内容，读一读孔子的传记，再读一读《论语》。这似乎是简略的极限了，如果你不了解孔子的生平，也没有通读《论语》，那最好不要说自己研究过国学——一定会被笑话。通常情况下，这两个内容需要分别做，比如，读李长之先生的《孔子传》，再读一读杨伯峻先生的《论语译注》，都认真地读下来，庶几可以称为儒学之启蒙了，不能再简约。但看过这本书的人才知道，原来还真有人打算把《孔子传》和《论语》合在一起，而且已经有了成果——就是我今天要推荐的这本《孔曰》。

这本书的构思是以子贡的视角讲述孔子的一生。稍微了解一点孔子其人和他所处时代的读者应该清楚，作者颇具匠心地选择了子贡这个人，实在巧妙。因为子贡作为孔子的弟子，入门很早，周游列国的时候，他一直随行。后来孔子回到鲁国，他也一直侍奉左右。直到孔子逝去，别人都是三年之祭，他居然在坟前结庐而居，待了六年。子贡入门早，得以跟随孔子的大半生，他和孔子的师生关系好，可以写出近距离观察的内容。所以作者选择以子贡的视角来推进情节，实是合理的选择。井上靖先生写孔子，虚构了一个叫作蔫姜的人物，由他来贯穿情节，也有其妙处——主要是写出了普通人对儒学由陌生到膜拜的心理过程，这是子贡不能有的。但无论如何，《孔曰》的作者以子贡切入，是很有智慧的选择。

难得的是，他从子贡的视角贯穿情节，再现孔子生活的时代，还原孔子及其周围的历史人物，把历史事件有序地串联起来，居然能够与《论语》中的章句一一对应起来。我们过去读《论语》，虽则能够体味最原汁原味的儒家经典思想，但亦颇有所憾。因为如果我们同意一种更为公允的哲学思想，那么语言作为命意，不能脱离了其生成的环境或曰其语境而独立存在。同样，《论语》的种种"子曰"和"他人之曰"，如果我们完全不了解其前因后果，是很难理解它真正的意义的。《论语》中有一句"觚不觚，觚哉，觚哉"，虽然我们大概猜得到孔子是对一只青铜觚大发感慨，但感慨何来，却很难还原了。《论语》作为儒家最为原始的典籍，缺乏最初的语言环境，毕竟是其遗憾。而《孔曰》的作者，居然把《论语》中的句子，还原到了孔子一生的历程之中，尽管他写的是一部小说，但也是难能可贵的。

作者何能如此？一方面，是历代儒学家们，已经就此问题做了不少研究，尽管南怀瑾先生认为"《论语》的章节自有逻辑关联"的说法不免武断，但根据已有的不少学术成果可以断定，大部分句子是可以还原到孔子生涯的某一阶段乃至某一事件的。其他的部分，作者则凭借自身一定的儒学修养和丰富的想象力，把那些尚未有公论的章句安置到了某一场景之中。也许这样的安排不符合事实和历史，但具有逻辑上和文学上的合理性。它至少不影响我们正确地理解句意，甚至还能有所帮助。这样，作者以其流畅自如而又富有意境的文字，为我们勾勒了一幅关于那个时代的现实画卷。这对我们从情境入手去理解《论语》，进而理解孔子其人，都有极大的助益。

这部书的作者名"齐人物"，显然是笔名。我到网上搜索，所得有限。但偶然间了解到，"齐人物"与大名鼎鼎的《商业人物》创始人迟宇宙可能是同一个人，迟宇宙大约是本名，"齐人物"则是为了这本书而专门起的笔名。我们都知道，迟宇宙毕业于北京大学中文系，作为一名曾经的"北大才子"，他曾任《南方周末》记者、《经济观察报》首席记者、《新京报》副总编辑、《华夏时报》下属杂志《投资家》总编辑、《中国故事》总编。作为专栏作家，迟宇宙曾先后在《南方周末》《南方都市报》《经济观察报》《羊城晚报》等数十家报刊开设专栏，其为《新财经》《今日东方》及《新京报》撰写的企业管理和经济评论专栏，颇受业界好评。同时，他作为商业史写作者，被认为确立了企业史写作的行业标准，以独特之风格开启了商业史写作的新方向，出版有《海信史》《海信经验》《联想局》《宗庆后：万有引力原理》等若干颇具市场号召力的著作。

令人好奇的是，一个成功的商业写作者，何以突然写了一本领域完全不同的历史小说？作者自己回忆道："到了那年的国庆节长假，突然觉得自己马上就 30 岁了，是不是得给自己个交代？之前我一直有一个写作计划，就在读书，读《史记》，读《论语》，读先秦那些东西，想着要不要写点东西？干脆就把论语写成一本小说！当时也在读《哈德良回忆录》，要不要写一个类似于子贡回忆录呈现《论语》？因为之前阅读的素材、收集的资料还是比较完备，既然想写就写。从 10 月 8 日开始，前言和尾声是两章，《论语》20 章，一天一章，一共 22 天，到 10 月底完工。我 11 月份过生日，真的是按照这个节奏，一天都没有拖。每天早上起床，上午在家里写，中午去咖啡馆写，晚上回家喝酒。写完的那本书叫《孔曰》。"

显然，作者的意图，是要把这本书写成"成长之书"。一个年轻人，如何在社会化过程中实现自身价值，抑或，其自身价值的认定与彰显，如何与其成长过程联系起来，这正是《论语》和儒学的精神所在。迟宇宙写商业和齐人物写《孔曰》，在这个意义上是一致的。

16. 难得有趣

读《杨贵妃的子孙》

书　　名	杨贵妃的子孙
作　　者	周作人 等
出版机构	中国国际广播出版社
出版时间	2011 年 1 月

十多年前，中国国际广播出版社出了一套叫"古代史趣"的系列丛书，我收藏的共有七本，都是写古代历史人物或者事件的散文。我是在一个打折书店买到这套书的，买回来一直未动，疫情期间，想找些写历史的闲书看，才发现七本书虽然都是一样的历史散文，却按朝代做了区分：《谁能坐怀不乱》写先秦，《曹操的寂寞》写东汉及三国，《阮籍在两性关系上的风采》写魏晋南北朝，《杨贵妃的子孙》写隋唐，《宋朝官员不受杖》写宋朝，而《读了明朝不明白》和《晚清的裙带政治》自然是写明清的。七本书虽然涉及不同的朝代，但编辑的思路一致，都是从以往作家的作品中，选出若干不仅文字扎实，而且生动有趣的文章，汇成一册，以飨读者的。

把有趣当作编选作品的标准，以我之浅陋寡闻，自然不曾见到过——或者该是重要，或者该是正确，或者还是古老乃至崇高之类，总之都比有趣来得"高大上"或曰"正能量"。想来有趣之中，蕴藏着某种危险，使人多半要敬而远之。其实，上溯到先秦，国人还是相对有趣的，《诗经》里写男欢女爱，女子听到鸡鸣，男子贪恋温柔乡，"士曰昧旦"，这样有趣的情形比比皆是。《论语》里夫子说弟子像"瑚琏"，也是"幽了一默"。到《史记》里还有"滑稽列传"，以后似乎就没有了。鲁迅先生问："中国人丢掉自信力了吗？"中古以来，中国人"皇帝轮流做，明年到我家"，自信力爆棚，丢掉的是幽默感。

对我而言，能在群书之中发现这样一套以有趣为标准的书，实在是意外之喜。单看七本书的名字，就多有幽默与有趣的追求在。而且较早的三本幽默感更强些，隋唐之后的四本，书名也更一本正经。可见我与这套书的编者有同样的发现——中国人渐渐失去了幽默感。

虽然我颇想把七本书逐一读完，但兴趣屡变，诱惑太多，读书总是分神。最终完完整整看完的也只有一本，就是写隋唐的这本。《杨贵妃的子孙》署名为周作人等著，也有些黑色幽默的味道，因为看完全书才知道，实际周作人的文章在书中只有一篇——说周作人等著，本也没错。但令人想起一个笑话，说一家店里卖云雀肉，顾客来品尝，感到有马肉味，问是否掺了马肉，答曰掺了一半，顾客觉得不对，再问才知，是一只云雀掺一匹马。

话虽如此，但周作人的"马肉"味道也还不错，毕竟，金性尧、李庚辰、舒芜等，亦非泛泛之辈。无论是《唐朝的谎话政治》还是《试说武则天》，乃至《后武则天时代》《李辅国之死》《中国文学排行榜的滥觞》《诗人之达者——高适》《木兰的悲剧》《唐朝的天空》《六骏踪迹》等文，拿有趣来衡量，皆各有所得者。考虑到幽默不能提前剧透，我就不介绍书中的内容了。但关于有趣，引些王小波的文字，再强化一下主题。毕竟此君不在，有趣的文字，少得多了。文章的题目叫作《关于"给点气氛"》：

  我相信，总有些人会渴望有趣的事情，讨厌呆板无趣的生活。假如我有什么特殊之处，那就是：这是我对生活主要的要求。大约十五年前，读过一篇匈牙利小说，叫作《会说话的猪》，讲到有一群国营农场的种猪聚在一起发牢骚——这些动物的主要工作是传种。在科技发达的现代，它们总是对着一个被叫作"母猪架子"的人造母猪传种。
  该架子新的时候大概还有几分像母猪，用了十几年，早就被磨得光秃秃的了——那些种猪天天挺着大肚子往母猪架子上跳，感觉有如一坨冻肉被摔上了案板，难免口出怨言，它们的牢骚是：哪怕在架子背上粘几撮毛，给我们点气氛也好！这故事的结局是相当有教育意义的：那些发牢骚的种猪都被劁掉了。但我总是从反面理解问题：如果连猪都会要求一点气氛，那么对于我来说，一些有趣的事情干脆是必不可少。
  活在某些时代，持有我这种见解会给自己带来麻烦。我就经历过这样的年代——书书没的看，电影电影没的看，整个生活就像个磨得光秃秃的母猪架子，好在我还发现了一件有趣的事情，那就是发牢骚——发牢骚就是架子上残存的一撮毛。大家聚在一起，你一句，我一句，人人妙语连珠，就这样把麻烦惹上身了。好在我还没有被剒掉，只是给自己招来了很多批评帮助。这时候我发现，人和人其实是很隔膜的。有些人喜欢有趣，有些人喜欢无趣，这种区别看来是天生的。

作为一个喜欢有趣的人，我当然不会放弃阅读这种获得有趣的机会。结果就发现，作家里有些人拥护有趣，还有些人是反对有趣的。

马克·吐温是和我一头的，或者还有萧伯纳——但我没什么把握。我最有把握的是哲学家罗素先生，他肯定是个赞成有趣的人。摩尔爵士设想了一个乌托邦，企图给人们营造一种最美好的生活方式，为此他对人应该怎样生活做了极详尽的规定，包括新娘新郎该干点什么——看过《乌托邦》的人一定记得，这个规定是：在结婚之前，应该脱光了身子让对方看一看，以防身上暗藏了什么毛病。

这个用意不能说不好，但规定得如此之细就十足让人倒胃口，在某些季节里，还可能导致感冒。

罗素先生一眼就看出乌托邦是个母猪架子，乍看起来美奂美轮，使上一段，磨得光秃秃，你才会知道它有多糟糕——他没有在任何乌托邦里生活过，就有如此见识，这种先知先觉让人佩服得五体投地——他老人家还说，须知参差多态，乃是幸福的本源。

反过来说，呆板无趣就是不幸福——正是这句话使我对他有了把握。一般来说，主张扼杀有趣的人总是这么说的：为了营造至善，我们必须做出这种牺牲。但却忘记了让人们活着得到乐趣，这本身就是善。因为这点小小的疏忽，至善就变成了至恶……

这篇文章是从猪要求给点气氛说起的。不同意我看法的人必然会说，人和猪是有区别的。我也认为人猪有别，这体现在人比猪要求得更多，而不是更少。除此之外，喜欢有趣的人不该像那群种猪一样，只会发一通牢骚，然后就被劁掉。这些人应该有些勇气，做一番斗争，来维护自己的爱好。这个道理我直到最近才领悟到。

我常听人说：这世界上哪有那么多有趣的事情。人对现实世界有这种评价，这种感慨，恐怕不能说是错误的。问题就在于应该做点什么。这句感慨是个四通八达的路口，所有的人都到达过这个地方，然后在此分手。有些人去开创有趣的事业，有些人去开创无趣的事业。前者以为，既然有趣的事不多，我们才要做有趣的事。后者经过这一番感慨，就自以为知道了天命，此后板起脸来对别人进行说教。

我以为自己是前一种人，我写作的起因就是：既然这世界上有趣的书是有限的，我何不去试着写几本——至于我写成了还是没写成，这是另一个问题，我很愿意就这后一个问题进行讨论，但很不愿有人就头一个问题来和我商榷。前不久有读者给我打电话，说：你应该写杂文，别写小说了。

我很认真地倾听着。他又说：你的小说不够正经——这话我就不爱听了。谁说小说非得是正经的呢？不管怎么说吧，我总把读者当作友人，朋友之间是无话不说的：我必须声明，在我的杂文里也没什么正经。我所说的一切，无非是提醒后到达这个路口的人，那里绝不是只有一条路，而是四通八达的，你可以做出选择。

一不小心，把全文都引过来了。也许读者会控诉我抄袭。不过，抄袭就抄袭吧。因为鄙人关于有趣的原创能力，不仅先天不足，而且每况愈下。不抄不行啊。

17. 文化突变与选择的重要实证

读《槐树荫泽：明清山西移民与文化交流》

书　　名	槐树荫泽：明清山西移民与文化交流
作　　者	孟梓良
出版机构	商务印书馆
出版时间	2022 年 4 月

　　这本名曰《槐树荫泽：明清山西移民与文化交流》的著作，对以"大槐树"为象征的明清山西移民现象进行了研究。纵观中国历史，史家公认"晋衣冠南渡、唐宋客家南迁、明初山西大移民、明初江西（闽粤）填湖广、湖广填四川、走西口、闯关东、下南洋"等是中国古代史中影响最为深远的八次大移民。但从对今日之社会仍然产生巨大影响力，乃至衍生出"寻根问祖"文化的，却以其中的明初山西大移民最为著名。一百多年来，"大槐树"作为一种文化交流的母题，以"寻根问祖"为纲领，始终是社会高度关注的文化现象。

　　按照作者的介绍，这本书作为"《平阳记忆》文化系列丛书"中的一册，从地域问题、移民问题、文化问题三个视角对洪洞大槐树移民现象进行多维解读，讲述了明清时期的山西移民与文化交流。显然，囿于行政区划带来的制约性，作者把"洪洞大槐树移民现象"归属于"平阳文化",多少有削足适履之嫌,并不具有充分的说服力。但就其对"洪洞大槐树移民"这一波及更广大地区的地域文化之研究而言,本书无疑是一部具有集大成特征的重要著作。它虽然关涉当前流行的文化旅游开发主题,也暗含普及宣传洪洞大槐树这一旅游景点的动机,其内容却是以学术探讨为主的。在众多围绕这一重要文化母题所进行的研究中,提出了独具特色的学术观点,具有令人服膺的逻辑力量和鲜明论点。

本书的前三章,基本上是以一种演绎推理、由著而微的方式介绍大槐树移民文化的内涵。第一章"山右地域文化概述"介绍了整体视野与区域视角的研究方法,三晋文明、魅力平阳与地域文化之间的紧密联系。第二章"地域视角下的平阳根祖文化"包含"人文洪洞"和"寻根槐园"两个方面,从"为什么是洪洞"到大槐树祭祖,在地域视角下对大槐树移民的相关背景进行了细致描绘,继而由移民问题展开论述。第三章"大槐树移民概说"围绕洪洞大槐树移民,分述了为什么移民、怎样去移民、移民到哪里、移民的作用以及移民后人的记忆,并对大槐树移民的基础研究进行了罗列和介绍。由此,按照一种来自行政区划的和学科体系化的规定性,作者由平阳文化而洪洞文化,由洪洞文化而大槐树文化,介绍了"洪洞大槐树移民文化"的前因后果与来龙去脉,条理固然清晰,内容固然翔实,但基本上仍是旧说之集成,其宗旨自然在于介绍而非研究。当然,对不满足于在人造大槐树下听导游介绍、拍照走人的读者而言,前三章的内容,无疑能够帮助读者大略了解大槐树移民文化内涵,究其原委,乃至察其端倪。

同时，为方便读者阅读，提高全书趣味性，作者还在每章之前加入了关于大槐树移民的传说故事及导读，其中既有胡大海复仇与御箭射雁、燕王扫碑（北）与"红虫吃人"、常遇春三洗怀庆府这样惊心动魄的传说，也有打锅与迁民、小脚趾指甲复形、解手与背手、折槐枝供神树这样相对轻松有趣的故事。这些传说故事，虽非信史，也各有其意义。对于作品的大众性和普及性，增益有加，令人赞叹。

真正具有学术探索意义的内容是本书的第四章"大槐树移民新论"。这一部分，超越前三章叙述的传统视角，从多元视角和学术深度对"大槐树移民文化"进行了深刻的再解读、对移民史料进行了再剖析，从而完整呈现了大槐树移民与族群认同，大槐树移民与地域认同，大槐树移民研究新趋势等学界的新观点、新成果。

在第五章"明清山西移民的双向互动"，作者才真正把"大槐树移民文化"的真正内涵，由洪洞扩展到整个山西，在概述明清山西移民来历和去向的基础上，特别对迁入三晋和走出山西的古代移民从群体走向上进行详细介绍。进而在第七章，作者从人口社会学和符号社会学的理论视角，以"移民文化的符号呈现"为题，将明清时期的移民问题与符号化书写关联在一起，跳出移民问题个案，对移民文化的符号化现象进行了总结概括，将地方上对洪洞移民的传统认识与近年来学界的新观点进行了对比分析，从而对"大槐树移民文化"这一研究对象做出了令人耳目一新的分析，提出了令人信服的结论。

其中最出人意料而又令人确信的一个历史事实，就是所谓"大槐树移民文化"这一个重要的社会文化现象，并非在其发生之初（明初）便成为社会高度关注的热点话题，而是在距今百年左右的清末民初，才逐步进入公众视野，成为今日人们耳熟能详的"文化母题"。而另一方面，就"大槐树移民文化"之缘起，也即明初大移民的实际状况来看，"大槐树"也只是代表，而非事件全部的发生地。按照有关专家的统计，据《明史》《明实录》等正史以及《日知录之余》等笔记史料记载，从最早的明洪武三年（1370年）到永乐十五年（1417年）的47年中，山西共经历18次大移民，移出人口分布在现今的30个省自治区直辖市，涵盖2217个县市，移民姓氏达881姓，移出人口总数专家估计在百万之众。

由此就可以看出，这些移民不可能皆是从洪洞一地移出。按照以往理解，其他地区的人口皆集中到洪洞，再分批迁到各地的说法也经不起推敲。比较可信的历史事实是，这些移民是彼时山西各地在数十年的时间内分别迁出的，以经济更为富庶、人口更为密集的晋南地区居多。而广为流传的那首歌谣"问我祖先何处来，山西洪洞大槐树；祖先故居叫什么，大槐树下老鹳窝"，其实仅仅是移民迁入的黄淮地区流行的一首歌谣。它在异族入侵、生灵涂炭的历史背景下，被百年前忧国忧民的知识分子和有志之士挖掘出来，成为一种与历史传统和民族记忆相勾连的民族凝聚力的象征。

如同中外历史上的若干"文艺复兴"，看上去是重新提起历史既有之物，但实质上是以复古的名义创造了一种新的文化样式。很多学者已经非常深入地研究了这一课题，他们甚至发现，许多迁入南方地区的客家人，原先的族谱并无迁出地的明确记载，但自民国"大槐树移民文化"广为流传之后，他们修订族谱的时候，就把迁出之地悄然改成了洪洞，以"大槐树移民"自命，从而使自己的文化皈依变得更加牢固。这种现象并非个别。从20世纪80年代以来，随着海内外"寻根热"的出现，山西大移民又一次成为人们关注的热点，许多迁入地的移民也纷纷重修族谱，大家慢慢地都成了从洪洞大槐树下迁出，看着老鹳窝一步一把泪离乡背井的移民后裔。而其中实情如何，迁自何方，反而漫漶不清，殊难分辨了。

　　在我看来，这种现象，是所谓文化人类学中"文化突变与选择"理论的又一个验证。这种理论认为，和人类进化的自然现象类似，文化的生成与演化，既可能是发生、渐变而传承的，也可能是突变、选择而传承的。后者认为文化在社会发展中由于自然的变迁和人类的创造，因而不断地产生新的样式与特征。这些具有新样式与特征的文化现象，大多数由于不能得到社会的有效呼应，就自生自灭于人类的历史长河中了；只有少数新的文化现象，因为得到社会的高度呼应和认同，迅速发展成为一种显性的、强烈的、传播广、受众多的新文化现象，这就是所谓"文化突变与选择"。也就是说，我们今天能感受到的文化现象，既可能来自古老的传承，更可能来自当下或者近期被选择的突变。

　　大槐树移民发生在600多年前，但其作为一种被广泛传播的显性文化，其实也只有百年的历史，这就是这一理论的又一力证。事实上，近年来关于"大槐树移民文化"的研究，许多研究者把民间大量的传说故事等口碑资料视为史实而作为立论的依据。如果仔细查看明朝的官方文献，如《明实录》《明经世文编》等，就会发现它们并没有特别提到山西洪洞县的移民问题，更不用说大槐树了。甚至洪洞本地的县志，也没有对大规模移民有确凿的记载。从某种意义上，与其说"大槐树移民文化"是一种历代相因的历史事实，毋宁说它是一种在近代被再造、被选择而被放大的"新传奇"，一种被体系化了的口头传说史。

北京大学历史学系教授赵世瑜认为，无论是口头传说还是历史文献，都是历史记忆的不同表述方式，因此在历史记忆的意义上，传说与正史文献传达的历史在价值上是平等的。如同苏东坡高歌"大江东去，浪淘尽，千古风流人物"的赤壁并非历史上周瑜抗曹的赤壁，但丝毫不影响人们念诵着东坡词、到黄州观赏"赤壁大战古战场"一样，洪洞大槐树的意义，在于其被历史选择了的文化已经真实存在，并且蔚为大观。

洪洞的那棵大槐树已经枯死，但人们心中的那棵"慎终追远，认祖归宗"的大槐树却会永远郁郁葱葱、枝繁叶茂。

18. 活在世界之外

读《残楼、海棠与老王》

书　　名　残楼、海棠与老王
作　　者　冯　峰
出版机构　金城出版社
出版时间　2012年6月

荐书的文章写了大半年，我一直踌躇着是否要推荐这本名曰《残楼、海棠与老王》的书，一个叫作冯峰的画家所写的随笔集。本来画家写随笔，并不新鲜。就我读过的，国外的梵高、高更、罗斯科、康定斯基等人都有出众的文笔；国内呢，丰子恺、黄永玉、木心、高尔泰、陈丹青等人甚至让人觉得文章比绘画作品都出色。但不论中外，这些艺术家写随笔，都是中规中矩谈艺术本身，即使有所阐发，也究有所本。而这个似乎没那么大名气的冯峰，却写着一种颇为另类的东西。你可以说他脱离了艺术，乱写一通；也可以说他已经修成了"九阳真经"，内气所指，抄起一切家什，都是利剑。总之，我不敢保证看懂了。但这本书在我案头太久，已经让我颇不习惯，所以就硬着头皮，胡说一通。随后，就可以把它丢到某个角落，各自安好。

先说冯峰其人，大约是个画家，活到今日，当有六十大几岁了。这本书是他十几年前写的，书里说他女儿26岁，在国外读博，估计那时他就应该50多岁。从20世纪90年代，一批搞艺术的人聚集在北京市通州区的宋庄镇，说藏龙卧虎或者鱼龙混杂，都不准确，但慢慢就做成了些气候，号称"北京艺术副都"，或者"全世界最大的艺术家聚集区"——当然也有人就其淘汰率之高，称之为"最大的艺术墓地"。冯峰就是这里的一员，《残楼、海棠与老王》这个书名，就是他生活在宋庄，一直伴随他的三样事物：残缺门楼的院子，院子里的海棠花，还有一条叫作"老王"的狗。我们可以就此想象他的生活，至少可以想象这本书写了什么。

我是十几年前看这本书的，厚厚的小开本，充满艺术气息的设计，加上一个独特的书名，以及随便翻开哪一页都能看到的那些出其不意的句子，包括这些句子所反映的处在我们之外又令人心向往之的事物，都使我强烈地喜欢上这本书。不仅看了整整一个月，而且还留下大量的眉批。

在书的头一页，看到冯峰引述林徽因的一段话，令我大发感慨：

> 这一段话，由下文看，出自林徽因笔下。虽则刚读了岳南的那本介绍梁林及其同代人的书，对林并不会陌生，但惭愧的是竟未能仔细读过这位高迈无界的女子亲笔的原文。读书首页就是如此奇妙的文字，竟是林徽因的手笔，一时竟恍惚起来。人生美好，全在此刻。

翻过几页，读到冯峰写园林之美，我也在旁边感慨：

> 访园林之美，于我是享不了的福。说缘由是心静不下来。方寸之间，有大雅存，须慢慢走，才看得分明，悟得真切。心中有功利，眼中便无景。这个勉强不来，先不瞧，等退休再说。

书中有名栗宪庭者，与冯峰共同策划这本书。他在序言里这样写道：

> 说冯峰是个画家，不如说冯峰更像一个"传统文人"，琴棋书画对于传统文人不是吃饭的职业，而是陶冶性情的爱好。对于冯峰，画画也只是他的爱好之一。画画之余，依然写诗，写散文，设计房子，淘古董，甚至淘古房子、古亭子……他淘古董没有丝毫商业甚至没有收藏的概念，就是为了赏心悦目，为了把玩，为了满足"进入古人世界"的精神需求。本书集冯峰的艺术札记、生活随笔、装置作品、油画创作等于一体。读冯峰的文字，观赏冯峰的油画及装置作品，感觉他像一个游魂，游荡在中国文人伤春悲秋的世界里，游荡在传统的断壁残垣中，用传统的碎片和他自己的想象，拼接出他自己对人生的忧伤和感慨。

这就把缘由说得清清楚楚，具体的内容，我便不讲了。有些文章，如同美食，究竟如何好法，却需自己去尝，别人不能代庖。查"孔夫子旧书网"，这本书很便宜，倘不是当初印得太多，便是国人不识货。书中冯峰引述一位渔夫看到特纳的画，说了句"我在这海边生活了八十多年，可我从未看过这样的黄昏呀"，就是这个意思。

19. 何谓以色列?

读《以色列 2000 年：犹太人及其居住地的历史》

书　　名	以色列 2000 年：犹太人及其居住地的历史
作　　者	［以］丹·巴哈特、［以］拉姆·本–沙洛姆
译　　者	徐新 等
出版机构	山东画报出版社
出版时间	2016 年 7 月

眼下，从 2023 年 5 月 11 日就开始的巴以冲突，到 10 月份进入战争状态后，又以极端方式持续了将近三个月。截至 2023 年 12 月底，冲突已经导致加沙地带 2.18 万人死亡，还有大量的贫民受伤，房屋被毁。一时间，巴以冲突的"热度"甚至超过俄乌冲突，成为全球关注的第一焦点。

每当这个时候，关心国际时事热点的人们就会忍不住发问：何以如此？

这是一个难以回答的问题。答案既藏在现实政治波诡云谲的混乱局势之内，也藏在长达数千年的复杂历史之中。而且，现实政治的混乱与不堪，也与历史的长期塑造密切相关。也许回答这一问题的唯一线索，就是回到漫长的历史之中，尽可能地搞清楚冲突双方的历史沿革与背景，在这样的基础上思考问题，庶几能够稍稍接近真相。显然，阅读若干信息翔实、持论公允又能有所启发的书籍，尤其是介绍以色列方面的，对实现这一目标，应该是最为有效的途径。诚如是，愚以为山东画报出版社2016年再版的《以色列2000年：犹太人及其居住地的历史》（这本书的中文版曾于2003年以《以色列2000年：民族和地域的历史》为名首次出版，2016年是再版，题目和内容均稍有变化），是同类读物中不错的选择。

从内容上看，这本书记述了从耶路撒冷第二圣殿被毁、耶稣离开以色列到外地传教，至今2000年以来以色列及其居民的曲折历史。值得称道的是，作者把作为地域名称的以色列划分为加利利、戈兰和约旦河、撒玛利亚山地和犹地亚山地、耶路撒冷及其周边地区、犹地亚沙漠以及内盖夫地区等六大部分，分别介绍其历史分期乃至重大人物与事件，使得对以色列缺乏必要了解的读者可以非常方便地了解到由六大地区组成的以色列2000年来的历史沿革与重要史实，包括各个地域之间复杂而漫长的互动与影响，从而对作为地域名词的以色列有一个全貌式的把握。而另一方面，作者也在最后一章，专文介绍了犹太人离开故土、散居世界各地的简要历史，这样，结合前面六章的内容，读者就可以对以色列的历史有一个清晰的把握。本书的副标题是"犹太人及其居住地的历史"，正是指出了以色列作为地域名称和作为民族名称所具有的双重性。如果读者只是想对以色列的历史作一个一般意义上的了解，那么这本书完全能满足需求。

难能可贵的是，这本书的装帧和设计非常赏心悦目。在每一部分的前面作者都精心地罗列出这一地区历史沿革的简要分期表，读者可以借此建立起一个学习历史最为必要的时间轮廓，从而迅速地进入历史情景。在内文中，作者精心选择了欧洲历史上大量的绘画艺术品作为插图，同时也配上了大量考古发现和自然景观的图片，使得书籍本身不仅传达了关于以色列民族的历史事实，也独立地成为一个艺术鉴赏的饕餮盛宴。难得的是，这本内容如此丰富的图书只有不到两百页的篇幅，普通读者三四个小时即可以通读下来。我的办法是看完第一遍立刻重看一遍，第一遍多看文字，第二遍则细看图片。

本书的两位作者丹·巴哈特博士和拉姆·本-沙洛姆都是以色列学者。前者是巴兰大学专攻以色列历史地理的高级讲师，耶路撒冷区域考古学家，曾在耶路撒冷进行多年的考古调查和发掘。后者是以色列自由大学历史哲学及犹太研究中心负责人，以色列海法大学犹太史学系高级讲师。也许有些读者会疑心以色列介绍自己的历史能否客观公允，在我看来，就这本书而言，两位学者都是尽可能地做到了严肃和公允。世界上本不存在绝对的客观公允，"运用之妙，存乎一心"，如果读者希望获得公允的知识，多看几本相似题材的书可能会有所帮助。另外，通过这本书（也包括其他的著作），我也对正在进行的巴以冲突产生了许多看法，为了避免"挨板砖"，这里就不说了。

20. 管理时间：价值观或方法论

读《把时间当作朋友》

书　　名　把时间当作朋友
作　　者　李笑来
出版机构　电子工业出版社
出版时间　2023 年 7 月

李笑来所著的《把时间当作朋友》是一本讨论如何合理利用时间的书。从过去的记忆看，这样的书多如牛毛，除了一部分废话连篇者外，大部分都来自自身或者他人的经验总结，各擅胜场。但李笑来这本书有些新东西，他不仅在方法论层面阐述时间利用的方法，也在价值观层面讨论时间的合理使用问题。这就使得这个司空见惯的问题变得深刻起来。

在人类思想史的长河之中，没有哪个概念的重要性可以和"时间"相提并论。我们说"宇宙"或者"世界"，其中"宙"和"世"，说的就是时间。在古希腊人眼里，时间是一个具有绝对实在性的元概念，也就是说，它是独立于我们意识的超验存在，同时又是构成物自身的条件或者属性。牛顿的三大原理，其实都必须建立在时间的绝对实在性之上，如果时间之上还有存在的条件，牛顿的力学就不能成立。中国古人对时间虽没有西方这样概念精确地阐述，但当孔夫子说"逝者如斯夫"的时候，你以为他是在说水？其实他是在说时间。

由此，关于如何合理地利用时间的问题，在古典时代就只是一个方法论的问题，也就是如何科学地分配时间，从而提高时间使用效率的问题，换言之，是一个管理学的问题。从1881年开始，西方管理学之父弗雷德里克·温斯洛·泰勒围绕提高工人生产过程中的效率做了一系列金属切削、铲运、搬铁块的实验，目的就是在单位时间内合理化工人的操作规范从而节约时间，或者说提高效率。把泰勒的方法运用于日常生活中更为宽广的领域，实际上就是李笑来在其著作中介绍的节约时间的方法。假定一个人乃至一个组织恒常地输出能力，节约时间的唯一途径就是改变实现目标的结构。

后来的西方哲学家从两个视角对"时间"这种所谓的"绝对实在性"提出了挑战。在哲学视角中，海德格尔在《存在与时间》中，把时间分为平常时间和存在之时间两种。平常时间就是我们通常认为的时间，而存在之时间则是一种存在者的体验时间，它不是线性的，它会断裂、延展、放大和缩小。而在科学视角中，爱因斯坦的相对论认为时间与空间紧密相连，不再将时间和空间看作绝对的存在，而是依赖于观察者的运动状态和引力场的影响。在引力场中，空间会弯曲，时间也非恒常。我们看到，传统的时间概念从心和物两个层面殊途同归地被颠覆，时间由前提变成了对象，我们不仅在时间里研究世间万物，也需要研究时间本身。

从1927年起开始，以梅奥教授为首的一批哈佛大学心理学工作者接手的"霍桑实验"，包括了福利实验、访谈实验、群体实验等，以提高人的工作热情和积极性为目的，验证了人不仅仅是经济人，更是社会人。这是第二次工业革命后，首次用科学的方法研究组织行为对人的作用，把管理研究的重心从工作与工具转移到人的因素上来，从而极大地发展了管理理论。究其实质，就是要通过组织行为的深入探索，不断提高人的积极性，进而提高人的自身素质，提高人的创造力。

但问题是，无论是对人本身的深入研究，还是对时间概念的深度解析，所谓合理利用时间的问题，都不能仅仅以结构主义的方式简而化之。事实上，以爱因斯坦和海德格尔为代表的对时间的现代性认知，其核心正是要从人和世界的互动中去认识时间。关于这一点，著名的"霍桑实验"正好可以说明问题。

而李笑来的《把时间当作朋友》，正是在这个意义上表现出它的独特之处或者说优良之处。在李笑来看来，为什么人总是说"没有时间了"，又勤奋又懒惰？最节省时间的方式是学习，为什么人们总是砍柴而不肯磨刀？基于过程的时间记录，为什么迥异于基于结果的时间记录？一个人对时间的精确感知能力真的能训练得像特异功能吗？都是平凡人，为什么若干年后彼此已成天壤之别？时间这条船，为什么只送心智成熟的人去往梦想的彼岸？诸如此类的问题实际上是出现在人与工作对象的互动之中，而人自身的改造和提升，比任何泰勒式的改造流程、工艺和技术都来得有效。因而，所谓"把时间当作朋友"，实际上就是说明了，人对时间的利用程度和效果，不仅仅取决于时间本身的科学安排——当然这也是必然的——而更取决于人自身心智的有效开启和精神力量的有力发掘。换言之，通常而言的"时间不够"，也许真正的答案是"你不够"。

孔子曾经说过："益者三友，友直、友谅、友多闻。"李笑来建议我们"把时间当作朋友"，自然也是觉得时间对于一个人，也具有"正直、诚实和见多识广"的品质，与时间为友，就能实现提高自身从而更加充分地利用时间的良性循环。当然，这并不容易，因为很多情况下，生活不取决于我们的自由意志，而自有既定之刚性。因而，李笑来反对关于时间利用的"鸡汤"，殊不知一定意义上，在价值观层面上，他这本书也是"鸡汤"——味道还不错。

21. 真正的远方

读《世界神秘之地》

书　　名	世界神秘之地
作　　者	马歇尔出版集团
出版机构	青岛出版社
出版时间	2009年1月

这本图文并茂的书，是国外十分常见的通俗类科普读物中的一本。它先由出版社按照既定的设想聘请专人写出来，再由专门的策划人员和设计师把它设计成一个对读者十分友好的样子。它志在市场，目的是实现流行，从而多卖几本。记得有一位研究流行的哲学家曾经说过：要想获得流行，最好的办法就是降低品位。因而，这样的书极少珍品。如果你错过了它，不必感到遗憾。真正的遗憾是我们经常会错过好书，特别是你拿在手里，第一眼没看上的一些书。有些书和有些人一样，需要再次相遇，等你老一点的时候才明白它的价值。但不是常有这个机会，你第一次遇上一本好书的概率就很小，错过了再次相遇的概率就更小了，几近于零。

由此看来，《世界神秘之地》和它的姊妹篇《世界神奇之地》都不是严格意义上的必读书。当然，它也不是那种读之有害的"毒奶书"或者言之无物的"废话书"——其实这种书在书店里为数不少——如果你对它涉及的领域有充分而全面的知识，就可以把目光移开，它不是你的菜。但如果你对它所涉及的知识所知不多，并且希望有一个全景式的了解，那你还是要考虑一下要不要读它。它有一些自己的特点，看你喜欢。

特点之一，它不够深刻，但很全面。顾名思义，这本书旨在为读者解开笼罩在昔日文明遗迹上的种种谜团。这些文明遗迹甚至从人类还没有注意到它们的时候就存在了，完全来自大自然的鬼斧神工，有些甚至被后来的人们视为"外星人"的杰作。今天的人们尽管拥有了强大的科技力量，可以"上知天文，下知地理"，但仍然不能就其何以神奇、古怪给予一个合理的解释。还有些当然是历代先民乃至史前的人类所为，但到底是谁、因何、在何时创造了这些神奇之物，却完全没有一个合理的解释。这本书介绍了36处这样的自然或者人工之物，但每一个都是就事论事，平面化处理。其实这些伟大之物每一个都值得写成一本书，但对于读者而言，解疑答惑固然可喜，但卷帙浩繁又非我们的阅读力所可以承受。因而这本书更像是你去了小吃店，特色林立，每样都值得尝一尝——但胃口所限，也只能浅尝辄止。

特点之二，它不够有趣，但很严谨。这本书中的每个景点都配有简明的地图，从而使相关景点在山脉、丛林、沙漠、平原和海洋中所处的位置一目了然。然后，配以简明的文字，介绍其状况、特点、缘由乃至迄今为止的最新理解，对于一个对此方面所知不多的人来说，这样把谬误消解到最低程度的读物，正是那些渴望"标准答案"的读者所需要的。当然，这本书也采用了不少最新的考古发现、勘探成果，引用相关的有趣故事或民间传说，为你细致分析、深刻解读那些激动人心的破解谜团的证据，使得其信息量大大增加。但一本只有不到两百页的图书要介绍36个对象，每一个必然是短短数页，信息则有之，故事则无之。这样，从头至尾读下来，尽管新意迭出，但多有同质化特征，难免带来厌倦感。如果你想追求一本有趣的书，这本书就不大是你的菜。

特点之三，它不够实用，但很新颖。这本书介绍的神秘之地，多数实则也是旅行者趋之若鹜的"著名旅游景点"。在书中，作者也非常用心地将这些"神秘之地"的历史作了介绍，包括一些与这些景点有关的英雄人物，如亚瑟王和他的圆桌骑士、曾探索过美国蒙蒂塞洛神秘土丘的托马斯·杰斐逊等。但是，尽管这本书的许多推荐者认为"《世界神秘之地》可成为您了解世界圣地、古城和神秘景观的参考指南，为您遍览世界风光、探索世界未解之谜提供全面的指导和帮助"，但如果读者准备把这本书带入行囊"边走边看"，就会发现它缺少一些关键的旅行信息。这当然不能算是缺点，但多少有些遗憾。

突然想到，我们经常想象着自己要走向远方，但事实上，当你真正走到了你原先所想象的"远方"，就会发现，这只不过是一个和原先所处之处差不多的"眼前"而已。从这个意义上，想要走向真正的、永远不会变成"身边"的广袤"远方"，只有走到那些神秘之处。因为，"远方"的哲学品质，其实就是神秘而已。

无论如何，这是一本你可以批评却不能忽略的书。我自己已经清醒地认识到，书中介绍的多数"神秘之地"，此生终究无缘一游。因而，阅读的过程就成为一种特殊的旅游过程。虽说"纸上得来终觉浅，绝知此事要躬行"，但处处"躬行"，可不是闹着玩的。以《世界神秘之地》这样的书来躬行，是差强人意的选择。

22. 绕到经典的背后看看

读《圣经的世界》

书　　名	圣经的世界
作　　者	［英］约翰·德雷恩（John Drane）
译　　者	徐嘉言
出版机构	东方出版社
出版时间	2015年9月

这部大开本、精装帧的《圣经的世界》是那种一到手就让人特别想读的书。这不仅是因为书自身的精美，也是因为我对内容顾名思义式的猜测——所谓"圣经的世界"，自然是对形成《圣经》的广大地域相关的自然地理、人文传统以及历史事件的深度描述和解析。而这也恰恰是多数读者阅读圣经类著作的心愿——把《圣经》作为一本历史书来读。

随着犹太教和基督教逐渐在地中海周边乃至亚欧大陆腹地形成越来越大的影响，包括《旧约》和《新约》两部分内容的《圣经》就逐渐成为世界上最有广泛性和影响力的书籍之一。这本书的译者徐嘉言先生在序言里说："从世界古文明流传至今的文学作品中，没有一部像圣经那样，非一读就无法弥补缺憾，或者说非引人一读不可。《圣经》不仅仅是一本宗教经书，其中更融入着历史、文化和社会。它与希腊文明一起，孕育了今天的欧美文化，圣经是西方文化的重要源泉，也是一部包罗万象的百科全书。它是世界上发行量最大、发行时间最长、翻译成的语言最多、流行最广且读者面最大的一部书，是公认的对人类影响最深远的一部书。读读欧美的文学作品，小说、散文、诗歌、政治家的演说，就可以看出他们有多频繁地引用圣经。"可以说，如果要从源头上了解西方世界的根基与沿革，《圣经》是必读书目的第一本。

而这本《圣经的世界》的难能可贵之处，是它以图文并茂、深入浅出的姿态，为我们描绘了"圣经的世界"，也即《圣经》作为一本典籍其产生、完善和流传的整个过程。其重点，不仅仅在于《圣经》与周围社会及族群的互动，而更在于这个广大无比却又变动不居的古代世界，如何孕育了《圣经》这样一部包罗万象的著作。在书中，约翰·德雷恩认真描绘了那些诞生圣经故事的不同时代和不同地域的古代世界，从早期的狩猎和采集时代的诸多遗址，一直到耶路撒冷落入强大的罗马铁骑之手，乃至耶稣活动的时代与地域。看上去，约翰·德雷恩只是在介绍《圣经》的产生，但纵观本书描绘的历史跨度，居然有数千年的漫长历程。

在对这一漫长历程的精彩描绘中，约翰·德雷恩抓住问题的关键，也就是在这一地域中生存和迁移不定的族群的发展历程，深刻揭示了希腊人复杂的哲学思想乃至泛神论之间的关系，也介绍了埃及人、亚述人、巴比伦人、波斯人乃至犹太人等大大小小的人类族群，在探索自身与世界、与他人的关系时，如何丰富和完善了自身的哲学、宗教观和意识形态体系。由于这一重要的追求，约翰·德雷恩生动地描绘了这些民族从经济基础到上层建筑乃至意识形态产生和发展的一切——他们的宫廷制度和军事组织，他们的家庭生活、社会环境、经济关系，他们的宗教仪式和文化习俗等，使得这个介绍一本书的历史的作品，成了一部非常有特色的介绍地中海及其周边地区文化史和思想史的著作。

有赖于约翰·德雷恩的生花妙笔，我们能够在了解这一文明历史的基础上，对《圣经》作为一本历史著作和古代生活大观，产生新的、更加深刻的认识，从而对西方世界的状况与特征，产生立体而非平面、全面而非单一的认知。毕竟，诚如译者所言，"由数十个独立书卷组成的圣经，并非一挥而就的，它的写作时间跨度超过百年，作者数量众多。这些作者反映出了他们所生活的社会、文化和宗教背景。了解这些背景可以极大地丰富和深化我们对圣经的理解和领会"。

本书的作者约翰·德雷恩是英国著名的历史学家和作家，曼彻斯特大学哲学博士，专攻世界上古文化史和早期教会史。他不仅深入治学，屡有创绩，还广泛参与社会文化事务，创作适合大众阅读的通俗类历史读物——本书即是其中重要的代表。对于一个非原生西方文化承载者的读者，通过这本书去了解西方文明，可以达到事半功倍之效。

阅读这本书也有个小小的缺憾，那就是夜间在灯下读，其过于光洁的感光纸反而令人什么都看不见，需要不停地变换角度才能正常阅读。当然，这也可以视为本书的一个优点，毕竟，不是所有的书都能让人"亮瞎了眼"。

23. 何以叶脉?

读《文明叶脉：中华文化版图中的山西》

书　　名　文明叶脉：中华文化版图中的山西
作　　者　李骏虎
出版机构　山西人民出版社
出版时间　2023 年 6 月

前不久，很荣幸地得到李骏虎先生亲手所赠新书《文明叶脉：中华文化版图中的山西》。32 开精装本，装帧古朴、厚重而不失活力，墨绿色的封面上，隐约可见一枚如卜卦龟甲般铺展开来的叶子，脉络俨然。显然，这是一本必须认真阅读的好书。

我对骏虎闻名已久，但相识时间并不长。去年因缘际会，因工作上的合作而结识，竟是一见如故。李骏虎是"70 后"作家，曾获第五届鲁迅文学奖、第四届山西新世纪文学奖、第十二届庄重文文学奖等，出版过长篇小说《奋斗期的爱情》《公司春秋》《婚姻之痒》《母系氏家》《中国战场之共赴国难》《众生之路》《浮云》，以及中短篇小说集《李骏虎小说选》（上、下卷）《前面就是麦季》《此案无关风月》《六十万个动作》，随笔集《比南方更南》，散文集《李骏虎文化散文：受伤的文明》《纸上阳光》，评论集《经典的背景》，诗集《冰河纪》，以及《李骏虎作品集》（八卷本）等，可以说是一个创作数量和水准都相当出色的中青年作家。从2022年开始，骏虎还担任了山西省作家协会主席这一重要职务，这也能够看到组织和公众对他创作能力的褒扬。这部《文明叶脉》，是他担任省作协主席之后出版的第一部作品。从某种意义上，这也是一份特殊的"答卷"。

因为骏虎文学创作的名气与实力，他以往的作品，我看过好几本。对他的文学功底和创作追求，应该说还是比较熟悉的。拿到这本新书，自然也要先睹为快。单是看书名以"叶脉"来命名，就引起了我强烈的共鸣。

查百度，这样介绍"叶脉"：

> 叶脉是叶片上分布的粗细不同的维管束，分布在叶肉组织中起输导和支持作用。它一方面为叶提供水分和无机盐、输出光合产物，另一方面又支撑着叶片，使之能伸展于空间，保证叶的生理功能顺利进行。叶脉的主要作用是输导水分和养料，将其传送到各个部分，其他作用是支撑叶子，增加光合作用面积。叶脉是一片树叶的主体，具有提供有机物给植物细胞和输送水分的特殊意义，若没有叶脉，生命将无法生存。

这本以"叶脉"命名的散文集，收集了作者历年撰写的50多篇关于山西的"大文化散文"。按照作者自己的说法，书之所以称"叶脉"，是因为"晋国的地图，在春秋时代，就像是片桐叶，现在山西的地图，又像当年'桐叶封弟'时削成玉圭形的梧桐树叶。这就是山西为什么被称为'文明叶脉'的外在原因。内在原因在于汾河是这一叶的主要脉络，而汾河的一百多条分支就是这一叶的脉络。几千年来，三晋文化随着汾水流入黄河，成为中华文化之源，在历史上留下了不可磨灭的印记"。

而在我看来，以"叶脉"命名之妙，也在于一本书收录的文章内容各异，恰似"世界上没有两片相同的树叶"；而所有的文章都指向"中华文化版图中的山西"这样一个清晰的主题，恰似"所有的叶子都有相类似的叶脉"。

按照内容的分类，作者精心地将这些作品分成"文明叶脉""人文精神""表里山河""锦绣龙城""赤子之心""东西南北""梦回天府"七个篇章。看上去，叶脉只是头一个篇章的题目，但通读全书，叶脉是个贯穿始终的概念。

叶脉之脉，源于山西文明粗壮的根系，那就是山西文明之魂。在收入"文明叶脉"篇章的三篇文化大散文中，骏虎以"黄河文明与三晋文化""百纳汾水，文明叶脉""复兴之树"为题目，书写了三晋文明的整体样貌乃至汾河、大槐树这两个鲜明的山西文化符号，拉开了他书写"中华文化版图中的山西"的第一篇章。如果我们读过些描绘山西历史人文的文字，就会感觉这种从整体上着眼的文本并不陌生。而读骏虎的文字，会发现尽管他也在建构整体性样貌，但着力之处却在于自己在若干细微之处的主体感受。能看得出，他写的山西，不是那个被无数人用精确、翔实、全面乃至高度概括的教科书般的语言所介绍的中部省份，而是骏虎以其生于斯长于斯歌于斯哭于斯的桑梓之情，感受、描摹和讴歌的一方热土。其中，他以一个作家敏感的心灵，从自己生活的点点滴滴经历与记忆中，努力捕捉这方神圣土地上的活文化和真情感，并具体到人、到细节，到一颦一笑、一点一滴、一枝一叶、一朝一夕、一箪一瓢。诚如王国维先生对诗境的分类，如果说那些寻常的山西文化介绍是"无我之境"，那么骏虎写出的就是"有我之境"，是艾青先生写出"为什么我的眼里常含泪水，因为我对这土地爱得深沉"时的那种情感之所寄。

因而，在随后所有的文章中，包括他在异乡的大地上徜徉而回望故乡的所思所想，都是他用自己的脚步丈量，用自己的眼睛观看，用自己的思想触碰，用自己的情感体味的结果。如同荷马吟唱地中海的波浪起伏，屈原迷离于巫山与潇湘的浪漫多情，普希金讴歌俄罗斯广阔无垠的荒凉原野，沈从文浪迹于湘川黔交界地区"边城"的牧歌情调，骏虎也像一个行吟诗人，漫步在三晋大地每一处人文景观和自然风貌之中，在寻觅历史遗迹，探索文化根源的同时，感受着这片土地的质感、纹理和脉络，激起关于历史、地理、人文乃至情感世界的强大回响。这本书的每一页，都展示了他相对瘦弱的身躯与这块神奇土地深刻互动而产生的精神谱系与脉络。也许，这正是骏虎把自己的这本书命名为"文明叶脉"的原因之所在。

从习近平总书记提出"文化自信"的那时候起，山西三晋大地的历史文化价值，便被越来越多省内外甚至国内外的学者所认同、所揭示、所渲染。我们越来越认识到，山西是华夏文明的直根系，是中国古代文化的博物馆，是中国古建筑的宝藏，是戏曲的故乡，拥有着极其丰厚、多样的旅游文化资源。在这片土地上，产生了规模巨大、内容丰富、视角各异、形态众多的文艺作品。

骏虎以"文明叶脉"这样一个特别独到的主题展开观察与思索，以相当个性化和诗意性的方式，将山西这方具有极其浓厚的历史文化与地域特色的热土展现给了读者。这是一部力作，唯有识者得之。

24. 世界真的有秩序吗？

读《世界秩序》

书　　名　世界秩序
作　　者　[美] 亨利·基辛格（Henry Kissinger）
译　　者　胡利平
出版机构　中信出版社
出版时间　2015 年 8 月

2023 年 11 月 29 日，亨利·基辛格在美国康涅狄格州的家中去世，享年 100 岁。一个人死于百岁高龄也许不能算奇迹，但考虑到就在 2023 年的 7 月，他还万里迢迢飞来中国进行访问，开启了一段在期颐之年仍能纵横家行的"破冰之旅"，并受到了党和国家领导人的接见，那就真是奇迹了。据说宋朝时的佘太君曾经百岁挂帅，看正史却未见出处。而基辛格此行却是千真万确，大概也可以载入中美关系的史册了。

亨利·基辛格的一生还创造了许多奇迹。姑且不论众所周知的促成中美建交的重大历史实践，以及获得诺贝尔和平奖的非凡荣誉，单是我手里这本厚厚的《世界秩序》，就值得大书特书一番。这本书出版于 2015 年 8 月，按照我在书页前后记录下的阅读时间，我从当年的 8 月 17 日开始读，到当月 27 日就读完了。也就是说，我几乎是在这本书刚刚面世的时候就拿到了手，而且立刻开始阅读。当时亨利·基辛格已经92岁。在全世界男性平均预期寿命不到80岁的今天，一个92岁的老人仍能写书，而且是这样一本理论水准达到世界水平的重磅著作，无疑是一个奇迹。

众所周知，本书作者基辛格，全名叫作亨利·阿尔弗雷德·基辛格，是哈佛大学博士、教授，美国前国务卿，20世纪美国最著名的外交家、国际问题专家，被称为"美国政坛常青树""中国人民的老朋友"。基辛格1923年5月27日出生在德国菲尔特的一个犹太人家庭，全家都是虔诚的犹太教徒，如果没有德国纳粹的反犹政策和"二战"，基辛格一家大概率会终老德国。1938年，由于德国国内的环境已经不适合他们这样的犹太家庭生存，只有15岁的基辛格随同父母逃亡到美国。又因为他积极参战并立下战功，得以跻身美国的主流社会，在哈佛大学先后获得硕士和博士学位，毕业后留校任教，成了一名研究国际关系的知名学者。

1969年，尼克松总统任命基辛格为总统国家安全事务助理。中国人都熟知的是，1971年，基辛格作为美国总统特使秘密访问中国，与中方携手促成了1972年尼克松总统对中国的"破冰之旅"，实现了震撼世界的"跨越太平洋的握手"，为启动美中关系正常化进程作出了历史性贡献。1973年1月，基辛格在巴黎完成了结束越南战争的谈判，并因此与越南人黎德寿一同获得1973年的诺贝尔和平奖。1977年美国第38任总统杰拉尔德·福特授予基辛格"总统自由勋章"，并称其是"美国历史上最伟大的国务卿"。

此后，基辛格丝滑地游走于官员、学者和社会活动家的身份之间，常常"受命于危难之际"，穿梭于世界各地进行外交洽谈、斡旋和沟通，不仅为美国的国家利益，也为世界和平与发展作出贡献，可谓"鞠躬尽瘁，死而后已"。中国人都不陌生的是，从1971年第一次访华开始，基辛格在接下来的50多年时间里，访问中国多达100多次，平均约每半年一次。在美中关系"破冰"之后的50多年里，他推动历届美国政府奉行积极对华政策，致力于美中关系发展，这成为基辛格外交生涯中最华丽的篇章之一。

基辛格能够在外交事务与国际关系领域内作出突出成就，除了他出色的外交实务能力外，很大程度上与他长期思考与探索的一整套处理现代国际关系事务的理论紧密相关。在我看来，这一整套理论最基本的概括和阐述，正全面地体现在这本《世界秩序》之中。

《世界秩序》首先是一本历史之书。这是因为，从孟德斯鸠开始，欧洲人就将均势原理应用于国内政策领域，提出了权力均衡的概念，并在研究不同社会的历史后得出结论：历史事件从来不是偶然的，而是有其内在原因。在本书中，基辛格深入而翔实地回顾欧洲乃至世界各大文明国际关系观的演化历程，通过他多年来在现代国际关系前沿的实践思考和理论探索，提出了颇具统合力和说明力的概念——世界秩序。在基辛格那里，世界秩序是不同文明在成长过程中出于对自身安全与发展环境的深入关切而逐步形成的一种理念，它既表现在国际关系的一切事务之中，又居于其上，同时各有其生发于不同文明内部的具体特征。

在基辛格看来，在维持和破坏世界秩序的诸多因素之中，"价值观"和"地缘政治"两个因素具有强烈的决定性作用,而其他因素也在发挥作用,但与这两个因素不可等量齐观。一方面,由于全球各个国家和地区的历史发展道路各自不同,其长期形成的生存观、发展观、人权观、物权观、宗教观、国际观等"价值观"也各不相同,有的甚至泾渭分明,相互对立。另一方面,由于历史传统、地理方位、物产丰瘠、自然条件、邻邦亲疏之不同,每个国家的国家安全与发展环境也大相径庭,存在着复杂的竞争与合作关系,这就是"地缘政治"。

由于"价值观"和"地缘政治"的交互作用,每一个国家乃至文明体对"世界秩序"也有着相当不同的理解。基辛格在书中列举了欧洲的均势秩序观、中东的伊斯兰教秩序观、亚洲多样化文化起源下形成的不同秩序观,以及美国"代表全人类"的世界秩序观等各个不同的"世界秩序"。各种因历史而形成的世界秩序观之间的冲突与对抗,正是今日世界之动荡与混乱的根源之所在。

由此来看,《世界秩序》也是一本问题之书。尽管一切皆有历史的深刻缘由,但对于各国的政治家和外交家而言,重要的不是要研究历史,而是要面对现实。基辛格敏锐地观察到,进入21世纪,全球国际事务面临着一系列新的挑战。最为直接的原因,就是全球化带来的新格局,正在对世界秩序的维持、巩固、演变和革新产生新的要求。以往大多数时候,世界不同文明体奉行着各不相同的国际秩序规则,由于彼此联络的困难和影响的有限,这些不同版本的秩序都有着各不相同的规则和目的。而今,政策是全球性的，但每个区域仍然还是各行其道，其结果导致了国际局势的紧张、无序。国与国之间冲突带来的"毁灭、社会动荡乃至国力的枯竭"最终促使人们开始思考出路。人类面临两种前景：要么是"人类坟茔遍地"的和平，要么是深思熟虑后构建的和平。

根据威斯特伐利亚秩序概念，欧洲的政治家认为，安全意味着均势和对权力动用的限制。而俄国的历史经验是，限制权力的结果是灾难。俄国由于未能完全控制自己周边地区而遭到蒙古人的入侵，进入噩梦般的"动荡时期"。《威斯特伐利亚和约》把国际秩序看作一个复杂的平衡机制。在俄国人眼里，国际秩序是不同意志之间持续不断的较量，每一个阶段俄国都要倾其物质资源扩充领土。17世纪，有人请沙皇阿列克谢的外交大臣纳晓金阐明俄国的外交政策时，他给了一个直截了当的解释："四面八方开疆拓土，这就是外交部的工作。"从中可以看到，人类是带着巨大的分歧与冲突进入现代世界的。

因而，每一个有着忧患意识的人都会发问：21世纪全球政治和经济版图发生着怎样的深刻变化？后危机时代，在国际事务上呈现出哪些新的挑战？中美大国关系将迎来怎样新的格局和趋势？中国又该如何抓住战略机遇，适应新常态，谋求持久稳定发展？这些，也正是《世界秩序》试图回答的问题。本书考察的正是每个区域传统上是如何处理"世界秩序"问题的，以及当今一些主要大国政权是如何达到某些方面的一致的。

当然，《世界秩序》最终仍是一本理性之书。我们看到，本书是一位世界杰出的外交大师、一位终身的"世界秩序"学者和实践者汲取自身经验与智慧之精华而写成的一部充满理性思辨色彩的世界关系沉思录。在本书中,基辛格系统梳理了各大文明的战略逻辑和地区秩序观,从文化、宗教、地缘等综合因素解读了这些不同秩序观的形成、冲突和合作,并结合网络科技等当前新的战略要素,解析了当下时局的挑战与机遇。

基辛格不仅将视野拓宽到全世界,而且将时间拉长到400年,集结了他60年外交生涯的理念精髓,可以说是一部大开大合、谈古论今、求索国际关系治理之道的集大成之作。按照基辛格的观念,政治学的伟大原理首先在于承认所有国家的切身利益,人类生存的保障正是源于整体利益,而具体利益只具有次等意义。基辛格也相信,进入21世纪以来,人类完全可以通过遵循团结一致、均势、交流和同心协力的原则,求同存异,从而走上和平发展的道路。

难得的是,作为一名高龄老人,基辛格对当今已经成为世界科技潮流的互联网、信息化领域给予了积极的关注。他认为,新的社交和信息网络刺激了增长和创造力。它们允许个人表达观点,报道以前未引起注意的不公正事件。在危机形势下,它们提供了重要的快速沟通能力,以可靠方式报道事态和宣传政策的能力,防止由于误解而导致的冲突。这也给国际秩序的建立和维护带来一种全新的动力。因为,自文明之初,同一社会内部和不同社会之间就存在冲突。冲突的根源并不限于缺乏信息或无法分享信息。冲突不仅出现在缺乏相互了解的社会之间,也出现在相互过于熟悉的社会之间。即便面对同样的原始资料,人们也会对其意义或主观价值争执不下。在价值观、理想或战略目标存在根本矛盾的地方，披露信息和互联互通能缓和冲突。而当今的信息化时代恰恰提供了这样一种成本极低而效能极高的信息交流与传递方式。在基辛格看来，拥抱以信息化为引领的新的时代特征，不是一个理论问题，而是一个现实问题。

2023年9月，基辛格就7月份访华的成效回答了记者的提问。他说："我一直深信不疑的一个信念，就是中美之间的关系至关重要。因此，我们希望能共同拥有这样一个目标，使得中美一起携手解决一系列全球面临的挑战和困扰，这样全球能建立一个全新的当代的全球秩序。"斯人已逝，其言在耳。听一位百岁老人的由衷之言，或许我们都能变聪明些。

25. 艺术如何回应了后现代？

读《新艺术的震撼》

书　　名	新艺术的震撼
作　　者	[澳]罗伯特·休斯（Robert Hughes）
译　　者	欧阳昱
出版机构	中国美术学院出版社
出版时间	2019年1月

在人类创造新概念的历史上，有一种"反话正说"的奇特现象，似乎一直没有被阐明或言说。具体一点，我们经常会看到，一个概念被创造出来的时候，目的在于讽刺或者批评一种新现象，但这个概念最终却成了这种新现象的名称，它最初反面的意义反而不为人知了。

举个例子，早期英国议会政治开始形成的时候，有两个重要的政治团体，成为英国最早的党派——一个是辉格党，另一个是托利党。今天，几乎所有的英国人和对英国政治史感兴趣的其他人，都知道英国政治具有辉格和托利两大传统，今天的自由党和保守党就分别脱胎于辉格党和托利党。但人们可能不知道，"辉格"的原意是"马贼"，"托利"的原意是"土匪"，本来是这些政治同盟者的对手用来谩骂和污蔑他们的言辞，却被他们"化腐朽为神奇"地用来自称，还似乎成了一种光荣传统。

与此类似的例子是奥林匹克的"业余原则"。国际奥委会最初恪守奥林匹克运动的业余原则，反对职业运动员参加奥运会。这似乎是恪守平民主义的观念，颇令大众好感。殊不知，所谓"业余原则"，是一项历史悠久的传统，意指体育这样的生活方式是贵族阶层在日常之余的优雅闲情，所以那些以此牟利的平民是不能参与的。看上去，所谓更贴近平民的"业余主义"原则，其实只是贵族的傲慢而已。

和我推荐的这本书相联系，"印象派"这种开创了绘画艺术现代主义潮流或者方向的新流派，最初也是来自一个讽刺性的评价。1874年，一群作品一再被排斥在官方沙龙展之外的画家，包括莫奈、毕沙罗、德加、雷诺阿、塞尚和摩里索等，以"艺术家、画家、雕塑家无名社团"的名义在巴黎市中心的一个照相馆里举办了一次与官方沙龙展相抗衡的联展，共展出了30位艺术家的165件作品。风雅的巴黎人也真的去看了联展，然而那些满脑子都是学院派完美画风的观众自然无法接受那些轮廓模糊，看上去像是没画完的画。有一位批评家以莫奈画的《印象·日出》为例，批评道："莫奈《印象·日出》就是一张草图，根本不配作为一幅完整的绘画，哪怕就是印花墙纸也要比这张海景画要完整得多。"若从精确造型的角度看，这个批评也不能说没有道理。因为从莫奈的《印象·日出》这幅画看，的确画得朦朦胧胧，上面没有出现任何明确的物体，画面上看得见的是，天还没有全亮，云层和雾气还未在海面散去，太阳被一层雾气遮挡着，水面上的船舶桅杆只能隐隐约约看到个模糊的轮廓。画家的笔触扫地似的扫过画面，画幅下部一系列不规则的虚线就当是近处的水波了，而前景中的两只船，几乎就是两个色块。整个画面混混沌沌，有摇动不定之感。这样的画在已经习惯于古典艺术造型风格的巴黎观众面前，实在无法算是一幅认真完成的画，最多只能算记录了一点视觉印象的粗糙草图罢了。因此，人们也就将那些参加展览的画家叫作"印象派画家"，其中的语气自然是贬义的。这种刻薄的带有侮辱性的批评，反倒让这批年轻的印象派画家铁了心要跟主流对抗了。他们此后就干脆以"印象派"为旗帜，持续不断地举办自己的展览来展示他们与学院派不同的立场。

印象派略带戏剧性地"横空出世"，给画坛带来了一场巨大的革命式变迁。这正好比当年阿姆斯特朗登上月球时的妙语，莫奈的一幅画，对他本人是"一小步"，而对于整个人类的艺术，却是令人难以置信的"一大步"，甚至不是同方向，而是跨越式、转向式的"一大步"。如果一个人从一开始就先接触了19世纪末期乃至20世纪的艺术作品，随后再去看此前的绘画作品，是很难将两者联系起来的。

从整体上观察，由莫奈这幅画，以及和莫奈同道的这一批先行者开始，西方艺术乃至整个全世界的艺术，都进入了一个令人陌生和惶惑的新阶段。在这一历程之中，艺术家们以一种令他们的先辈完全陌生的方式创作艺术品，其成果逐步地甚至是突变地颠覆了前人的实践，乃至颠覆了艺术本身的概念。如果按照18世纪的绘画理论家为绘画艺术下的定义，那么，19世纪末期乃至20世纪的一大部分绘画作品将被排除在外。显然，"绘画是描摹现实世界的""绘画应该用颜料和笔""绘画应该画在墙壁、木板、画布或者纸上""绘画应该是人的行为的结果，而不是行为本身"，这些观念听起来没什么太大的问题，但却完全不适应于20世纪以来的一大部分作品。当杜尚带着从街角一个小杂货店买来的男性小便器去艺术馆参展并且获得大奖的时候，千万扶稳了墙，这不是梦，这个世界也没有疯，它只是变得不同于以往了而已。

本书的作者把这种现象概括为"新艺术的震撼"，不仅描述了艺术的变化——新，也描述了这种变化带来的心理感受——震撼。的确，莫奈所谓"没画完"只是小菜一碟，真正的震撼，一直持续到了20世纪80年代。每过几年，这种震撼都会发生一次，而且，地点不止于欧洲，甚至美国、俄罗斯、太平洋上某个小岛，一时间都成了风暴的中心。

和我曾推荐过的《艺术的力量》一样，这本《新艺术的震撼》也是英国广播公司（BBC）的划时代巨制三部曲之一。如果按照反映对象的时间顺序，《新艺术的震撼》应该是三部曲之三。这部纪录片首播于四十多年前的1980年，在当时电视还不完全普及的情况下，全球观看人数就超过了2500万，被誉为"纪录片拍摄技艺与主持人叙事魅力的完美结合"。随后，和其他两部纪录片一样，BBC不失时机地推出了同名图书，也就是现在摆在我面前，这本已经多次再版的精美的大部头。它不仅是艺术爱好者的必读之物，也是长期以来美术院校师生理解西方现代艺术的入门读本。

这本书共分八章，基本上就是一个顺时间脉络而下的现代艺术史。第一章从现代主义标志埃菲尔铁塔开始,作者写道:"那时现代主义富含进步思想成分,它预示一个新天地,而且同企图改变全部生活条件的先进体制的观念有着难分难解的联系。1900年左右,还涌现出一股强烈的,相信太平盛世会到来的改良主义思潮。"以此探索作为20世纪主要美术的立体派和对这个设想的新世界的反映。第二章叙述第一次世界大战粉碎了所谓先进体制的神话,艺术家们原先的那股狂热情绪消失了,"从理想主义退到绝对客观性:形成了德国的达达主义,即对政治结构失去信心的虚无主义",同时也叙述了大战期间左右两股政治势力在美术中的表现。第三章则反映一系列美术家如何创作描绘地中海风光。第四章介绍德国包豪斯学派和现代建筑中的乌托邦的倾向。第五章集中介绍超现实主义和它在美国的影响。第六章是优雅与恐怖兼而有之的作品,即表现主义与抽象主义。第七章是关于工业城市的人为景色如何渗入美术之中和电视、印刷等对美术的影响——波普美术试图把大众文化和高雅艺术糅合成一种通俗的风格。第八章作为总结,谈论概念美术和对未来艺术颇为悲观的展望。

　　作者精心地构架起这八个理解现代艺术的重要主题,以现代艺术进程中的大量实践作品为例证,多角度地勾画出西方艺术的百年流变,甚至揭示出这样一个我们目力所及却从未深究过的现象——"1780年的异域情调,如何成为1880年的新鲜论调,又何以沦为1980年的陈词滥调。"这既可以概括为"现代艺术如何改变了世界",也可以概括为一个发展中的世界如何融贯了新的艺术探索。八章连续下来,你会发现已经不经意地进行了一场长达百年的艺术旅行，或者美好，或者困惑，但一定不虚此行。

由于形式上的变迁过于巨大，阅读这本书的过程尽管不失趣味，但不可避免地充满了艰深和涩滞。因为，艺术表达形式的突变，其实是一件"只可意会不可言传"的微妙过程，在形象思维的论域，以逻辑思维为内核的语言往往显得笨拙无比。当然，就艺术本身的规律来看，所谓万变不离其宗之处，是艺术的形式归根结底仍然是时代观念的某种反映，这是丹纳在其伟大的《艺术哲学》里深刻阐明的普遍规律。尽管丹纳从未见过任何一幅现代艺术作品，但这绝不意味着丹纳仅仅对既往艺术规律做出了深刻总结，其理论不适用于未来艺术形式的变迁。恰恰相反，我们认真阅读本书的一个重要收获，便是能够清晰地理解，无论艺术的发展形式如何改变，都在尝试回应时代生产生活形态的变换和思想观念的变迁，都是在曲折地阐释新的事物、新的故事和新的观念。

这正是这本书力图传达给我们的道理。在通篇的叙述中，作者以犀利精妙的笔触，探求了这种互动过程中的奥秘与玄机，引人入胜地带我们走进了现代艺术新的宝库。而且，本书体例完整，逻辑清晰，在八章中，每一章都有一个线索贯穿起来，从不同维度介绍现当代艺术的面目，不仅适合具有一定艺术素养的专业人士阅读，即使你从未接触过现代艺术，这本书也是最佳的入门教材。何况，这本书的装帧和版式，也漂亮得令人欲罢不能。

26. 走出峡口天更阔

读《历史的峡口》

书　　名　历史的峡口
作　　者　王　军
出版机构　中信出版社
出版时间　2015 年 7 月

我读王军先生的书，第一本是《采访本上的城市》。这本书写在十几年前，作者直面当今中国的城市问题，调查了很多国内城市，也对照性地研究了许多欧美城市，对当时已经颇具规模的宽马路、大拆迁、土地财政、经营城市等概念进行了系统而又有针对性的反思。作者直面中国城市与建筑领域中的大事件、大热点，包括中央行政区外迁之争、国家大剧院、鸟巢体育场、CCTV 大楼、国家博物馆改扩建等争论，在访问安德鲁、贝聿铭、库哈斯、德梅隆、福斯特等中外建筑师的基础上，提出了自己的独到见解。作为一名以建筑作为主要采访报道领域的新华社记者，王军先生在这本书中呈现出来的价值追求和专业精神令人钦佩。他的这本《采访本上的城市》也成为有志于深研中国城市化问题的读者的必读之书。

我还看过王军先生的另一本书，叫作《城记》。读了才知道，从写作的次序看,《城记》是早于《采访本上的城市》的。而王军能够成为此一领域的名人,其实首先是拜《城记》所赐。据书中介绍,在这本耗费十年时间创作的著作中,作者披露了大量第一手文献档案和口述史料,追述了20世纪50年代北京城市规划编制过程中的政治风云和思想分歧,包括城墙、牌楼等古建筑被陆续拆除的情况,并对单中心城市结构存在的问题进行了探讨。我们之所以能够在21世纪初经济快速增长、城市化大规模推进、城市拆旧建新工作如火如荼的背景下,产生文化与文物保护、前瞻性规划乃至关心城市与人的和谐发展的理念,王军先生作出了自己独到而重要的贡献。《城记》获得了首届国家图书馆文津图书奖、全国优秀畅销书、《文汇读书周报》"2003中国十大年度图书"等奖项,《中华读书报》将王军评为"2004年度人物",正是顺理成章、实至名归。

看《城记》中王军先生对北京的熟悉程度,或许我们会以为他是一个土生土长的北京人。但看了他的简历才知道,他生长于贵州高原的开阳磷矿,实际上就是在20世纪80年代考上大学从而扭转了命运走向的那一批人中的一个。他1987年考入中国人民大学新闻系,1991年毕业后成为一名新华社记者,先后供职于这家通讯社的北京分社和《瞭望》新闻周刊,"瞭望"北京乃至别的城市,本来就是他的工作。但能够在本职工作中写出如此震撼人心的两本书,非才华与责任感皆卓越而不可。

大概到了2013年的时候,我们也欣喜地看到,王军先生又有一本新著问世,叫作《拾年》。这本书以一种深度报道的方式,记载了北京城从 21 世纪初（2005 年前后）编制总体规划但遭遇严重困难的现实状况，深度解剖、书写北京城十年来的生与死。作者以故事为浅层结构，从 2005 年总体规划修编、实行、陷入困顿的整个过程入手，深度解剖所谓"城市生命机制"这一重要命题的深刻内涵。作者用"拾年"而不是"十年"作为书名，并非追求风雅，而是蕴含了不止于"十年"而更有"流年""经年""旷年"般的哲思意味。在这样的哲思中，不仅今天的人事，梁思成、林徽因、陈占祥、吴良镛、贝聿铭、老舍、培根、徐苹芳等人物也都奔涌笔端，使这个"拾年"产生了百年沧桑的回想，也使得北京的城市规划这一现实问题，有了沉重而沧桑的历史感。

能够看得出，从《城记》到《采访本上的城市》再到《拾年》，话题依旧是城市，或者简单地说就是建筑或者建设，但其作品主题的深度却在逐步拓展，作者关注现实问题的视野也在显著扩大。而能够进一步代表这种主题和视野变迁的，就是我们惊喜地看到的王军先生的第四本书——《历史的峡口》。

这本书出版于 2015 年，其内容是选取了作者 2010 年以后撰写的九篇新作。按照作者在序言里的介绍，《圆明园的记忆》试图以圆明园早期影像史为线索，呈现东西方文明冲突之悲剧，以及"万园之园"圆明园被破坏的历史。《首都计划的百年大梦》试图呈现国民党北伐之后营建国都南京的规划之争，及其背后的党权、军权与人权之争。《革命风潮，向故宫荡去》试图呈现 20 世纪 20 年代紫禁城历经的两场风波：三大殿改国会之争、拍卖故宫"天字第一号逆产"之争。《中国建筑史之新纪元》是为林徽因（1904—1955）110岁冥辰而作，试图探明梁思成、林徽因在中国建筑史研究中的历史方位，梳理学术脉络，理解建筑传统。《梁陈方案的成本》试图以20世纪50年代在北京城市改造中，41位居民的信访故事为线索，对彼时的首都规划之争作一观察，对梁陈方案作一分析。《城市化转型》以成都统筹城乡综合配套改革试验为切入点。《再造魅力故乡》以广东佛山水乡在城市化过程中的利益与情感纠葛为线索，试图勾勒过去十多年中国土地与税制改革趋向，探索以城市化转型推动社会转型的适宜路径。《中国城镇化的盛世危言》试图对城市形态问题进行探讨。最后的《大北京的未来》试图探明北京"大城市病"的根源。

关于为何选取这些内容，作者强调："我试图把这些故事放在更加辽阔的背景下书写，中国正拥有这样的历史资源，值得吾辈深入发掘，以为继续前行提供镜鉴。静下心来，理解中国。这是我向读者奉上这一册小书的心愿。"

看得出，与作者的前三本书相比，这本书的基本内容仍然一脉相承地延续了作者多年的基本关切，但主题更加宏大和深远。从时间跨度上，该书前后绵亘150多年，涵盖了清末、民国、解放后、改革开放三十年乃至进入新时代五个阶段，具有相当深厚的历史纵深感；从内容上看，作者直面当前仍然身处其中的所谓"人类最大规模的转型"这一中国现象，其探索的深度已经进入城市化、现代化乃至全球化这样的宏大主题；从视角上看，作者以强烈的问题意识，批判了追求现代化的进程中人们忽略城市化本身的复杂性、对建筑文化和乡村文明的戕害、对城市规划的短视、对城乡利益的分配不均等"现代病",进而从公私关系之再造、地权契约之重建等现代性观念中提出了自己的深刻见解。作者把自己的著作命名为"历史的峡口",正是对这一转型历史进程的精准定性。邦本所系,我心匪席。阅读之间,一种浩然正气和忧患意识扑面而来,不可遏制。

在我看来,读者如果对王军先生所揭示的这一话题感兴趣,应该把他的四本书都读一遍,阅读的顺序当是他出版四本书的依次顺序,先《城记》,再《采访本上的城市》,再《拾年》,最后才是《历史的峡口》。这不仅仅是写作的顺序,也是思想的顺序乃至逻辑的顺序。如同《西游记》,孙猴子先是花果山水帘洞,然后大闹天宫,再被压在五行山下,最后才西天取经。当他成了"斗战胜佛",回顾自己的历史时,估计也要感慨修行之路,不能颠倒。

27. 一个对活着比对写文章重视的人

读《威尼斯日记》

书　　名　威尼斯日记
作　　者　阿城
出版机构　上海三联书店
出版时间　2019年4月

我曾经推荐过阿城的散文集《常识与通识》，在那篇文章里，我对阿城的其他作品也作了介绍。其中提到此时要聊聊的《威尼斯日记》，我当时说："看书名，是游记一类的随笔集，但其实和《常识和通识》一样，是一些艺术和人生的感悟，感觉出奇地好。"今天看来，这个评价并不准确。

我是十几年前看的这本书，中华书局出版，暗红色封皮，精装小开本，每页字数不多，也只排了146页，看版记区，七万字。因为要写书评，拿出来重读，也看了些其他人的评论，才知道这本书是威尼斯市邀请的产物。据说每年，威尼斯会在世界范围内挑选一个作家，去该市居住三个月。作为交换，作家离开前须提交一部书稿，由威尼斯方面译成意大利文，印刷出来，以增城市宣传之效。他们选中阿城，实在有眼光。

因此，说这本书是日记，其实如同说一本书是纸，并没有抓住要害。阿城说，自己从不写日记，专门住在威尼斯，一口气写三个月，这事多少有些不自然。我有一个同学，唱歌极好听，一个人在水房，可以唱得绕梁三日，但联欢会上让他唱，他却坚辞不就——正是不自然的缘故。我猜阿城内心是把日记作了另外的解释，比如只是所见所想式的聊天，然后顺手记下来。这便自然了许多。其实日记作为一种文体，本来就颇多古怪。说是写给自己吧，我们分明看到无数日记，从一开始就是要给人看的。而倘是给人看的，那便是文章了。阿城说自己不写日记，我猜是也看出这个古怪，因而不作。但接受了邀约，规定时间内不知道写什么才好，干脆就写日记。而到底怎么写心里也没底。书里写到，第一篇日记写好日期后，依次添了"第"字，即公元第一千九百九十二年第五月第二日。第三日，他又把"第"字去掉了，写道："还是不加'第'吧。人世间的无聊，常常只因为煞有介事。"这样妙极的小趣味，正是化解不自然的妙法。

但答应了要写一本书，以本人"小人之心"度之，三个月威尼斯的假期——或许还有里拉——都是好的。倘我有这样的机会，抄账本也愿意。不过，关于日记的些许意义，阿城也发现了。他说："翻看前面的日记，知道二十六日起有一次头痛。日记原来有这样的用处，只要你记下来，它就告诉你记的是什么。我经常发现这些简单的真理。"

但这样，居然就写出了经典，而这经典，恰恰就在于这很妙的五个字：简单的真理。王朔说阿城是"作家里的作家"，还说"若是下令，全国每人都必须追星，我就追阿城"，我认为都是因为阿城善于发现"简单的真理"。他其他的书诸如《常识与通识》《闲话闲说》，说的也都是"简单的真理"。

所谓"简单的真理"，不是真理本身简单，而是说的人总能言简意赅，刺穿泡沫，让你冷不丁地感受一种别样的顿悟。

比如，他写一个小店："这个店很小，楼梯上摆的都是书。有一个老人在角落里看书，游客们轰轰烈烈地从店前走过。""轰轰烈烈"就来得出其不意。

写威尼斯印象："除了大运河，还有一百七十七条窄河道和两千三百条更窄的水巷，跨越这些水面的是四百二十八座大大小小的桥。威尼斯不是数字，是个实实在在的豪华迷宫。""实实在在"让人叹息。

写威尼斯的早晨："忽然天就亮了，早起的威尼斯人的开门声皮鞋声远远响起，是个女人，只有女人的鞋跟才能在威尼斯的小巷里踩出勃朗宁手枪似的射击声。"我们突然就知道了"勃朗宁手枪"该是怎样动感的声音。

写广场上的情侣："下午开始刮风，圣马可广场那些接吻的人，风使他们像在诀别。""诀别"这样细致入微的感受，妙得你都不知道说什么才好。

王朔评论阿城，还有一句话，叫作"这个人对活着比对写文章更重视"。这句话不好懂，但看了《威尼斯日记》就会发现，这简直就是这本书的广告词——他就是去威尼斯"活"了一段时间而已。

28. 佛陀世容

读《慈悲清净：佛教与中古社会生活》

书　　名　慈悲清净：佛教与中古社会生活
作　　者　刘淑芬
出版机构　商务印书馆
出版时间　2017 年 3 月

由印度经由中亚地区辗转传播到中国的佛教，在与中国既有文化的碰撞、摩擦和互动中产生了异常复杂的变化，总的趋势是由宗教迷狂走向世俗——当然，诞生于公元 1 世纪左右的大乘佛教为此做了非常重要的铺垫。

在这一过程中，古代中国的社会生活受到佛教强烈影响而发生了改变，相应地，佛教自身的样貌也呈现出惊人的变化。这一文化涵化现象，尽管贯穿于佛教传入中国的全过程，但中古时期（3 至 10 世纪）无疑是最为重要的变动期。而这一变动之所以发生，知识分子（出家的高僧、译经者、士大夫信徒乃至民间的意见领袖）的作用固然不可小觑，但普通民众在社会实践中的作用更值得重视。

推荐的刘淑芬著《慈悲清净：佛教与中古社会生活》这本书，恰恰就是从普通民众的角度审视佛教世俗化进程的力作。很多中国大陆地区的读者不太熟悉刘淑芬其人，但在中古史研究的阵营中，刘淑芬是一个相当重要的学者。她是台湾大学的历史学博士，现任台湾地区"中研院"历史语言研究所的研究员，治学的主要领域，就是中古城市史、中古佛教史和中古社会史，其代表作《六朝的城市与社会》可谓是研究中古中国社会与文化的权威之作。

正如我们在《慈悲清净：佛教与中古社会生活》中看到的，刘淑芬研究中古历史，一个十分重要的视角就是探讨魏晋隋唐佛教社会史，在这一领域，她已经发表了数十篇论文，涉猎广泛，成果丰富。台湾学界有一个优良的传统，不论从事的学术研究多么小众和冷门，学者都有义务为更广大的受众写点通俗类作品。本书即是这种学风之下的产物，集中展示了刘淑芬研究中古佛教史的成果。与那些更为专业化的学术论文和专业著作相比，这本书志在普及，因而内容中实例较多，通俗易懂，篇幅又不长，对于我们了解佛教中国化的历史进程中实际生活的样貌与变迁颇有助益。

从内容看，这本薄薄的小开本册子以生动活泼的笔触，描述中古时期的中国在佛教强烈影响之下，人民生活在各个层面上出现的新风俗、新时尚和新观念。虽然佛教的诸多戒律也对非信徒的日常生活产生了一定的制约，但佛教寺院成了当时人们（包括非信徒）最重要的去处，佛教带来的新节日，也成了大众娱乐的时光。佛教的"福田"思潮及其实践，从很大程度上承担了今日民政与慈善机构所承担的社会功能，甚至官府也纷纷将救济贫病的社会工作委托寺院与僧人管理、施行乃至经营。佛教全方位地揳入了百姓生活,水乳交融,珠联璧合。

在本书的开头,刘淑芬就绘声绘色地给我们介绍了与本书主题密切相关的一个典型事例:早在1400年前,河北地区就出现了佛教所谓的"福田事业",也就是佛经中要求人们为将来的福报所做的社会事业(就像播田撒种可致收获一样,所以称作"福田")。具体来说,就是一群有组织的佛教徒,成立了一个叫作"义"的佛教慈善组织,专门从事如同今日民政和红十字会等机构所承担的慈善事业,包括救济饥民、施给医药、埋葬无主尸骨等。这个组织由乡民发起,有当地大族、官员参与其中,并延请高僧前来弘法,秉持佛教"六度"教义,大量地开展社会救济事业,成了当时社会生活的一种"新常态"。

从"义"的组织行为开始,刘淑芬穿透历史的表层,既选取其中最有代表性的佛教中国化、世俗化事件,包括隋唐三阶教、北魏僧祇粟、唐代悲田养病坊、中古后期的断屠日、佛教节日与庶民娱乐(包括音乐歌舞和百戏的伎乐供养)、寺院里的俗讲等新形态进行介绍,也分析佛教对女性的歧视、经幢(佛顶尊胜陀罗尼经幢)的出现、宦官与佛教的互动、"七七斋"的功能等佛教世俗化现象,生动而令人信服地将佛教与中古社会的涵化过程展现在读者面前。

事实上,直到今天,中古时期形成的这些观念、仪轨、造型、活动乃至精神文化,仍然或多或少地存在于我们的现实生活之中。前不久,一个朋友信佛的父亲去世,短短半个小时之后,一群来自城市各个角落的佛教徒就匆匆赶来,席地而坐,只饮清水,吹奏梵乐，念诵经文，为朋友亡父超度亡灵，完事后分文不取，洒扫干净后悄然离开。熟悉中古佛教历史的人们就能知道，千百年来，这样的仪轨曾经一遍遍演绎，仿佛世界了无变化，一切如旧。

本文之标题"佛陀世容"是李泽厚先生在《美的历程》一书中介绍中古佛教对中国艺术的影响时用到的一个概念，现在看来，它已经有了普遍性的范畴意义。在此，借用这个范畴来表达对刘淑芬教授著作的理解，相信李泽厚先生泉下有知，也会颔首同意的。

29. 卧游中国的最佳攻略

读《地名中的中国》

> 书　　名　　地名中的中国
> 作　　者　　《国家人文历史》杂志
> 出版机构　　北京联合出版公司
> 出版时间　　2023 年 5 月

我年轻的时候，喜欢自驾游。每逢节假日，便同三两好友，驱车远行，十几年下来，游历了大半个中国。自驾的好处，看上去是自由自在，茫茫大地，只要有路，便可任意驱驰。但其实，即使没有乘坐火车、飞机的交通工具约束，自己也有时间约束。假期有限，不能想去哪里就去哪里，想飘荡多长时间就飘荡多长时间。久之，便有一种习惯，驰骋在神州大地，每每路过某地，来不及进去看看，便浏览地名，然后查询其详情，这样的旅途串联起来，信息量就大了几倍。其实古人游学，也多有临门不入的，倒不是他们"脚法欠佳"，而是自然条件所限，只能望景兴叹。想来，和我"三过州县而不入"，其由也异，其情也同。我把这种旅游，称为"名游"，非名山之游，实地名之游也。

后来年齿渐增，公务更繁，自驾游便少了。但山川壮丽，名胜可观，皆不得至，不免心中怏怏。遂多了一个爱好，翻看各类人文地理书籍，对心仪之地，做"纸上卧游"。熊逸先生曾有著作，曰《纸上卧游记》。不过，他是写读书的随感，书籍皆是纸张，故有此名。但我说卧游的对象，却不是抽象的理念，而是真实的州县。古代此类著作，如郦道元、徐霞客者，不算太多。近代以来，国人足迹遍布华夏，此类地理文字便数量陡增，前一段看清末民初若干学者踏勘西北留下的记载，颇有可观之处。而到了今日，学者不仅走遍神州，而且走出国门，回来写出来的游记类著作，名"大散文"者，简直层出不穷。在我的公众号里，我也多次推荐这样的作品，从冯骥才、王志到高山云，不一而足。

眼前这本《地名中的中国》，正是一本主题更加鲜明的此类著作。古人谈饱览四方、思绪古今，多半要说指点江山。但古人指点的，多半还是一域而已。而此书从地名切入，横贯五湖四海，纵入炎黄古今，这才是最原汁原味的"指点江山"。我最近推荐的书，大多是旧时所读，是从书箧中翻出来的；而这一本，是2023年新近出版。刚面市，我便搜寻来一睹为快。其感受，正如当年自驾时见一地名便知一方水土的特殊感受，其令人欣喜之处，只可意会而不可言传也。

在这本书的序言里，作者写道：

> 地名，不只是地理学符号，更是古人与山川湖海、日月星辰、历史社会深度交流后留下的人文印记。地名所承载的内涵是中华大地上一笔宝贵的遗产。本书从地理、历史、语言、文学、民俗等多个角度探究地名背后的人文底蕴、文化

根脉，清晰梳理了中国地名的历史渊源和演变规律，浓墨重彩地记载下一种让国人潜移默化、沉浸其中的中国精神。

难得的是，这本书在讲述地名时，不是按照今日之地理区划逐一叙述，而是按照地名得名的内在历史、文化逻辑进行分类。比如第一部分中以"山水之间：站在中国的大地上"为总题，又分为仁者乐山、智者乐水、金石为开、以鸟兽草木之名等几部分，分别介绍了因山而得名、因水而得名、因矿产而得名、因鸟兽草木而得名的种种情况，使读者能以"批处理"方式了解地名的缘起、沿革与变迁，从而获得立体而周详的地理知识，也增加读者对优秀传统文化的整体性认知。

我再过几年就要退休了。对退休生活的愿景，就是那时有了闲暇，就恢复起自驾游的爱好，沿着祖国大好山川，一路壮游，一路学习。《地名中的中国》正好为我这样的计划，添了有力的攻略大全与背景知识。对我的游兴，可谓如虎添翼。退休之前，也可以将这本书反复看几遍，不能"声闻"，能以此书"缘觉"而卧游天下，也是极好的。

30. 刀尔登的理想国

读《七日谈》

书　　名　七日谈
作　　者　刀尔登
出版机构　山西人民出版社
出版时间　2011年8月

刀尔登的书，基本都是谈古论今的杂文集，但《七日谈》例外。也许受《十日谈》的影响，我们会下意识地认为《七日谈》当是小说，但通篇读完，既找不到"中心思想"，也找不到"段落大意"，乃至人物是正是邪，主题是褒是贬，全看不清楚。作者试图讲一个短暂隐居于世外的故事，比《十日谈》清静，又比梭罗嘈杂。情节的推进仿佛套娃，里边又嵌套了一个"外国"故事，令人好奇心顿起，跟着他浮想联翩——但结果是又回到了现实中。我们生活中也有许多这样的七天，或者想有这样的七天，只是写不出来。这就使得这本书有些特别，看文字，似乎最好懂，但看完了合上书卷，却发现完全不知道他要说什么。我看了两遍，每次都如此。

关于写这本书的缘由，刀尔登在书前的"作者序"里做了些说明。因为同样不好懂，幸好不长，姑且全文引如下：

作者厚着脸皮，把一番东拉西扯，印成书籍，无非是看中了读者的慈悲之心；又暗中希望的，是一本小书，没将读者这高尚的感情，消磨一空，尚有一大部分，可由别的作者享用，不然，不但读者生气，别的作者也要骂作者呢。

　　又，希里花斯这个国家，人或以为是作者杜撰，并不是的，这个国家，确乎其有，大一点的地图上，都能找到，而作者正想着去那里旅行，既然有这样一个计划，说明可以有签证，有航线，且有着陆的地方，也就说明，这个国家确确实实是有的。

　　作者心中明白，除了本句话，书中至少还有一处，是错误的。竟不改正，是以为消灭错误，并不导致正确，与其造出自洽的假象，不如留着裤脚上的洞，来印证作者自知鄙陋，从而心生的谦卑惶恐之意。

　　看得出，作者也知道自己是"东拉西扯"，尽管表示抱歉，但并无悔意在，反而颇有些卖关子的意味。毕竟，要传达的内容，作者心里是清楚的。至于读者能否听出弦外之音，照例不该由作者负责。这就好比厨师，尽管卖力做菜，但不保证众口难调。我自己看懂了一些，是不是刀尔登本来的意思，不知道。但正因为有这些未必合乎本意的感受，才想写这篇文章，吸引更多的读者，或者欣赏，或者上当。

　　这本书起笔平凡，三言两语我们就随作者到了一个村子——这大约是作者自己的经历，躲在一个地方闭门造车，本是常态。

但不同的是来了一个并不讨人喜欢的家伙,在该有些礼貌的时候,总是爆发让人猝不及防的热情,我们便随了作者虚与委蛇,多少还有些狼狈。不过,随着作者约略有些拖沓的叙述,我们发现了刀尔登的狡黠。他不动声色地布了两条线,一条是和我们一样的现实世界,写了若干普通人——作者也是其中之一,当然,另外还有乞丐、酒鬼、江湖骗子、隐士等,大家争先恐后地出来说话,告诉我们栖身这个不太通透的世界的诸多感受乃至可能性。此时我们已经感到有些亲切了,毕竟我们也活在这样的世界里,也喝酒、乞讨、骗人和逃避,不过用些另外的说法。但意想不到的是,刀尔登又不动声色地引入另一条主线,写了一个不是中国的遥远国度,名字也古怪,叫作"希里花斯"。我猜测他是由"稀里哗啦"引发的联想,把讨厌的东西狠狠摔在地上的结果就是"稀里哗啦"。但因为在另外的人眼里,这个对象也许并不讨厌,为照顾大家的感受,才改作"希里花斯"——作者在序言里说他"至少还有一处错误",或许就是一个国名——如果不是没有的话。但自从希里花斯现身,书就变得好看了。

  按照已经流俗的说法,理想的生活就是"另一种可能",人若不想成为"螺丝钉"或者"道轨"之类,就希望能有个选择,哪怕仅仅是在想象中。但"另一种可能"常常不讨喜,因为可能性也意味着比较或者强调,因而给习惯于整齐划一的人们带来心理上的威胁。不过刀尔登的作品就是在这个意义上开始伟大起来。我突然明白他其实还是想写杂文,引入一个名叫"希里花斯"的理想国,目的就是想谈些喻世、警世、醒世的哲思,有些话只能这么说。当然，必须申明的是，柏拉图笔下的理想国只是用了"理想"二字，并不表明它真的理想。如果让我穿越到古希腊，还有可能去柏拉图的理想国，我宁可就待在现实的雅典，做个奴隶也在所不惜。

最后一天之后，作者又回到了现实世界。莫尔的《乌托邦》，最后也一样。在《旧约》里，上帝也只用了七天，就造出了今天的世界。这当然不是真的。而真实的情况是，刀尔登也用七天创造了一个世界——一本耐人寻味的书。最近十年我看过的所有国内文学作品，如果让我从中只选一本带到荒岛上过七天，我一定选这本《七日谈》。它比你看过的大多数小说都好，假如你不同意，我建议你再看一遍。

31. 一部特殊的中国近代史

读《论中国》

书　　名	论中国
作　　者	［美］亨利·基辛格（Henry Kissinger）
译　　者	胡利平、林　华
出版机构	中信出版社
出版时间	2015年7月

我在前不久推荐过基辛格博士的《世界秩序》。其实，他还有另一部书，与《世界秩序》同等重要，堪称双璧，那就是《论中国》。

与《世界秩序》着眼于各大文明之间的交流与互动不同，《论中国》是一部专门研究中国问题的专著——甚至也不是全部的中国问题，而是鸦片战争以来的中国国际关系史。2011年5月17日，这本新书在美国发售。基辛格首度用一本专著的篇幅去讲述一个他亲密接触了数十年的国家，记录40年来他与中国几代领导人的对话实录，包括中美建交各个历史节点上的重要细节。在书中，他以一位资深外交家和思想家的专业视角，分析和梳理了中国自鸦片战争以来的外交传统，揭示了在西方人眼中中国人所具有的独特外交理念。其中非常令人赞叹的是，他从中国人都十分熟悉的围棋文化与孙子兵法中探寻中国人的战略思维模式，其观点令人耳目一新又心服口服。通过对这种中国式的外交方略的深刻领悟，基辛格深入分析了中华人民共和国成立以来中国外交战略的制定和决策机制，特别是对"一边倒"的外交政策、抗美援朝、中美建交、三次台海危机等重大事件的来龙去脉作了十分详尽的深度解读。如果我们熟悉西方人眼里的东方探索史，就会清晰地认识到，基辛格所思考和认知中国的深度和广度，是任何一个与中国有过接触和了解的外国人都没有达到的——包括同是"中国人民的老朋友"的史沫特莱、斯诺夫妇等。

作为历史的亲历者，基辛格还在书中记录了自己与毛泽东、周恩来、邓小平等几代中国领导人的交往历程。我们回顾历史就会明白，能够在如此长的时间内与几代中国领导人密切接触的外国政要，恐怕除了基辛格再没有第二个。对我们而言，他的思想值得重视，他的记忆也弥足珍贵。

一份资料显示，1949年到2010年，中国官方表述中曾经提到过的"中国人民的老朋友"，共有600多位，他们分别来自100多个国家和地区。里面不只有外国的高层领导人，王室成员，还有民主人士，抑或知名企业家等，涉及诸多领域。而基辛格，就是其中的一员。这位哈佛大学博士、教授，美国前国务卿，被誉为20世纪美国最知名的外交家、国际问题专家乃至"美国政坛常青树"的友好人士，几乎成为中美友谊与和平的一个象征。1971年7月，正是基辛格作为尼克松总统秘密特使访华，为中美建交开启大门，才使得大洋两岸两个最重要的国家重新走上了和平交往的轨道。此后基辛格曾经来华百次以上，平均每年至少两次，我猜想，这或许可以申报吉尼斯世界纪录吧？

  基辛格博士完成《论中国》这部鸿篇巨制的时间是 2011 年，此时他已经是 88 岁高龄了，对比他四年后完成了几乎同样是鸿篇巨制的《世界秩序》，这似乎不能算是最困难的事。但考虑到绝大多数的人活不到 88 岁，这样的壮举毕竟值得高度钦佩。难得的是，你翻开每一页，都能看到由他出众的才华和特殊身份形成的独特视角所带来的详尽信息、深度分析和睿智判断。有些书整体上是好的，而这本书不仅整体上是好的，每一页也是好的。最重要的是，它可以帮助中国人了解自己的一段历史，这是一个我们自身不大可能触及的视角，如果不是基辛格把它写出来，就像人体背部的中间，无论怎么痒，自己徒手是很难挠到的。

32. 入木三分的古代政治史

读《中国政治二千年》

书　　名	中国政治二千年
作　　者	张纯明
出版机构	当代中国出版社
出版时间	2014 年 3 月

　　"小书馆"系列丛书是一套以再版 20 世纪以来的绝版或者版本稀少、至今仍有很高文化价值的文史作品为内容的丛书。所谓小，一是篇幅小，使读者可以快速获得某一领域之关键知识；二是主题小，即便大主题，也是见微知著的写法。我一直着意收集这套书，十年前某日逛旧书店，见有丛书中若干本合售，无人问津，其价甚廉，故一并购回，加之零星所得，已经大半在箧。多年过来，已经看了数本。印象最深的，就是张纯明先生的这本《中国政治二千年》。

　　张纯明先生是 20 世纪风云际会中颇有"三立"风范的文化名人，政事、学问和人品，各有可观之处。但读这本书之前，我竟对他一无所知。查了查资料，了解到他生于 1902 年，死于 1984 年，本是河南洛宁人，22 岁公费赴美留学，主攻社会政治学，在耶鲁大学攻读博士学位期间，是尼克松的同学。学成之后，他曾游学欧洲，去了莫斯科、柏林、巴黎、伦敦、瑞士等地，对西方政府、政党、宪法等进行考察研究，受到时任中国常驻国际联盟代表蒋廷黻先生赏识，留在日内瓦担任他的助手。1931年，张纯明先生回国，应邀出任南开大学文学院教授、院长兼政治系主任。1937年受国民政府委派，再赴欧洲进行地方行政考察。归国后以学者身份从政，历任国民政府"行政院"高级秘书、河南省政府委员、立法委员等职。1949年迁居香港，后去台湾，20世纪70年代定居海外，1984年7月在纽约病逝。

张纯明先生一生从政，不忘著书立说，被后人誉为文人从政的典范。除了这本主要著作《中国政治二千年》，还有《中国循吏研究》《清代的幕制》《考评桓宽盐铁论》等著作名世。阅而可知，《中国政治二千年》是中国政治学百年发展史上一部不容忽略的著作。作为民国学者的张纯明先生，在20世纪40年代写成这本小书，他以学贯中西的眼界和洗练生动的文笔，把中国两千年来纷繁复杂的传统政治文化，概括得清晰而深刻。今天读来，仍不觉其旧，可以给我们诸多启示。

单是书的结构，就令人耳目一新。因为是两千年史，自然涉及的是中国自秦以来的帝国史。第一章，他用"皇帝、专制、统一"作为篇名，概括战国到秦汉之变。仔细想想，直到今天，讲帝国之国体，竟找不到能和这三个词同等分量的第四个词。可见张纯明先生见识之深。第二章和第三章实际上是讲政体，他先讲中央，再讲地方，显然也颇得个中三昧。而更令人拍案叫绝的是，他在接下来的两章里讲"无形政府"，一曰幕僚，二曰文吏，实际上就是我们常说的"官僚"之"僚"和"官吏"之"吏"。我们都知道，这是古代中国真正的权力拥有者，所谓"铁打的衙役流水的官"，此之谓也。最后两章讲政治文化，张纯明先生称为"政治风气"，主要讲了名教、倾轧、高调以及贪污等四种情况，皆是要点。如此看，张纯明先生实则是用皇帝、专制、统一、中央、地方、幕僚、文吏、名教、倾轧、高调、贪污11个词，把两千年来的中国政治史作了横向的剖分，然后再以纵向之笔法，由秦至清，渐次写来。这样的结构，实在是令人颔首称赞。

《中国政治二千年》只有短短六七万字，大致相当于一篇硕士学位论文的篇幅，一般意义上，作者要在如此短的篇幅内讲清长时段的政治史，绝非易事。但张纯明先生做到了，而且还如此精彩。多处议论，不仅鞭辟入里，而且发人深省。且引一段看：

> 中国的政治理论自来是取消极无为主义，老百姓所要求于政府者是一个休养生息的机会，而不是兴利造福。在心理上中国人认政府为一种"不可避免的祸害"，不做事的政府就是最好的政府。这也难怪他们，因为过去的经验告诉他们，如果政府要雷厉风行地做事，百姓不但得不到甚好处，而且要受许多无谓的骚扰。所谓我们最高的政治理想是"政简刑清"，政府最大的使命是保境安民。实际上中国史政府能真正负起保境安民的责任的时候并不很多。

能说出这些话，着实不易。所谓"黄老之术"乃至"文景之治"，两千年来不复再现。到底是什么"术"，如何"治"，看看张纯明先生这本书，能明白不少。当然，管用不管用，就不知道了。

33. 在中国，艺术是文化的表达

读《中国艺术讲演录》

书　　名	中国艺术讲演录
作　　者	[美] 福开森（John C. Ferguson）
译　　者	张郁乎
出版机构	北京大学出版社
出版时间	2015 年 1 月

1933 年，英国大文豪萧伯纳来上海，鲁迅和蔡元培一直陪着他出席活动。有一天，三个人信步走上了一条今天名曰"武康路"的街道，发现周围老树浓荫，洋房栉比，阳光时隐时现，时光突然慢了下来。萧伯纳大声感慨，说出了诗一般的赞叹：走在这里，不会写诗的人想写诗，不会画画的人想画画，不会唱歌的人想唱歌，感觉美妙极了。

这条被萧伯纳盛赞的街道，当年是叫作"福开森路"的。在电影《色戒》中，王佳芝放走了易先生后，装得没事人一样叫了辆黄包车，说"到福开森路去"，她要去的就是这条路。这条路后来改了名，我查了查，却是汪精卫所为。至于汪精卫为何要有此一举，或许是他亲日反美的一个举措吧。

而这条路最初叫作福开森路，确定无疑是源自一个叫福开森的加拿大人。今天我们听到福开森其人感觉非常陌生，但在百年前之中国，此君名气非常之大。

福开森1866年出生于加拿大安大略省，1886年毕业于美国波士顿大学，获文学学士学位后就结了婚。随后，福开森夫妇受他们所信仰的基督教新教"社会福音"即自由主义神学的感召来到中国，先在江苏镇江学习汉语，又到南京创办汇文书院（即金陵大学、南京大学之前身），福开森任首任院长。1896年，又出任南洋公学（即交通大学前身）监院，聘用了许多著名的中国学者任职任教，如吴稚晖、钮永建、章太炎、蔡元培、张元济等，借此加深了与中国学人及士绅的交往。

此后，福开森先后担任两江总督刘坤一和湖广总督张之洞的幕僚，协助策划东南互保。1902年，参与修订中国对日对美条约。1908年，到北京任邮传部顾问。曾出任华洋义赈会会长。1910年，中原大旱，福开森募得赈灾金约100万美元，被清廷封赐为二品顶戴。1921年，奉派作为中国代表团成员与顾问参加以遏制日本在华扩张为重要议题的华盛顿会议。与此同时，福开森还创办了《新闻报》《英文时报》《亚洲文荟》等报刊，致力于宣传中国和开启民智。

算起来，他在中国待了50多年。福开森一直与金陵大学保持密切联系并担任校董会的董事。1934年，福开森将个人收藏的全部名贵文物捐赠给金陵大学，现保存于南京大学考古与艺术博物馆。1943年，福开森被占领上海的日本侵略者驱逐，回到美国。两年后的1945年，来不及看到中国抗日战争的胜利，福开森就去世了。可以说，福开森是一位把全部精力和才华都献给中国教育与艺术事业的国际友人。

福开森也是一名收藏大家。在华期间的半个世纪里，他悉心搜集，认真鉴定，收藏了大量故宫流出的文物以及私人藏品，也积淀了丰富的中国艺术方面的知识与经验。他不仅帮助纽约大都会艺术博物馆和克利夫兰艺术博物馆建立起最初的中国艺术收藏，也是故宫博物院建立初期的功臣和故宫文物鉴定委员会唯一的洋委员，对中国古代艺术之源流、特征、演变与风格有着十分深入而系统的研究。

我推荐的这本《中国艺术讲演录》，是福开森1918年回到美国，在芝加哥艺术学院所作六次关于中国艺术的演讲汇集。1919年，这本书作为"斯卡蒙讲座"丛书之一结集出版，书名为《中国艺术讲演录》。应该说，把中国古典艺术的风格与流变介绍给西方，福开森即使不是最早的一位，也是相当重要的先行者。这个系列讲演，不仅对中国古典视觉艺术作了相当深入和理性的探讨，形成了独到的中国艺术观，也结合历代藏品和新的考古发现，从自己的鉴藏经验出发，按照青铜、玉器、石刻、陶瓷、书画和绘画等门类，对中国古典视觉艺术各个门类的代表性作品，进行了翔实生动、内蕴丰富的梳理和说明。

对于一个渴望一窥中国古典艺术门径的探索者而言，福开森先生提供了极具启发性的探索和传达。即使到了今天，以之作为熟悉中国古代艺术史的入门书，也具有相当不错的价值。

在本书的"导论"中福开森讲道：

在中国，艺术是文化的表达。希腊人所谓的paideia，罗马人所谓的humanitas，中国人称之为"学"或"问"，意思是通过精神和道德的修养而获得的风度和品位上的提升。中国人从未低估技术的价值，但从不把手工的灵巧当作艺术的核心法则。"遵从文化"向来是艺术表达的第一要素，而文化是高贵的民族理想的产物。技术向来是艺匠之作的信用证，不过艺匠作品已经被拒于艺术的殿堂之外。只有那些与文化精神相一致，对文化精神有所贡献的作品，才能在艺术殿堂占有一席之地——不管那作品本身的美学价值如何。

显然，福开森对"艺术"这个词汇，作了分开的理解。前者"艺"，反映了作品达到的精神境界以及作者自身的价值追求，后者"术"反映了实现这种境界与追求的技能与工巧。诚如福开森所言，在中国人心中，前者要远重于后者，艺术是文化的表达——对中国古典艺术的理解，没有比这样的观点更深刻的了。

顺便说一句，这本书也是那种装帧极其漂亮的书。一本写艺术的书，应该就是这个样子。

34. 这孤零零的神秘伟大的地中海呀

读《从迦太基到迈锡尼：世界文化遗产旅行笔记》

书　　名	从迦太基到迈锡尼：世界文化遗产旅行笔记
作　　者	高山云
出版机构	生活·读书·新知三联书店
出版时间	2018 年 8 月

  关心文化旅游的人没有不知道"世界文化遗产"这个极为重要的概念的。追根溯源，世界文化遗产是世界遗产的组成部分。而所谓世界遗产，按照联合国教科文组织和世界遗产委员会的说法，是指被确认是人类罕见的、无法替代的财富，是全人类公认的具有突出意义和普遍价值的文物古迹及自然景观，包括世界文化遗产（包含文化景观）、世界自然遗产、世界文化与自然双重遗产三大类。截至 2021 年，世界遗产总数达 1122 项，分布在世界 167 个国家和地区，其中世界文化与自然双重遗产 39 项，世界自然遗产 213 项，世界文化遗产 869 项。其中包括中国拥有的世界遗产 57 项。如果能有人壮游天下，将这些人类瑰宝挨个看一遍，哪怕是其中的一部分，那他也是世界上最幸福的人了。

  这本《从迦太基到迈锡尼：世界文化遗产旅行笔记》是生

活·读书·新知三联书店出版的图书，主要是作者游历以地中海周边地区为主的53处世界文化遗产的旅行笔记。这些世界文化遗产，包括文化景区、考古遗址、古城古镇、宫殿城堡、宗教遗迹、工业遗产等文化样式，应该说代表了这一地区既往人类文化最丰硕的成就。随着作者的步履，我们从维色丽河谷到马耳他岛，从迦太基遗址到庞贝古城，从陶伯河上的罗腾堡到科英布拉大学城，从伊斯坦布尔清真寺到阿旃陀和埃洛拉石窟寺，可以全面而深度地了解这些人类文化瑰宝的现实样貌与历史沿革。一个人能有这样的旅程，是多么令人艳羡的经历。

这本书厚达600多页，是我近期阅读的图书中并不多见的大部头。但从阅读的体验而言，这是一本令人十分愉快的书。这种极为舒适的阅读体验感，既来自作者轻松、平实而不失雅驯的语言风格，也来自作者认真而扎实的信息搜集与叙述。从总体上看，这是一本游记类的著作，据我从旁了解，作者是拖着已经罹患重病的身躯，一段一段地走完了这段对健康人而言也并不轻松的旅程。而且，对写在书中的每一个文化遗产，作者都在行前做了相当详尽的"功课"。因而，在每个对象的叙述中，作者都能先就遗产本身的历史、现状、重要性和意义做简单明了的阐述，配上对应的图片。同时，他还在文后附上如若到这一遗产旅游便能用上的实用信息，如交通、住宿、当地语言状况以及和当地人打交道需要注意的事项等，乃至参观游览攻略的建议——甚至不忘提一下当地必尝的美食。

当然，最为重要和难得的内容是，作者基于自身的学养和感悟写下的优美文字，简约而生动地介绍了各个遗产的历史文化和现实状况，令人"感今日之陈迹，发思古之幽情"。只有一个无比热爱生活的人才能写下这样的文字，发出这样的感悟，并汇聚于这样一本厚厚的著作中。对于我们感受地中海周边地区的历史文化，这是一本像旅行拐杖一样实用的工具书。当然，对于人们阅读中的情感体验，其效果就绝不止于拐杖了。

笔记作者署名"高山云"，实际上是已故著名考古学者、香港中文大学人类学系教授吕烈丹女士的笔名。吕教授开始这趟旅行的时候，已经检查出来肺癌晚期，按照现有的医学手段，倾尽全力，也恐怕只能多维持一段躺在医院病床上的单调生命过程而已。在这样的生死抉择之间，吕教授选择了外出旅行，以到远方观赏和记载自己魂牵梦萦的世界文化遗产的方式，来度过自己已经为时不多的余生。当时，她的病情已经相当严重，但她仍然从2014年9月开始，花了将近一年半的时间，拖着病躯走遍了自己心仪的地中海周边乃至亚洲的印度、伊朗等国家，完成了这本最后的著作。2015年9月，吕教授探访了书中提到的最后一个文化遗产：印度阿旃陀和埃洛拉石窟寺。在这个景点，吕教授建议说，如果行走不便，可以搭乘当地人抬的滑竿上山。推想可知，当时吕教授已经体力不足，故而乘坐了滑竿。回到墨尔本的家中，吕教授来不及休息就投入这本书的案头工作，终于在2016年年初完成了这部大部头的著作。两个月后，吕教授就悄然长逝。显然，这是一本凝聚了生命力量、人文情怀和历史幽思的伟大遗作，读这本书，不仅是在向那些伟大的文明顶礼，也是向一个伟大的灵魂致敬。

尽管也有亚洲的文化遗产介绍，但作者大部分的行迹，仍然是地中海周边的历史文明遗存，希腊文明、罗马文明、迦太基文明、埃及文明、波斯文明等，占据了本书的绝大部分篇幅。关于地中海文明对人类的贡献与意义，我突然想起以往读过徐志摩的一首诗，正好抒发了这样的情怀。1922年，诗人徐志摩从英国归国途中，航行于地中海的滚滚波涛之中，诗兴大发，写下了至今都让人激情澎湃的《地中海》：

> 海呀！你宏大幽秘的音息，不是无因而来的！
> 这风稳日丽，也不是无因而然的！
> 这些进行不歇的波浪，唤起了思想同情的反应——
> 涨，落——隐，现——去，来……
> 无量数的浪花，各各不同，各有奇趣的花样，——
> 一树上没有两张相同的叶片，
> 天上没有两朵相同的云彩。
> 地中海呀！你是欧洲文明最老的见证！
> 魔大的帝国，曾经一再笼卷你的两岸；
> 霸业的命运，曾经再三在你酥胸上定夺；
> 无数的帝王、英雄、诗人、僧侣、寇盗、商贾，曾经在
> 　　你怀抱中得意，失志，灭亡；
> 无数的财货、牲畜、人命、舰队、商船、渔艇，曾经沉
> 　　入你无底的渊壑；

无数的朝彩晚霞，星光月色，血腥，血糜，曾经浸染涂
　　糁你的面庞；
无数的风涛、雷电、炮声、潜艇，曾经扰乱你平安的
　　居处；
屈洛安城焚的火光，阿脱洛庵家的惨剧，
沙伦女的歌声，迦太基奴女被掳过海的哭声，
维雪维亚炸裂的彩色，
尼罗河口，铁拉法尔加唱凯的歌音……
都曾经供你耳目刹那的欢娱。
历史来，历史去；
埃及、波斯、希腊、马其顿、罗马、西班牙——
至多也不过抵你一缕浪花的涨歇，
一茎春花的开落！但是你呢——
依旧冲洗着欧非亚的海岸，
依旧保存着你青年的颜色，
他（时间不曾在你面上留痕迹。）
依旧继续着你自在无挂的涨落，
依旧呼啸着你厌世的骚愁，
依旧翻新着你浪花的样式，——
这孤零零地神秘伟大的地中海。

　　就以这首诗作为读这本书的感悟，也以之缅怀那个带着我们用文字游历了地中海文明古迹的高山云（吕烈丹）教授吧。"昔

我往矣，杨柳依依。今我来思，雨雪霏霏。行道迟迟，载渴载饥。我心伤悲，莫知我哀"，这是献给已逝的作者，也是献给那些成为陈迹的文明。

35. 欲与周公试比高

读《周公旦》

书　　名	周公旦
作　　者	［日］酒见贤一
译　　者	李　炜
出版机构	生活·读书·新知三联书店
出版时间	2023 年 12 月

日本有好几位作家，都写以中国古代历史人物为原型的历史小说。从数量看，最多的可能是井上靖，我在以往的荐书文章中，推荐过他写的《孔子》，也提过他写的其他类似作品。另外，我也介绍过中岛敦，这位像彗星般闪耀天际的天才作家的成名作——他的最后一部作品《山月记》也是写中国故事的。另外，就我所知，写过中国题材的日本作家还有田中芳树和村上春树。当然，我们也不能忽略陈舜臣，他是华裔日本籍，主要写中国历史，著作等身，声名远播，改天或可以谈谈他的作品。

中日一衣带水，彼此交往的历史可以追溯到汉代。隋唐以降，日本大量学习中国文化，从人文学术到语言文字，乃至服饰装帧、风俗习惯、亭台楼阁、绘画音乐、宗教信仰等。日本文化方方面面都打上了深刻的中国烙印，说其在唐宋之际搞了一次"全盘汉化"，也不算失实。日本人创作的文学作品中有大量中国故事、中国人物乃至中国元素，并不奇怪。

即便如此，在诸多类似题材的作品中，我刚刚看完的这本《周公旦》也仍然有其别致之处。毕竟，日本以井上靖先生为代表的中国题材作品，基本上还是遵循中国千百年来早已固化了的人物形象及其内蕴，而酒见贤一笔下的周公旦，以及周公旦周围的人物如周武王、姜太公、召公奭之类，都与我们寻常记忆中的历史人物有诸多不同。因之，他们之间发生的故事，也与我们习惯的版本有诸多相异之处。

与井上靖、中岛敦等老一代作家乃至更年长的村上春树等不同，酒见贤一生于1963年，属于日本战后崛起的一批新生代作家，福冈人，毕业于爱知大学，年轻时就以文学创作闻名于东瀛，尤其擅长中国古代历史题材。1989年，酒见凭借《后宫小说》获得第一回日本幻想小说大奖。1992年，《墨攻》等作品获中岛敦纪念奖。2000年，《周公旦》获新田次郎文学奖。另有《毕达哥拉斯之旅》《童贞》《圣母部队》《在陋巷》（共13卷）等作品。仅从这些小说的题目也能看出，除了《周公旦》，《墨攻》《在陋巷》也一定是中国题材，分别写春秋时哲学家墨子和孔子的弟子颜回。

那么，酒见贤一的《周公旦》，到底与其他作家的中国题材作品有何不同？在我看来，就在于他深入研读文本以后发挥充沛的想象力，能够在人们早已习以为常的历史故事中演绎出新的情节和认知，从而给读者带来极大的阅读冲击力。

我们都知道，周公旦是与姜子牙、召公奭并称为"周兴三杰"

的伟大历史人物。如果就他对商周鼎革之后周王朝的历史贡献而言，在整个周朝他是"一枝独秀"的人物，无人可以匹敌。我们读《论语》，其中多次出现周公的形象，孔子高度推崇周公旦制定的礼，以至于经常在梦中与周公相见——孔子感到自己无力于"克己复礼"的重要标志，就是"久矣，吾不复梦见周公"，可见周公对孔子，甚至对整个东西周的影响力。对于这样的至高圣人，历史早有定论，典籍不免雷同，难道还能有应发而未发的"弦外之音""未尽之意"乎？通读全书，酒见贤一还真是给我们带来了这样的惊异、惊叹乃至惊喜。

在作者笔下，周公旦不仅是一位政治家，还是一位能够通天达地、勾连阴阳两界的巫师。书中，除了多次直接介绍周公具有的这一特殊身份外，还三次详尽描述了周公登坛作法、召唤先祖之灵为武王续命、为成王疗疾以及呼唤异族先祖归顺周朝的神异场面，生动描绘了周公旦的巫师身份以及他利用自己通灵之能为初生的周王朝排忧解难、化险为夷的耿耿忠心。描绘神权色彩依然相当浓厚的商周之际，这种以神异推动情节的手法，不仅理之当然，而且离题不远——毕竟，万物有灵的宗教观，仍然是当时的现实情境。

更令人惊异的是，在书中，作者居然把大名鼎鼎的姜子牙写成了一个觊觎王位、志在谋逆的"双面人"。一方面，作为文王、武王之师，他筚路蓝缕，勤勉治国，勇率三军，巧抓时机，一鼓荡平内外交困的商王朝，是缔造周王朝的首席功臣；另一方面，他虽然已是耄耋老人，却仍然志在天下，在令他忌惮的周武王弃世不久，就萌生异心，"策划于密室，点火于基层"，鼓动了几乎扼杀新生周王朝于襁褓的"三监之乱"，随后也心怀异志，伺机而动。这样的一位姜太公，与我们过去所熟悉传统意义上的"钓于渭水，仕于文王，功在社稷，老而弥坚"，最终名垂"封神榜"的姜尚先生有不小的差距。

我们或许可以把这些异数理解为作家为了制造戏剧冲突而刻意演绎出来的情节，但正如柏杨先生把我们传为美谈的尧舜禹禅让故事解读为在后世司空见惯的暴力争权故事一样，重要的是引导后人面对历史的"另一种可能"。毕竟，我们所能掌握的周朝历史，资料很少，信息不足，任何所谓的信史，无非是"层层堆累"的结果，代表的不过是"一切历史都是当代史"。在掌握历史资料的基础上，对既往的历史作出合乎逻辑的猜想，最后努力以考古发掘的物证证实或者证伪，才是历史学家应有的态度。从这个意义上，酒见贤一的描述，虽非历史研究，却有着为历史学家"开脑洞，辟新路"的特殊意义。我们能理解"一千个观众就有一千个哈姆雷特"，也就该容忍有很多不同的姜子牙、周文王、周武王乃至周公旦。

本书还有一个令人惊异的情节，那就是周公与成王在成王亲政之后的交恶。作者甚至写到了周公在意识到生命受到威胁以后决定逃亡而奔楚的情节。如果我们稍微熟悉一点周初的历史就能知道，周公和成王之交恶，史书虽略有端倪，但毕竟线索很少，无法证实或者证伪。而周公在意识到威胁以后选择奔楚，就不仅出人意料，而且匪夷所思了。在这一部分中，我们看到的已经不是历史小说，而是"科学幻想文学"。作者不仅脑洞大开地想出了周公奔楚这一情节走向——从刻画周公一心一意地弘扬他亲手创立的"礼文化"作为精神羽翼来拱卫周室的初衷来看，奔楚之选择，符合作者对他的预设，也合乎作者营造的特殊历史氛围——更进一步，作者也通过周公在楚地九死一生推广礼文化的历程，深化了作品中周公的人物形象，深刻展示了礼文化的巨大感召力、凝聚力和穿透力，令人信服地解释了作为中原文明对立面的蛮夷荆楚，何以一度成为周王朝的朝中卿士——所谓"熊绎朝周受封"之缘由。尽管作为历史学研究成果，本书提不出多少实证，但作为一本状写历史、志在抒情明志的文学作品，我们不能要求太高。

在这本作品的最后，周公和成王短暂和好后，还是遁入隐居岁月。但由于他的努力，曾经野心十足的姜太公也终于放弃梦想，兢兢业业地经营齐国，打造出一个东方强国，埋下数百年后春秋五霸的线索。成王因为饱经忧患，终于走向成熟，开启了"成康盛世"之滥觞。有趣的是，经过一条似乎完全不同的路径，历史又走回了我们熟悉的模样，仿佛临近考试的孩子，只是偶尔出去撒了个野，又回到了家中的书桌前，成了父母眼中的乖孩子。但这种呈现历史不同脉络的努力，仍然显示出了巨大的意义，哪怕只是一部文学作品。

当然，书中有些情节，细节上也呈现出与公认的史实不相契合的地方，比如，叔虞与成王，当是同母兄弟，而武王当是伐纣以后不久就辞世了。当然，作为一部历史题材的文学作品，我们不能苛求这些细节的真实。重要的是，它文风大胆、想象雄奇、妙趣横生、独出心裁，本来还想再想出一些类似的词汇形容它，奈何本人才疏学浅，至此已经词穷了。但是，理解中国传统文化，多了解周公，还是一条必经之路。"问渠那得清如许？为有源头活水来"，中国今日活文化的源头，至少必须追溯到这个叫作周公旦的先人。

36. 笑书神侠倚碧鸳

读《小说金庸》

书　　名　小说金庸
作　　者　胡菊人
出版机构　江西教育出版社
出版时间　2017年8月

我读金庸是上了大学以后。偶然的机会，从同学手里借到了《射雕英雄传》，仅是四册中的第一册，已经沉迷到不能自持。以极快速度读完，却没有了第二册，问同学借，才知道他也是借来的。上游没水，下游就只好干涸。过了许久，总算一本本等到，皆以"深圳速度"读完。畅快之余想与同学谈谈感受，却发现人家都在谈《天龙八部》。等我好不容易借来《天龙八部》看完，人家又在谈《鹿鼎记》了。等我冒着毕业设计不理想的风险读完全部的"飞雪连天射白鹿，笑书神侠倚碧鸳"，以为自己谈金庸可以"兵来将挡，水来土掩"的时候，我们就毕业了。到了单位上班发现，这里全是老同志，他们不谈金庸。

后来真有机会和三两好友谈金庸，却发现自己的肤浅。大学里书来得急，每每只有一夜就要归还。时间紧迫，读起来就要争分夺秒，一目十行，每每是"猪八戒吃人参果"般囫囵吞枣，记忆有限，感悟亦泛泛。心下不平，遂又借来全套，挨个重读了一遍。时至今日，几部主要的作品如《射雕英雄传》《神雕侠侣》《天龙八部》《笑傲江湖》《鹿鼎记》等，仍然历历在目。由此，人也成了"金粉"。

因为是"金粉"的缘故，自然也爱看评论金庸的书。随着图书市场的繁荣，这样的著作还真不少。我最先看到的是北大教授孔庆东写金庸的两本书，一是《笑书神侠》，二是《金庸评传》，对金庸颇多赞叹，颇令我心有戚戚。当然，也看了孔教授别的著作，许多观念，"颇不以为然"，遂对他赞誉金庸，也颇有不适。随后，又看了王朔评金庸的文章，那样毫不客气的言辞与机锋，实在是令我这个"金粉"不禁汗下。王朔也是我喜欢的作家，两爱相轻，是悲剧的一个起点。不过，孔庆东之赞，与王朔之骂，多少都脱离了金庸的文本，实际想起些另外的话头。但我们看金庸的武侠，沉迷的就是文本，至于为何要沉迷，多半还是想逃离。再问为何要逃离，就不一定明其就里，也不想明其就里的。一定要郑重地分析，就仿佛追问圣诞老人到底如何把礼物塞到袜子里，态度虽然可以理解，但趣味就差了一点。

就金庸说金庸，幸好还有胡菊人的《小说金庸》。说起来，这个胡菊人也是香港文化界的一个奇人。他本名胡秉文，1933年生于广东顺德的一个农家。初中毕业后，随表哥到香港，当过校役和教堂杂役，后来进入珠海书院半工半读，晚间补习英文，靠自己的天赋异禀和勤奋努力，学历不高的他居然发展成了香港的文化名流。他先后担任过《大学杂志》总编辑、《中国学生周报》

社长、美国新闻处出版部编辑等职务,后来,因为文章出众,受到当时已经名满天下的金庸赏识,出任《明报月刊》主编十二载,打造出海内外知识分子刊物的名牌,自己也成为香港最著名的专栏作家和文学评论家之一。

1996年,胡菊人移居加拿大后,凭着平生才学以及与金庸的特殊交情,开始创作评介金庸小说的专栏文章,在《明报》美国加利福尼亚分社的亚州版连载,后结集出书以飨金迷。这正是我推荐的这本《小说金庸》。在此书首篇《小说的"小说"》中作者写道:"顾名思义,是谈金庸的小说,另一意思,是'小小的说'而不是'大大的说'……一种闲话式的'小谈'而已。""大大的说"就是学术研究。

翻开《小说金庸》,处处皆是妙语。书中写乔峰出场,他"喝酒数十大碗不醉,与段誉谈得投契,就要结为金兰兄弟,豪迈之气尽出。继之写他面对丐帮叛变,处理得干净利落,决断明快……叛变乃告平伏"。作者称,"金庸塑造人物的才能,有大小说家的本领。"再如《布局与悬念》中,他写到"若论布局与悬疑性,金庸小说倒是精彩绝伦,这正是它吸引这么多读者的主要原因"。其中举《天龙八部》和《射雕英雄传》为例,前者以当年雁门关外恶战的带头大哥是谁为线索,后者以江南五怪之死凶手是否黄药师为牵引,写来曲折奇诡、扑朔迷离,令读者欲罢不能,非追个究竟不可,最后真相大白,又不禁恍然大悟、拍案叫绝。作者遂赞金庸小说布局手法"直追最精密的侦探小说,奇巧之中入情入理",这都正说出了我们的心声。比起孔教授努力挖掘微言大义和王朔上纲上线式的"大批判稿"，胡菊人的"小谈"虽是就文本论文本，但听人讲毫厘间的妙绝处，精彩处的所以然，对吾等已经暗许了"金庸无敌"的粉丝来说，实在是畅快淋漓。如在书桌前摆壶老酒，自斟自饮，边看边喝，那就更妙了。

　　胡菊人不仅写了《小说金庸》，还写了《小说红楼》和《小说水浒》。作为一个《水浒传》迷，后者自然不得不读。这是又一个话题，且听下回分解吧。

37. 别样的"旅食"

读《旅食集》

书　　名	旅食集
作　　者	戴新伟
出版机构	河南文艺出版社
出版时间	2016 年 12 月

　　早先时候读过汪曾祺先生的《旅食集》，爱不释手，确定那是最好的散文，可以比肩周作人、林语堂乃至董桥的。前几天在书架上找到手边这本《旅食集》的时候，以为是汪先生的另一个版本。但发现，作者并非汪曾祺，而是一位从未读过其文字的戴新伟。其内容也并不完全是"旅"和"食"，"旅"是有的，看得到《在清迈》《锡耶纳日与夜》《面朝大海的陶尔米纳》的篇目即是；而"食"似乎没有。与汪先生的内容相比，另外的篇目也是游踪——思想的游踪，看得到读萧军、读田家英、读托尼·朱特、读马内阿、读莫迪亚诺的思绪和感受，都是。

　　这样一本似乎并不涉及"食"的文集，何以也用了汪先生的大作之名，我多少有些好奇。看看作者怎么说，却先在书末的后记——"关于《旅食集》"里找到一句："更换为现在的篇目，已经在《现在的写作》一文中说过了，兹不赘。"而遍观全书，却找不到《现在的写作》一文。疑窦之余，不免腹诽。

不过，读了几页纸，腹诽便变了钦羡。书又是小开本，属于"采桑文丛"之一，装帧之精美别致，正是我极其喜欢的类型——所有收入"采桑文丛"的书，都是这样的风格。心里已经筹划着要将这一套书，一一读完，以慰平生。当然，重要的还是文章实在不错。连忙查作者何许人也，得到下面的信息：

戴新伟，诗人，书评家，编辑。1978年生于成都近郊，2004年出版散文集《水红色少年》（四川大学出版社），2015年出版文学评论集《许多张脸，许多种情绪》（安徽教育出版社）。长期关注文化、书业和艺术品收藏动态，诗歌及散文作品散见于《南方都市报》《中西诗歌》《书城》《21世纪经济报道》《新京报》《东方早报》。2004—2015年工作于《南方都市报》文化副刊部，现供职于艺术品藏拍机构。

看头衔，并无特别之处。相比之下，还是看文章靠谱。毕竟，"行家一出手，就知有没有"。

书中收录了戴新伟近年来写作的24篇散文，篇幅都不长。分成三辑，第一辑共11篇文章，主要写了些人物，有的一篇一人，有的则谈数人，也就成了事或者理。第二辑只有五篇文章，写的都是书，评价泛滥市面的书单之利弊，也谈了几本具体的书——无一例外，也都是我心中的好书。第三辑则有八篇文章，大致是些游记，不过不是泛泛地记人记事记景，而是瞄着问题或者思想去的，仍是"有我之境"。这样的一部文集，区区几万字，读起来却让人爱不释手，除了作者笔下的功力外，很大程度上，也是作者既直面生活，又直面读书，并且努力把两者结合起来，互相渗透的产物。如果我们想逃离街上或者大厅里的浮躁，其实最想去的是这样的地方。戴新伟先生算是那个打着手电钻进洞口的探险者，这本书就是他不断传回的讯息。那些有意味的句子，也当勾起你的探险欲，毕竟，绕到生活的背后瞧瞧，是吾辈之本能。

写到这里，不免仍要猜猜戴新伟先生何以"食"。倘不是说"精神食粮"，便是他的谋生之所以了。似乎，民以食为天，食也可以理解成"生计"。一个把"生计"做成"美食"的人，要么是深刻的，要么是有趣的，要么是两者皆备，像戴新伟先生这本书一样。

38. 一段云南的特殊记忆

读《流亡三迤的背影》

书　　名　流亡三迤的背影
作　　者　朱自清
出版机构　云南人民出版社
出版时间　2011年2月

我读这本书的时候，不知道"三迤"的真实含义，望文生义，以为和"阳关三叠""一波三折""一板三眼"一样，是一个写景状物的形容词。看了书才知道，三迤是云南省的代称。清朝雍正年间先后在云南设置迤东道、迤西道和迤南道，即三迤。此后，就以三迤代称云南。民国时期的云南人喜欢用三迤代称云南省，如三迤大地、三迤父老。

《流亡三迤的背影》就是写20世纪30年代西南联大诸师生撤退到云南的沿途实见实闻，作为一个特殊时代特殊地域的特殊记忆，这些从大量文章中选编出来的优秀散文，显示了一种不仅在当时，而且在未来也颇具永恒意义的力量。

这本书是云南人民出版社出版的"旧版书系"中的一本。这套书仅我之所见，已经有将近30本的规模，全是那种小巧精致的"小开本"，拿在手中，别有韵致。丛书的名称虽然没有涉及云南，但看选中的每一本，都和云南有密切关联，整体上看，就是一部内容丰富、文笔优美且涉猎极广的云南近代史。我除了这本《流亡三迤的背影》，还约略翻过《从滇缅路走向欧洲战场》《阳光融成的大海》《白马雪山碧罗雪山四莽雪山》《石屏随笔》《难忘三迤》等几本，基本上都是关于云南近代历史和风土人情的读书札记、旅行笔记和田野调查实录，基本都来自晚清和民国时期。这些作者受到当时国际上人类学研究潮流的影响，在极为艰苦的条件下，深入仍是"蛮荒之地"的云南，写出了种种极具文献价值的调查报告。他们有的以文学笔调状写个人情怀，有的侧重沿途实见实闻，有的情景交融、夹叙夹议，不仅为文学殿堂增加了新的内容，也为西南人类学、社会学、民族学、民俗学的研究提供了丰富而鲜活的一手资料。

  《流亡三迤的背影》也体现了这套丛书的特色。其作者，都是20世纪人文学者中的杰出代表，包括朱自清、闻一多、老舍、冰心、巴金、费孝通、李长之、宗璞、柯岩等名家。尽管年龄、学科、经历各有分别，但他们全都有在那个烽火连天的时代随众流亡云南的特殊经历。在战乱频仍、国破家亡的时代背景下，他们被迫放弃原先平静的生活，踏上了背井离乡、远赴天涯的逃难之路，而且，多数人在云南度过了几近十年的漫长岁月。他们中，年龄最大的朱自清已经40岁，以清华大学教授的身份随校南迁，年龄最小的柯岩当时才十来岁，是云南保山完全小学的一名学生。读他们对那样一个时代的真情回忆，和啜饮云南普洱老茶一样，历史的真实感、纵深感和脉络感扑鼻而来，沁人心扉，令人欲罢不能。

　　合上书卷，专门查"迤"，《说文解字》中曰："迤，斜行也。从辵，也声。"从辵，篆书形体像道路（彳）和脚（止）；从也，也是古蛇字，表示如蛇身弯曲而斜。"迤"的本义是斜行，后来引申为往、向。突然觉得，把"三迤"理解成"三叠""三叹""三折"那样的形容词，也是好的。

39. 江天一色真性情

读《雪夜闲书》

书　　名	雪夜闲书
作　　者	储劲松
出版机构	广西师范大学出版社
出版时间	2018 年 3 月

　　小时候学散文的写法，老师讲"形散神不散"，一直懵懵懂懂，似懂非懂。"形散"似乎是指取材而言，上下五千年，风云九万里，都可以任意裁剪，信手拈来。"神不散"似乎是指立意，要求立意高远，主题鲜明。看课本里杨朔秦牧甚至鲁迅的文章，确有这样的特点，涉及内容很广，但最终要点题讲个道理，能令人醍醐灌顶。不过，后来读周作人、林语堂、梁实秋的散文，颇觉得好，但常常找不到主题，但又感觉很好。慢慢明白——或是一家之见——神不散的神，未必是主题，往往是性情。散文也者，不一定有个主题，但一定要有性情。

　　以上这些，是读了储劲松先生的读书札记集《雪夜闲书》后，心中的一点感悟。几年前，我逐渐对毛边本有了些兴趣，累年搜集，藏于书房一隅，不觉已有数百册。又思体验边裁边读之乐，遂选了一些人文意趣更足的小册子，慢慢读之。这本《雪夜闲书》，便是其中的一本。有趣的是，这本书不仅是毛边，也是小开本。而我读书，也恰恰是喜欢小开本的。连续几个夤夜时分，家人都已安睡，我独坐书房，燃起一炷熏香，放着不知名的轻音乐，边裁边读，虽非"人在他乡"，也算"一晌贪欢"了。

这本书的作者叫储劲松，我以前没有听说过。看书里的介绍，他笔名江天，是安徽岳西人，担任岳西县作协主席，是个专栏作家和新锐书评人，先后在北京、上海、广州、深圳、南京、合肥等地20余家报刊开设散文、随笔、书评和文学评论专栏，发表了400余万字的文学作品。《雪夜闲书》算是储劲松先生的一部力作，首次出版于2018年3月。

该书是一本读书札记，收入了作者所著的笔记一百多篇。长者两三千字，短的寥寥十数行。涉及古籍近百种，包括《史记》《汉书》《后汉书》《明史》《石匮书》《清史稿》，以及秦汉至明清时期的诸多笔记小品。作者读古书之杂，实在令人倾慕。视议论领域的不同，全书分为五辑，前两辑"闲书散叶""怪力乱神"，是读历代野史、笔记所得，文章短，下手急，单刀直入，手起刀落，让人直呼痛快，是书中最好看的一部分。"百二秦关"一辑收入的是读《汉书》等汉史的札记，因为有一个涉猎的视野在，是厚积薄发的见识，颇能发人所未发。后面的"江山劫数"，据说是作者读《明史》在旁边写下的批注，多数是"攻其一点不及其余"，我也有此习惯，所以倍感亲切。最后"清宫漫谈"，是读《清史稿》等之所得，显示了作者史学知识的丰厚积淀。

此书最吸引我之处，正是前面所说的"真性情"。性情而言者，能感其意而难以状于言。在我看来，不只是涉猎广泛，知识丰硕；不只是见解独到，发人所未发；亦不只是保持个性，不肯人云亦云。更进一步，性情之为文，是着眼于古人的人性与情怀，以同情心与同理心视之，在叙述与评论之余，替古人发未发之幽思，浇未浇之块垒，抒未抒之豪情，从而如"庄生迷梦"般，与古人化而为一，"物我两忘"。作者说："山水画是性情，文人字是性情，古来文章字画丝竹之音皆是性情。"这正是最高明的文章之道。

在《小儿女语》一文中，作者写道："今人文字多做小儿女语，同是柴米油盐葱姜蒜，林语堂、梁实秋、周作人、汪曾祺、梭罗、怀特能写出在瓦尔登湖静坐的滋味，今人大多只会写出打嗝的腌臜气。人长脚，不单是为了追赶名利的，还可以行万里路，揽河山胜概；人长眼，不单是为了看美女的，还可以观群书，通古今之变。"为这样的性情，我当把盏对月，浮一大白。

40. 经验诚可贵，教训价更高

读《中国历史的教训》

> 书　　名　中国历史的教训
> 作　　者　习骅
> 出版机构　中信出版社
> 出版时间　2016年3月

很多人研究历史，目的在于总结"经验"，即使谈"教训"，也要"经验教训"连用。习骅先生的这本书，题目定为《中国历史的教训》，颇有不同凡响之处。不过，看了就明白，通篇讲的，也有经验，但多半是"教训"，而且，比那些大谈经验的著作，高明了许多。

书只是薄薄的一册，从头到尾，只有239页，收入作者习骅创作于2012—2014年，并发表在《中国纪检监察报》上的24篇"说古道今"的文章。这些文章，大多是写官场中人的官场中事，围绕的主题，基本上是"古为今用"的反腐倡廉故事。作者的笔调很轻松，但读完之后，心情却并不轻松。

官场之为制度，可谓源远流长。权力作为提供社会公共品的工具，古今中外概莫能无，即使是克鲁泡特金倡导的"无政府主义"，也消灭不了公权力。进而，有权力就有权力的滥用，乃至权力的寻租、私授和错位。自然，就有对权力失当的监督、控诉和反制。例说之，华表的设置，是监督；《诗经》中的"伐檀"和"硕鼠"，是控诉；而御史台之设立，是反制。

尽管如此，如我们在《中国历史的教训》一书中看到的，权力之不当运用，依然比比皆是。看书中讲述的一个个故事，那些看上去智商出众、能力超群甚至亦不乏远大理想和抱负的权力拥有者，经常由"待人以严"而"待己以宽"，由"一时糊涂"而"时时昏庸"，由"一着不慎"而"满盘皆输"，最终，奔着自以为美好和幸福而去，却落个"白茫茫大地真干净""满盘狼藉，一地鸡毛"的下场。每篇文章读到最后，都让人无语以对，一声叹息。

值得注意的是，尽管通过 24 个小故事，习骅先生带我们领略了一个古代中国的"腐败众生相"，但直到每篇之文末，作者也没有试图给出反腐败的"解决方案"，也几乎没有长篇大论的说教，而是以生动的语言，新颖的串联乃至将古代人事放入现代语境的叙述，让读者思考其中的"微言大义"，寻找其中的"经验教训"，形成自己的"道德律令"。在我看来，这样的方式，远比正面学习文件和规范，来得深刻和动人。当然，作者诙谐幽默的文风，也为文章所蕴含的思想力量增添了新的砝码。至少，可以像读小说一样读一本反腐倡廉的读物，是读者之福。

41. 绕到《水浒》背后看看

读《水浒摸鱼》

书　　名　水浒摸鱼
作　　者　王　峰
出版机构　金城出版社
出版时间　2013年8月

这本写《水浒传》的书很有趣，叫作《水浒摸鱼》。"水浒"我知道，"摸鱼"大概也知道，但把"水浒"和"摸鱼"放在一起，反而不知其所以。"水浒"自己当然不会"摸鱼"，所以正确的意思当是在"水浒"里"摸鱼"。"摸鱼"言者，必在水下。这样意思就清楚些了，作者是要从"水浒"文本的深处，发人所未发，摸索出些另外的意思。显然，这是个有趣的想法。

我对《水浒传》，一直有一种特殊的偏爱。溯其缘由，似乎是儿时就读过，因而先入为主之故。不过，成年以后，一直觉得四大名著以《水浒传》为最佳，却不完全因为"晕轮效应"。毕竟，读了无数的古小说，总归还是有些判断力的。但因为很多人喜欢《红楼梦》，已经到了"只此一家别无分店"的地步，说《水浒传》是最佳，不免招来口诛笔伐。因而索性避开这个话题，读关于《水浒传》的书，也就多读那些更"形而下"的，比如，武大郎卖的炊饼，到底是今天的哪样食品？比探索潘金莲和武大郎婚姻悲剧的历史意义，更多一点趣味在。近几年来，读书读成考古学的，不止于水浒。

　　写这本书的王峰先生，和我有些投缘之处。一来，他也是山西人，二来，他也初学理工，转而对文科感兴趣。三来，都对《水浒传》痴迷有加。他从硕士开始，改了文科，居然一路读到了北京大学中文系，获文学博士学位。现供职于五洲传播出版社，从事中国古典文学、传统文化研究，对现当代文学、文化现象等亦有兴趣。著有《文心雕龙注释》《幽梦影评注》等，也在报章写了许多评论、随笔、专栏小品。显然，这又是一个把爱好做成了饭碗的典型，非我辈所能及。显然，有些理科的学养，再去研究文科，还是多有帮助的。关于理科对文科的帮助，鲁迅先生曾有妙论，说："先前的文学青年，往往厌恶数学，理化，史地，生物学，以为这些都无足重轻，后来变成连常识也没有，研究文学固然不明白，自己做起文章来也糊涂，所以我希望你们不要放开科学，一味钻在文学里。譬如说罢，古人看见月缺花残，黯然泪下，是可恕的，他那时自然科学还不发达，当然不明白这是自然现象。但如果现在的人还要下泪，那他就是糊涂虫。"虽然今天看来，大师也未免绝对了些，但学理科对文科的帮助，也在其中了。王峰先生每每能从字缝里看出《水浒传》中另外的"微言小义"，所谓"摸鱼"，就是针对《水浒传》，只谈"形而下"，不谈"形而上"的。他也不是清代朴学的一路，朴学中那些义理、考据的琐屑分析，重要是重要，却不够有趣。而这本书，每一篇文章，谈的是事实，奔着的都是有趣。

自然，对《水浒传》的痴迷，是王峰能把书写得如此有趣的关键。因为这个缘故，每一篇文章，谈的都是粥饭点心、救火家事、金银铜钱这样的小问题，但刨根问底，触类旁通，慢慢就如同张择端绘制《清明上河图》，他一笔一笔描细节，我们看到的，却是一幅缓缓展开的北宋民俗风情画卷。

比如，《水浒传》故事本是说书人代代相传——其实西方的《荷马史诗》也是如此，乃历代"堆垒"而成，非一人所著。因而，在大段情节精彩之余，其细节难免有无法自圆之处。但只有少数有心的读者，才能发现其中的自相矛盾之处。在这本书中，王峰先生专挑一些旁人很少注意到的"道具""龙套""穿帮情节"等，查根溯源，品评细说，仿佛把《水浒传》塞到显微镜下一般，定要观察个究竟。比如，度牒是何宝物，可以让"棒槌似粗莽手脚"的孙二娘，也能心细如针地缝个锦袋盛上，教武松贴肉胸戴着。目不识丁的鲁智深，为何能把一纸偈语"读了数遍"，"藏在身边"，最终应"听潮而圆，见信而寂"在江边坐化。这些有趣的细节，虽然只是"见微"，但集腋成裘，不仅能为读者答疑解惑，对深化《水浒传》的"形而上"研究，也是极有裨益的。

本书的第一篇文章，叫作"小苏学士与小王都太尉"，探究高俅介绍给端王（后来的徽宗）的"小苏学士"和"小王都太尉"是何方神圣。经过作者的分析，"小王都太尉"是画有《渔村小雪图》《烟江叠嶂图》《溪山秋霁图》并娶了英宗女蜀国大长公主的北宋画家王诜，而"小苏学士"，就是苏东坡。我们小时看《水浒传》，这一段情节自是耳熟能详，但居然书中有苏东坡在，却是从未与闻的。这种"摸鱼"之妙，当寄以杯盏。

42. 先生如华夏之背影

读《先生》

书　　名　先生
作　　者　《先生》编写组
出版机构　中信出版社
出版时间　2012年8月

读这本书已经差不多过去12年了（编注：该文写于2023年）。当时我在一所大专院校任职，有感于教师职业素养之重，对这本书里介绍的十位最负盛名的近代教育启蒙家的山高水长之风颇有感悟。遂安排学校买了一批，每位教师都赠一本。学校甚至组织了一个专门的演讲比赛，让青年教师登台讲心得。此举对师德师风建设有无裨益，我也不清楚。后来我离开了那所学校，但一直有回归校园的梦想，甚至偶尔有一袭长袍走过校园去给学生上课的幻觉——这本书至少感染了我。

《先生》这本书的来历，与我在以前的荐书中推荐的那几本英国BBC电视台以电视专题片形式改编的图书很相似，原是由深圳"越众影视"、《新周刊》和中信出版社合作的十集大型纪录片《寻找先生》脚本，经中信出版社鼎力支持付梓。其作者荟萃了当今文坛的若干翘楚，大家不计名利，以《先生》编写组的名义集体创作，一本好书就是这样打磨出来的。

本书介绍的十位教育启蒙家，分别是蔡元培、胡适、马相伯、张伯苓、梅贻琦、竺可桢、晏阳初、陶行知、梁漱溟和陈寅恪。看这十位先知一般的大师，无一不是近代史上"出于其类，而拔乎其萃"的翘楚，都在各自的学术领域内，皆作出了具有独创性的理论创建和社会实践，引领风气之先。他们将苦难化作光明的文字，用背影证明民族的正面，于当今中华民族的崛起与复兴可谓灯塔般的存在。

当然，中国近代以来的教育启蒙家肯定不止十位，之所以是书中所选的十位而不是其他人，除了上述理由之外，还有一个十分重要的因素：他们的性情、经历和成就皆极富传奇性。蔡元培是中国新式教育的奠基者，因其革新北京大学的创举被誉为"中国新文化之父"，曾放弃教育总长职务，一心做新式教育。胡适是中国新文化运动的领袖，曾任北京大学校长，在红学、哲学、史学、考据学、教育学、伦理学领域有深入研究，还曾获诺奖提名。马相伯捐出全部家业办教育，创办复旦、震旦、辅仁三所大学。张伯苓，南开系列学校创办者，西南联大创办人之一，甚至是"中国奥运第一人"。梅贻琦是清华大学（含北京、青竹）任期最长的校长，掷地有声的"所谓大学者，非谓有大楼之谓也，有大师之谓也"就是他的名言。竺可桢担任被李约瑟盛赞为"东方剑桥"的浙江大学校长13年，提倡大学即"求是之地"。晏阳初和陶行知都是中国著名的平民教育家、乡村建设家，致力于平民教育数十年，与陶行知并称"南陶北晏"。

梁漱溟是当代思想家、哲学家、教育家、国学大师，有"中国最后一位儒家"之称。陈寅恪是近代最负盛名的历史学家、语言学家、古典文学家，先后任教于清华大学、北京大学、西南联大、香港大学、燕京大学、中山大学，学术造诣无人出其右者。他们培养的学者，至少有蒋梦麟、罗家伦、杨振声（蔡元培高徒）、牟宗三、罗尔纲、顾颉刚、俞平伯、傅斯年（胡适高徒）、于右任、邵力子、黄炎培、李叔同、胡敦福（马相伯高徒）、曹禺、老舍、周恩来、范文澜、熊十力（张伯苓高徒）、沈从文、黄昆、杨振宁、汪曾祺、邓稼先（梅贻琦高徒）、赵九章、叶笃正、胡焕庸（陶行知高徒）、胡慕罗（竺可桢高徒）、冯友兰（梁漱溟高徒）、刘节、蒋天舒、季羡林、胡首为、刘适（陈寅恪高徒）。单是这份名单，就延续了先生们的辉煌，印证了先生们的传奇。

书中记述先生们的事迹，并没有面面俱到、平铺直叙，而是聚焦其一生之中最能呈现其风范的若干细节或者瞬间，使我们感受其非凡之气度，人格之力量。1947年夏天，李公朴、闻一多遭国民党暗杀，陶行知说："我等着第三枪。"7月25日，因悲愤过度，陶行知突发脑出血去世，毛泽东写挽词"痛悼伟大的人民教育家"；宋庆龄写挽词"万世师表"；郭沫若题挽联"两千年前的孔仲尼，两千年后的陶行知"。1973年"批林批孔"，在政协学习会上，人人表态，梁漱溟沉默不语，众人追问时回答"不批孔、只批林"，之后遭大规模批判。1974年9月23日，经半年批斗，主持人问他有何感想，梁脱口而出"三军可以夺帅，匹夫不可夺志"。这些精彩的细节描写，增加了文章的感染力,使我们更加贴近地感受先生们的风骨与传奇。

邓康延先生在这本书的序言里说:"如果说民国是最近的春秋,先生犹如华夏的背影,渐行渐远。"也许,我们该期待,能有哪些新的先生,向我们迎面走来。

43. 礼制、权力和法律的"三驾马车"
读《公主之死：你所不知道的中国法律史》

书　　名	公主之死：你所不知道的中国法律史
作　　者	李贞德
出版机构	重庆出版社
出版时间	2023 年 1 月

最近颇读了一些平日里不会涉及的冷门书。前几日推荐的储劲松的《雪夜闲书》是其一，而今天想聊聊的《公主之死：你所不知道的中国法律史》是又一本。

这两本书看上去很不相同，前者是读史的札记，散点透视，互不关涉。后者是学术著作——虽然作者也尽可能做了通俗化处理——围绕一个历史学课题展开研究，起承转合皆合规范。作者之来历也不同，储劲松是业余作家，来自中国大陆，李贞德是中国台湾人，美国西雅图华盛顿大学历史学博士，现任台湾地区"中央研究院"历史语言研究所研究员，台湾大学、台湾清华大学历史研究所兼任教授，是科班出身的历史学家。但这两本书还是有些相同之处，一来都不算是热门书，二来都是小开本——可以装在口袋里的那一种。当然还有一个共同点，都是好书。

这本《公主之死：你所不知道的中国法律史》只有 100 多页。

主要内容是围绕北魏时期一桩"刘辉殴主伤胎案",作者分析了案件所映射出来的中国早期法律行为及其变迁。为了介绍清楚这本书的特点,需要先介绍一下这个不能说很简单的"刘辉殴主伤胎案"。

这个案子发生在公元 500 年左右,北魏宣武帝即位初期,把自己的女儿兰陵长公主嫁给了一个叫作刘辉的贵族子弟。婚后,两人生活颇不和谐,因为兰陵长公主善妒,无法忍受刘辉有其他女人。她曾经处死一名与刘辉亲热并怀孕的婢女,甚至将婢女开膛破肚,取出胎儿,塞入草料,再送回给刘辉。刘辉震怒之余,两人陷入冷战热吵。最终,闹到当时正摄政的灵太后之处,灵太后偏袒孙女,直接废除了刘辉的爵位,并下令二人离婚。一年之后,公主又向灵太后提出想与刘辉复合。灵太后首肯,亲自护送公主出宫。没过多久,公主怀孕了。然而,刘辉却旧习难改,又与平民张智寿的妹妹张容妃以及陈庆和的妹妹陈慧勐有染,公主得知后和刘辉再起冲突,两人在床上争执,刘辉在愤怒之中将公主推到床下,又用脚踩她的肚子,导致公主流产。随后,刘辉畏罪潜逃,而张、陈兄妹四人被捕下狱。朝廷随即下令追捕刘辉,但尚未归案。

围绕这个案子的审理,朝廷为此进行了一场激烈的辩论。辩论双方,一方是以尚书三公郎中崔纂为代表的汉人和汉化官僚集团,坚持判刑应以父系家族伦理为标准;另一方则是以灵太后为后台的门下省官员,坚持维护皇权、保护公主的势力。按照前者的观点,刘辉应该惩处,但罪责轻微,仅只劳役而已;而按照后者的观点，刘辉杀死皇室成员（腹中胎儿），罪同谋反，应予死罪。双方各执一词，争执不下。然而双方的意见，灵太后都不认同，最后的结果是，朝廷辩论终结后，皇帝直接下诏，刘辉以谋逆罪通缉并被判处死刑。和刘辉通奸的两个民女，要剪掉头发，送到宫中做奴婢，两位民女的哥哥则被流放到边远地区去服兵役。

当然，这件事的最终结果，却出现了戏剧性的场面。案子宣判后不久，兰陵长公主就因为流产元气大损而死。灵太后悲痛欲绝，不但亲临葬礼、号啕大哭，并且陪着送葬的队伍出城，达数里之远。后来刘辉被逮捕归案，却在处决之前刚好碰上大赦，捡回一条命。此后不久，灵太后政变失势，孝明帝主政，刘辉重新获得封爵，不过第二年就因病去世了。

这本书以这个古代社会的真实案例切入对中国古代法律制度的观察与研究，可谓恰如其分。中国古代法律制度史，无论是史料还是研究成果，都不能说是稀缺。但法律制度不同于物质文明或者一般性精神文明成果，仅从历史遗存本身往往难以观其大略，知其所以。法律的条文当然案牍详尽，但其真正的历史价值，在于这些条文在现实的法律实践中是如何被应用的。而这个"刘辉殴主伤胎案"的前前后后，恰好反映了法律在实践中的应用这一重要问题。用李贞德自己的话，就是（通过这个案子）"将女性、法律、儒家化、父系权力这几个议题经由案件中涉及的家庭暴力、夫家认同等问题讲述出来，我们从中能看到制度的更迭与律法的确定，也能看到皇权与儒家的争端，以及女主赋权带来的结构性压迫的削弱"。这些都是研究中国古代法律史真正应该关切和理解的重要问题。

　　这本书之所以吸引我，还不完全是对法律问题的特殊关注。事实上，我看这本书的着眼点，主要还是历史而非法律——当然这二者也很难截然分开。因此，这本书的写法，就给人一种十分吸引人的印象。关于北魏少数民族政权的法律实践问题，当然可以从宏观入手，以时间为轴，再伴以不同性质与特征的若干例证，也完全写得出一篇有质量的论文乃至著作。但李贞德并没有如此下笔，而是精心选择了一个看上去有些偶然但又极具代表性的具体案例，从中揭示命意，剖开腠理，直达骨髓，精准而深刻地分析了研究对象的历史脉络与特征，令人深得要旨。从中，我们可以一窥礼制、权力和法律这"三驾马车"的驱驰之中，中国法律"儒家化"的进程，从而理解婚姻和家庭伦理是如何被纳入法律规范，皇权是如何影响法律判决结果的。

　　难得的是，李贞德的讲述脉络清晰又通俗易懂，不仅思想性强，读起来也颇有趣味。能把一个相对枯燥的主题写得如此理性又如小说般引人入胜，李贞德配得上才女之美名。

44. 博尔赫斯的"恶棍"

读《恶棍列传》

书　　名　恶棍列传
作　　者　[阿根廷]豪尔赫·路易斯·博尔赫斯（Jorge Luis Borges）
译　　者　王永年
出版机构　上海译文出版社
出版时间　2015年6月

我自己虽然号称读书人，但到去年底为止，博尔赫斯的书，一本都没看过。这可不是什么光荣的宣言，而是一个极大的缺憾。当然，过去未读，也是有原因的。一来，很长一段时间，因为要集中思考一些问题——通常是半年左右会更新一个问题——所以不怎么读小说；二来，博尔赫斯以难懂著称，怕自己读了也白读。不过，最近还是下了决心，至少要消灭这个空白。对着几十本博尔赫斯文集，选了这本《恶棍列传》。这是博尔赫斯的第一部短篇小说集，据说，也是最好理解的一本。

《恶棍列传》发表于1935年，共收入了博尔赫斯早期创作的九个短篇故事，塑造了几个不同的"恶棍"形象。起初，我以为"恶棍"的说法是反其意而用之，也许这些人是披着恶棍外衣的英豪，或者说是坏人眼里的恶棍，但一直看到第七篇，都看不出这七个"恶棍"有何离奇之处，甚至可以将他们视为"恶棍"中的"好人"。从密西西比河到中国沿海,从土耳其斯坦的贫穷小镇到繁华堕落的伦敦、纽约贫民区,从荒漠到宫廷,这些"恶棍"大多生活在充满着污浊和暴力的环境中,那里没有公理,秩序混乱,是社会的死角。看他们的事迹,心狠手辣的解放者莫雷尔,难以置信的冒名者汤姆·卡斯特罗,女海盗郑寡妇,作恶多端的蒙克·伊斯曼,杀人不眨眼的比尔·哈里根,无礼的掌礼官上野介,蒙面染工梅尔夫的哈基姆,无一不是杀人越货,坏事做绝,完全担得起一个"恶棍"的名头。作为传记,他没有打算写他们的一生,而就是写"恶棍之恶",哪件事恶就写哪件,哪个细节恶就强调哪个细节。因此,很难从博尔赫斯相当自然主义的描述中看出有什么"翻案"的企图。在这七个短篇之后,他还加了一个资料来源,仿佛要进一步确证这些"恶棍之恶"的真实性。但令我们疑惑的是,这难道就是博尔赫斯式的哲学命题的叩问?这就是博尔赫斯那些错综缠绕的概念与隐喻的迷宫游戏?

直到看到最后一篇《玫瑰角的汉子》,我才隐隐约约感觉到了那个被无数人言说和称许的博尔赫斯。毫无疑问,前七篇文章,前七个"恶棍"都是博尔赫斯为了写这一篇真正的恶棍文学而找来的资料,他用自己的语言把那几个在世界的别处流传了好多年的故事写出来,也许只是像剑客直刺落叶一样,目的在于培养手感和剑气,最后一篇才是决斗,才是他此时功力的自然迸发。

《玫瑰角的汉子》情节也不复杂。在一个叙述者"我"的眼里,一个外来的恶棍挑战另一个恶棍罗森多,罗森多不敢出手,连自己的女人卢汉娘儿们都随了这个邪恶的挑战者。但是很快,挑战者就死于非命，谁也不知道是谁杀了他。杀人者究竟是"我"，还是罗森多，抑或是某个不知名的家伙？通过"我"若无其事的表现、对杀人者的感叹、卢汉娘儿们的种种表现、不在大厅的时间和"我"的刀子等一系列细节的启发或者干扰，多数读者都会陷入扑朔迷离的假象中。作为读者，我们没有上帝视角，永远无法确定哪个细节才是关键的情节和线索。直到此时我们才能感受到这个被言说了无数次的博尔赫斯，在想象中看到他嘴角一丝诡秘的笑容。

《玫瑰角的汉子》无疑是这部集子中的精华之作。它涵盖了一切，让阅读者最后长出一口气，喃喃自语道：博尔赫斯这个"恶棍"，此番总算令我们不虚此行。

45. 识得庐山真面目

读《百问千里：王希孟〈千里江山图〉卷问答录》

> 书　　名　百问千里：王希孟《千里江山图》卷问答录
> 作　　者　余　辉
> 出版机构　人民美术出版社
> 出版时间　2020年5月

多少有些奇怪的是，中国古代最著名的两幅绘画长卷《清明上河图》和《千里江山图》都留在了故宫博物院。要知道，先是因溥仪的"暗度陈仓"，后是因战乱故宫文物南迁（南迁的文物绝大多数都到了台湾地区），大陆很多文物都流向了台湾地区。而这两件稀世国宝居然都好好地待在了北京，对于身处大陆的中国人，实在是件幸事。多年以来，关于《清明上河图》，人们给予了更多的关注。相比之下，《千里江山图》相对更少出现在公众的视野里。正因如此，2017年9月故宫博物院举办"千里江山——历代青绿山水画特展"的时候，因参观人数过多、排队时间过长，引发了蔚为壮观的"故宫跑"（每天清晨午门一开，就会出现数百人奔跑冲向武英殿展馆的盛大场面，这一现象被媒体称为"故宫跑"）。究其缘由，绝大多数观众参观这个特展，其实就是奔着《千里江山图》来的。这幅画，也自然是这次展览的主打产品。从那以后，《千里江山图》的热度持续升腾，成了中国社会一道蔚为大观的文化景观。

到了2022年春晚，由孟庆旸领舞的《只此青绿》横空出世，又把这种对《千里江山图》的无限向往推向了新的高度。这个艺术水准极高的舞蹈诗剧以"展卷、问篆、唱丝、寻石、习笔、淬墨、入画"等篇章为纲目，讲述了一位故宫青年研究员"穿越"回北宋，以"展卷人"视角，"窥"见画家王希孟创作《千里江山图》的故事，形象而生动地展示了《千里江山图》的前世今生和艺术成就，成为现象级的文化新景观。

但是，对于一个渴望窥见中国古代书画艺术堂奥的中国人而言，无论是现场对《千里江山图》投下多少个"一瞥"，还是无比认真地一遍遍观看"只此青绿"，获得的知识仍然是有限的。而要想系统地了解这幅画的详尽知识，读一本以此为主要内容的专家作品，反而比现场的观察来得重要。幸好，现在有许多"文化大咖"，原先本来总是处于孤芳自赏的境地，现在也开始走亲民的路线，努力把自己本行业原本小众、艰深的学问简化成普通人易知易懂的形式，与公众交流。这部《百问千里：王希孟〈千里江山图〉卷问答录》正是这样的作品。

2020年5月，人民美术出版社出版了由故宫博物院余辉所著的《百问千里：王希孟〈千里江山图〉卷问答录》。全书采用问答式的行文、口语般的文字，引导读者层层深入地去了解《千里江山图》。据说，这本书整整写了三年，一方面延续了当年展览的盛况，另一方面也给那些由观看而产生了感性认识的观者，提供了一种理性提升的契机。余辉先生在自序中说:"我的想法是把发表形式弄得轻松一些,以两个人按专题对答和讨论的形式,用一种自然活泼的方式展示出作者思考的方法、过程和结果,其中包括调查、访谈和收集资料的阶段,夹叙夹议、边考边论,还要分析不同的观点,所有这些都佐以大量的图片予以论证,论文写作的论证思路也就萌发于其中,还能不失去学术的严肃和严谨。"

对我来说,阅读这本书的最大收获就是基本搞清楚了《千里江山图》的前世今生。作为第一流国宝的《千里江山图》,不仅以其傲视古今的技法、绚丽多姿的呈现成为中国美术史上最伟大的作品之一,也以其神秘而传奇的身世,吸引了无数人探索的目光。与《千里江山图》本身的存在共同成为话题的,包括画的作者、画的传承、画的内涵、画的材料乃至画的实景,这些都充满了谜团。在书中,余辉先生通过多学科综合研究分析的方法,对这些问题作出了有力的推断和分析,尽管他自己仍谦逊地自称"仍可能被后人推翻",但在多数疑点问题的解释上,已经足够令人心服口服。

首先是这幅画的缘起。一般情况下,作画者通常会在自己的画作旁题词留字,就算不题词,至少也会留下名字或印上私印。但这幅画是个例外,画家本人没有给自己的名款留下方寸之地——或许是因为这是皇帝指导下的作品,画家不敢自专。有人甚至认为作者就是宋徽宗本人,王希孟只是徽宗随意起的一个"笔名"。就连王希孟这个名字,后世人也是通过蔡京在画上题跋才知道:

政和三年闰四月一日赐，希孟年十八岁，昔在画学为生徒，召入禁中文书库，数以画献，未甚工。上知其性可教，遂诲谕之，亲授其法。不逾半岁，乃以此图进。上嘉之，因以赐臣京，谓天下士在作之而已。

从中我们知道，宋徽宗赵佶在翰林院成立了培养画家的机构"画学"，时在禁中文书库任职、未满18岁的少年王希孟多少有些偶然地得到皇帝亲自点拨，创作了这幅巨制。但也许是绘制巨幅长卷消耗了他太多的气力，王希孟虽然受到嘉奖，但后人推断他不久就英年早逝了。而给予王希孟知遇之恩的徽宗也遭遇"靖康之变"沦为阶下囚，最后客死五国城，北宋王朝覆亡。此后，《千里江山图》被金人掳到北方，辗转到了金朝大臣高汝砺的手中。金灭于元，此画落入元代僧人溥光手中。到了明末清初，这幅画又到了著名的收藏家梁清标手中。作为一幅千古名画，上面只有四个人的题跋，实是不多。即使是研究资料，也只有清代的梁清标、宋荦和顾复三人有过记载，其余各朝均告阙如。世人疑心此画来历或有隐情甚至造假，也多少可以理解。

不过，来历即便不清，画是实实在在摆在这里的，宽51.5厘米，长1191.5厘米，如此大的幅面和长度，古今罕有。对比一下，《清明上河图》宽24.8厘米，长528.7厘米，算面积，连《千里江山图》的四分之一都不到，如此看，就知道后者的分量了。按照余辉先生的介绍，此画能够创作出来，实是一大奇迹。一方面，不论画艺，单以耗费材料言之，就相当高端。此画运用了大量的石青和石绿，画在由宫廷特制的绢上。据今日之化学手段分析，所用之绢，尺幅之大，前所未有；而织造质量，也高于民间乃至一般宫廷画家所用，仅比徽宗自用者略低，可见其必来自徽宗之赐。另一方面，从创作技艺言之，此画又是所谓"青绿山水"的真正成熟之作。在此之前，隋代展子虔的《游春图》、莫高窟的唐代壁画等也曾出现过以青色和绿色表现山水的画作，但尚未定型，北宋中后期逐渐出现了"小青绿山水"。而在此画中，王希孟使用了大量的石青和石绿，以石青表现远山和山阴，以石绿表现近山和山阳，并以透出的绢色表现氤氲的雾气和阳光，使整个画面显得富丽堂皇，形成了所谓的"大青绿山水"。这种画法，不仅有成功之效，亦有开创之功。北宋灭亡后，南宋承其余脉，涌现出不少设色浓丽厚重的青绿山水，乃至分为大青绿和小青绿，形成金碧山水、文人青绿等类型，佳作屡现，人才辈出，均可以视之为"走在王希孟的延长线上"。

《千里江山图》的开创之功和弥漫的影响力，也足以支撑它成为古今唯一的经典。溥光题跋称"予志学之岁，获观此卷，迄今已仅百过。其功夫巧密处，心目尚有不能周遍者，所谓一回拈出一回新也"，就描述了他对这卷画作精巧程度的感受。余辉此书详细推论了《千里江山图》的方方面面，进而还原了一幅有血有肉的《千里江山图》，也带领读者走近了北宋末年毫纤毕至的千里江山，实是美不胜收。

近年来，许多专家学者开始致力于普及工作，把自己毕生所学的艰深学问简化成普通人容易接受的通俗读物，与公众交流。

余辉先生此书，正是其中一个优秀的范例。

前不久，蒙我的朋友、上海画家任珮韵所赐，我得到了一幅与传世《千里江山图》原样大小的复制件，放在书房的桌案上，边卷边欣赏，居然看了好几个小时。随着视线的流转，烟波浩渺的江河、层峦起伏的群山徐徐展开，构成了一幅美妙的江南山水图，渔村野市、水榭亭台、茅庵草舍、水磨长桥等静景，穿插捕鱼、驶船、游玩、赶集等动景，动静结合，恰到好处。每一个细节都值得细细端详。在此基础上，再读余辉先生此书，从感性到理性，这个审美过程就相当完美了。

余辉先生分析，《千里江山图》的主要取景地是庐山和鄱阳湖。一开始，我是难以相信的。但在书中，余辉先生加入了许多对比的插图，一张是庐山实景，一张是画内局部，两两对照，每每形神皆似，由不得人不信。不过，庐山是中国的文化之山，《千里江山图》（一部分）描绘庐山烟雨与山水，其实是颇令人欣慰的。旧时读东坡"不识庐山真面目，只缘身在此山中"。今日看画，却可以远在千里之外尽赏以庐山风光为象征的"千里江山"，"识得庐山真面目"，岂不快哉？

另外，余辉先生也指出，王希孟创作此画，也参考了唐孟浩然的"彭蠡湖中望庐山"一诗的意境。我以前从未读过孟浩然的这首古风，仔细揣摩，确实与王希孟的画作有着高度的契合：

> 太虚生月晕，舟子知天风。挂席候明发，渺漫平湖中。
> 中流见匡阜，势压九江雄。黯黕凝黛色，峥嵘当曙空。

香炉初上日,瀑水喷成虹。久欲追尚子,况兹怀远公。我来限于役,未暇息微躬。淮海途将半,星霜岁欲穷。寄言岩栖者,毕趣当来同。

显然,一生寄情山水的孟浩然说"寄言岩栖者,毕趣当来同",是要学陶渊明,把庐山作为其归隐终老之地的。当然,他无法欣赏到王希孟的此幅杰作。否则,案头一卷,细细端详,人生哪里又不是庐山呢?

46. 应无所住而生其心

读《慧能的世界》

书　　名　慧能的世界
作　　者　陈中浙
出版机构　商务印书馆
出版时间　2018年7月

一位中央党校的教授，写了一本关于佛教禅宗的书，介绍了一个与孔子、老子被称为"东方三圣人"的中国历史上的伟大人物，讲了一些"中华优秀传统文化"。这就是陈中浙教授的《慧能的世界》。

众所周知，慧能（公元638年—713年）是佛教禅宗祖师，中国最有影响的佛教高僧之一。中国人或多或少都能知道一些他的故事，从"菩提本无树"到"风动幡动"，乃至"应无所住而生其心"，慧能流传下来的经历近乎传奇——不仅仅是机遇和实践的传奇，而更是思想的传奇。尽管未必能准确描述，但即使从未有过哲学上的训练，人们或多或少能感悟"本来无一物，何处惹尘埃"的心灵境界。这是对哲学的学习和思考使然，抑或是这种"色即是空"的思想已经预置于我们的心灵深处，初见本是重逢？很难说。但无论如何，慧能自觉地开创的这个佛学思想的新境界，已经如此深刻地浸入国人的心灵世界，以至于佛学也如先秦子学、汉代经学、魏晋玄学、宋明理学和清代朴学一样，成了中华传统文化的重要组成部分。这样的情形，恐怕慧根如慧能者，也是始料未及的。

《慧能的世界》介绍了慧能的一生行迹，重点是他如何对魏晋以来已经蔚为大观的传统佛学思想进行大胆改造，奇妙地搭建了一条同样通向"无上正等正觉"，但却似乎须臾可达的通途。所谓"不立文字，直指心性"，乃至我们平日里常说的"苦海无边，回头是岸""放下屠刀，立地成佛"，都是这样的思想演绎。按照陈中浙教授的概括，慧能是把"抽象的成佛观念、出世的成佛精神拉到了现实之中，使成佛成为人们日常生活中的'刹那'行为。同时，把儒家的人文精神和心性学说、老庄玄学的自然主义哲学和人生态度与佛法结合在一起，使他的禅学思想融合了中国传统文化的精华"。从慧能起，佛学变得完全不同，中国的传统哲学，也变得完全不同。这当然不是慧能一个人的创造，但一切都是由他而起，又循他而行，却是不争的事实。

难得的是，慧能一生的行迹和思想，由承他衣钵的后人编撰成了中国传统文化中最具传奇色彩的一本书——《六祖坛经》。说它富有传奇色彩，是因为在佛教严格的传统规范中，只有佛陀本人的话才可以称为"经"。从佛教历史的渊源分析，后期大乘佛教的许多经典，都不是佛陀生前所言，而是后人的增撰。但这些增撰者也只敢沿用古老佛教的传统，仍以"如是我闻"开头，使之至少从现象上看，仍是佛陀的教诲。而《六祖坛经》虽然名为"经",却没有"如是我闻"的佛陀言说,而是记载慧能一生得法传宗的事迹和启导门徒的言教。奇怪的是,素以尊先崇古、未敢僭越为特征的中国文化,居然全无抵抗地接纳了这部虽则博大精深但不免"师出无名"的经典,令它成了唯一被尊为"经"的中国佛书,成为中国哲学史的重要典籍。

陈中浙教授的这本书,主要的思想来源,也是对以《六祖坛经》为代表的禅宗思想的研究。在对慧能的传记作了必要的介绍之后,陈教授从发大愿力、践慈悲行、启般若慧、证菩提道、修无相法、做本分事、持平常心、成自在人、活在当下九个方面,在揭示慧能大师禅学思想历史价值和哲学意义的基础上,重点阐述了禅宗思想的现代价值,也就是现代人如何在纷繁复杂的现实世界中摆脱名利地位等各种欲望的束缚,实现人生理想和精神自由。这九个方面,虽然不免有普遍意义上的佛学思想,但其多数和主要的部分,都是广泛结合了中国道家思想和儒家学说后形成的禅宗思想的"独家法门"。

在本书的序言中,陈中浙讲了一段往事:

> 1956年5月,毛泽东同志去广东省视察。在一次座谈会上,他对陶铸等省委主要领导说了一段意味深长的话:你们广东省有个慧能,你们知道吗?慧能在哲学上有很大的贡献,他把主观唯心主义的理论推到最高峰,要比英国的贝克莱(1684—1753)早一千年。你们应该好好看看《坛经》。一个不识字的农民能够提出高深的理论,创造出具有中国

特色的佛教。这是 50 多年前毛泽东说的一段话。看得出来，他不但深读过《坛经》，而且还很认同，对慧能也很赞赏。后来，他还在不同场合（甚至在中共中央政治局扩大会议的讲话中）多次提到了慧能与《坛经》，也都持肯定与赞赏的态度。曾为毛泽东管理了 17 年图书的逄先知先生就说："《六祖坛经》一书，毛泽东要过多次，有时外出还带着……哲学刊物上发表的讲禅宗哲学思想的文章，毛泽东几乎都看。"毛泽东精通中国古代文化，又有很高的马克思主义理论素养，他作为这样一位优秀的政治家，如此重视禅宗肯定是有很大理由的。

这段往事中，毛泽东不仅总结了慧能思想的历史价值，也深刻地揭示了其丰富和独到的现代价值。对于身处红尘、尘染心性的现代人，通过这本书去领悟禅宗般若，提升人生智慧，虽非"不二法门"，亦是"人间正道"。

47. 一个巨大的中国旋涡

读《惠此中国：作为一个神性概念的中国》

书　　名	惠此中国：作为一个神性概念的中国
作　　者	赵汀阳
出版机构	中信出版社
出版时间	2016年6月

近些年，随着中华文明探源工程的推进，中华早期文明的研究已经成为显学。此类研究基本上是以考古学为基础的，因而，我们能够读到的此方面论文和著作，多数都是在分析和揭示物质文明成果的演进和变迁。而赵汀阳先生这本《惠此中国》虽然也是研究早期文明史的，其切入点却是在精神层面。他认为："中国的精神世界乃是经史一体，互为表里，离史无以言经，离经无以述史。从哲学层面来解读中国的历史发展脉络，会有不一样的见解。"虽然赵汀阳先生的研究也利用了大量考古学的二手资料，但必须承认，他的研究是另一条道路。

赵汀阳是一位颇具独特气质的哲学家，担任中国社会科学院学部委员，中国社会科学院哲学研究所研究员，中国社会科学院研究生院哲学系教授、博士生导师，主要从事形而上学、政治哲学、伦理学等领域研究。我曾经读过他的《天下体系》，所研究的对象与这本《惠此中国》一样,都是中国早期文明。从主旨上看,这两本书的方法论都是"从哲学层面来解读中国早期文明"。同注重揭示这种文明的诸多现象及规律的研究方法不同,赵汀阳先生更多地着眼于探索早期中国人的精神生活及其规律,从而揭示中国古代独具魅力的历史主义和人本主义思想的根源。

从本质上看,人类的历史实际上是精神生活的历史。因为人之区别于动物,根本的特征还是丰富而独特的精神世界。从逻辑上讲,这个精神世界不是从来就有的,而是在猿进化为人的数百万年间逐步产生出来的。显然,在人类的早期,这个精神世界不免是朦胧、简单和低级的,诚如老子所言:"道之为物,惟恍惟惚。惚兮恍兮,其中有象;恍兮惚兮,其中有物;窈兮冥兮,其中有精。"这里的"象""物""精",都可以视作人类精神世界的早期内容。这仍然是"击石拊石,百兽率舞"的巫术时代。但是,中国的精神世界较早地走出巫术而产生了比较成熟的历史意识。何以如此? 这正是赵汀阳在本书中所特意回答的问题。

在赵汀阳先生看来,我们今天谈到中国,其实有着不同语境和前提下的不同内涵,有时候,中国是一个国家,而另一些时候,它又是一个文明和一段历史。当然,作为国家的中国、作为文明的中国和作为历史的中国并不是同时发生的,而是逐步形成的,在我看来,其路径当是文明—国家—历史,分别代表了文明的物质形态、政治形态和精神形态。对于中国这样一个巨大时空存在,针对涉及国家的、文明的和历史的所有问题,赵汀阳先生试图建构一种跨学科的"综合文本"的研究方式去加以认知。具体地,他提出了"旋涡模式",将中国的文明、国家特别是历史的动力机制解释为有着强大向心力的旋涡。旋涡的中心就是"惠此中国"的中原地带,而周边则是来自长江流域、辽河流域、黄河上游等地的各个地方文化,由于文明水位的变化,这些地方文化由于与中原文明的激烈互动而卷到一起成为"旋涡",这个旋涡本身也因此变得越来越大、越来越强劲,由此形成一个巨大的物质存在和精神力量——中国的国家、文明和历史都由此产生而自成特色。

赵汀阳引用舒可文非常诗意的语言描述这一历程:万物各就各位,我的祖先埋在远方。在我看来,这正是旋涡之后中国人的精神世界,安放万物,慎终追远,天人从此合一,一切都令人舒适地自洽。所谓"青山依旧在,几度夕阳红",不正是如此吗?

48. 孔门档案大全

读《孔子辞典》

书　　名　孔子辞典
作　　者　傅佩荣
出版机构　东方出版社
出版时间　2013 年 12 月

中国人都该了解些孔子。倘能多读几本经书，且触类旁通，举一反三，自然是善莫大焉。即便只是皮毛，背几条论语，胡乱谈些礼仪，亦可聊以自慰。因为一点儿也不知道孔子，是完全不可想象的事情。毕竟，孔子的理念，是预置到我们心灵的。你上台致欢迎词，开口便说：有朋自远方来，不亦乐乎？别人就点头称是。好像朋友来了，只能高兴一途，别的情绪——即便是朋友来借钱的——也都不准出现。这就是心灵预置的效应。

我以前曾经讲过，读孔子，最好的办法，就是把论语一条一条读下来。边读边查，边读边想，久之必有其成。尽管论语并非"佶屈聱牙"，但对于古文功底不深的读者，也并不好懂。只看译文，不仅其理不通，而且还可能将现代人的语境带到沟里，完全违背读的初衷。何况，论语还有很多歧解，据胡适先生讲，有二成不可解，这样，凭空拿本论语读，读偏的概率很大。另外，很多背景知识，人物关系，器物名堂，看原文当然不懂，看注释也所知有限。我过去就想，倘有一本专门的辞典，不懂了就翻开查，读书——不止论语——其效果就会倍增。因此，后来在太原武宿机场第一次看到这本《孔子辞典》时，不免喜出望外。

这本书是傅佩荣先生率领他的若干弟子，共同编写的。傅佩荣先生，中国读者大概都不陌生，他是台湾辅仁大学哲学系的毕业生，后来到台湾大学哲学研究所读硕士，耶鲁大学读哲学博士，师从大名鼎鼎的余英时教授，专攻宗教哲学。毕业后，先后任鲁汶大学和莱顿大学讲座教授，台湾大学哲学系主任兼研究所所长，现任台湾大学哲学系教授。读者对他的熟悉，主要还是听他在央视《百家讲坛》主讲《孟子的智慧》，在凤凰卫视主讲《国学的天空》，在东方卫视主讲《老庄的智慧》。他把中国古典哲学讲得头头是道，我认为他的专业方向就是中国哲学，其实不然。我后来看他讲康德哲学的公开课，才知道西方哲学才是他的看家本领。和冯友兰先生一样，他的底子是西方哲学，后来才将研究领域转入了中国哲学。说"学贯中西"者，大约就是指这样的学者吧。

关于傅佩荣先生何以编一本《孔子辞典》，原是受人之托。大约是2010年暑假期间，联经出版社发行人林载爵先生专程拜访傅先生，委托他编这样的一本辞典。两人经过分析，认为今天海峡两岸热衷于推广国学，孔子无疑是万方瞩目的焦点，如果没有一本合乎时宜的辞典，未免可惜。从出版界的角度考虑，目前所能找到的《孔子辞典》是张岱年先生半个多世纪以前主编的，由多位专家执笔，行文内容引述大量《论语》原典，充满"之乎者也",实在不便今人阅读。更麻烦的是,执笔的专家各有学术成就,但对于孔子的思想诠释未必相同,以致其中呈现的孔子面貌显得驳杂不纯。有此认知,遂由傅先生率领他的七位研究生分工合作,花了三年的时间,共写了627条语词,约25万字,经编排、补充及校订,最后正式出版。

摆在眼前的这部《孔子辞典》,内容涵盖历史背景(国家地域、事件)、人物(孔子及弟子后学、政治人物)、典章制度、哲学思想(逻辑与知识理论、人性论与伦理学、形而上学与宗教哲学、政治哲学、教育与艺术哲学)、成语等五个部分。在充分吸收前人研究成果的基础上,这部书也提出了傅佩荣先生研究孔学的新观念和新诠释,借此机会充分阐述了"人性向善"的要旨,使孔子思想尽可能地恢复了原貌。

读孔子之学,从这本书开始算是一个便捷法门。手执这本"孔门档案大全",虽然不能说你想知道的孔学知识都在这里了,但就一个初学者而言,其实也差不了多少。当年关公虽能夜读《春秋》,可想想此君很早就出去贩枣,文化水平应该不太高,读《春秋》应该很费劲。但如果他看到了这本《孔子辞典》,边查边看,恐怕就容易多了。

49. 不想当作家的医生不是好博主

读《暗黑医疗史》

书　　名　暗黑医疗史
作　　者　苏上豪
出版机构　现代出版社
出版时间　2016年9月

医生写书，说起来并不稀奇。仅就近代而言，孙中山和鲁迅都曾经学医，后来都是著作家。据说巴西的足球运动员苏格拉底也还是个医学博士，足球只是玩票，退役后也写了一本书。鼎鼎大名的冯唐是临床医学博士，也是文学家，不仅写诗歌散文，还写长篇小说和励志类书。不过，这几位与医学相关的名人写的都不是医学方面的书。本来，这个世界上堆满图书馆的医书，自然都是医生的作品，但我想说的是医生写的那些志在普及医学的通俗作品。近些年，这类书为数也不少。就在我的公众号里，前不久我曾推荐过的薄世宁的《医学通识讲义》以及三个法国医生写的《西医的故事》，都是这类情况。去年张文宏教授写了一本《病菌简史》，也是这样的书。到图书网站搜一搜，医生写的医学通俗作品，说多如牛毛也不过分。

但在所有医生写的普及医学的著作中，苏上豪医生所写的

《暗黑医疗史》,算是十分别致的一本。本书的作者苏上豪,是台北市博仁综合医院心脏血管外科主任,妥妥的名医。但这位医科大学的高才生不满足于"悬壶济世",而是打从大学时代就热衷写作。今天,他是一手执刀,一手提笔。执刀,专攻的是最为困难的心脏外科;提笔,写的是最需才情的长篇小说与科普散文。从2010年起,这位医文两栖人陆续于《PanSci泛科学》、《健康两点灵》、UDN元气网等媒体发表各式医疗史故事。处女作《国姓爷的宝藏》获选台中市文化局"台中之书"、《亚洲周刊》年度十大小说等殊荣。《开膛史》《铁与血之歌》(即《癫狂的医学》)皆名列博客中科普类"年度百大"前茅。

《暗黑医疗史》是苏上豪大夫最为著名的科普散文作品。这本书着眼于与作者所学专业有着联系的医学,但与那些底层逻辑是陈述医学之能,希望公众理解医学、相信医学和学习医学常识的通俗读物不同,这本书的着眼点近乎自曝家丑。翻开此书,不过几页你就会大吃一惊:为了重振雄风,百年前的男人尝试植入公羊或猴子的睾丸?黑死病的暴发,是因为星象的异常?尿液可以治病、解毒、美白牙齿,还可以用来占卜?证实肥胖会导致疾病的人,不是医师不是科学家,而是保险业者?"东床快婿"的雅称来源,竟是因为王羲之服用了某种药物?努尔哈赤攻伐大明王朝的一大障碍,竟是一种传染病?在医疗科学已经高度发达的今天,我们难以想象人类历史上的医疗手段,曾是这样地怪诞荒唐与匪夷所思。作者尽可能地用一种诙谐而有趣的笔调,努力地创造一种"粉刺只是长在别人脸上"的轻松感,但稍有"历史学的想象力"，我们就不难从苏上豪大夫的笔下读出挥之不去的沉重。事实上，你无法想象有多少人，在这种荒谬绝伦却又自圆其说的"前医学"的治疗下丢了性命，甚至成群结队悲惨地死去。我们经常能看到，决定历史的走向、王国的兴衰乃至战争的胜败的，常常就是当时的卫生医疗状况，这真可谓文明与野蛮交替、黑暗与光明并生。作者旁征博引，以轻松但深刻的笔调，从医疗的角度讲出了历史的荒谬与离奇、残酷与巧合。这本书为我们对历史的认知，提供了一个独特的视角。

暗黑二字，简直入木三分。

其实，很多人谈到前医学的"暗黑"，每每是把账算到西医头上。其实，世界上各个民族的古代医学，绝大多数也都是一部暗黑的历史。鲁迅先生讲述过中医大夫给他父亲周凤仪看病的经历：有一天周凤仪忽然口吐鲜血，第一位负责诊治的中医大夫便让他"见血就灌墨汁"，于是全家遍寻砚台，紧张研磨，一阵忙乱。后来，又有姓冯的医生，在看了周凤仪和鲁迅弟弟周作人的病后诊断说：大人的病不要紧，小儿的病可是比较严重——这恰恰是诊断反了。而当时的名医姚芝仙为周凤仪开方，药引奇特，包括陈仓米、冬天的芦根、经霜三年的甘蔗。两年下来，把周凤仪治成了绝症。后来又请名医何廉臣，药引是要蟋蟀一对，且须原配，终于把周凤仪治得驾鹤西去。视其情形，比及《暗黑医疗史》的描述，有过之无不及。

幸而，人类通过理性的指引和长期的实践，终于实现了现代医学这一重大发展与变迁。鲁迅先生的父亲，假如是同样的病，倘遇到现代医学，只消抗生素一出，或许再活 30 年也不是问题。我的父亲从中年时代就得了和鲁迅父亲同样的病，比周凤仪先生多活了 51 年。此中道理，《暗黑医疗史》讲得很深刻很严肃很清楚，但不一定人人都明白。

50. 科学的边界

读《中国古代技术文化》

书　　　名	中国古代技术文化
作　　　者	江晓原
出版机构	中华书局
出版时间	2017年8月

关于中国古代有没有科学的问题，是一个极易招来某些爱国者板砖的话题。为了避免"挨板砖"，先引一个在学者熊逸书中出现过的故事：

> 一只狼在追一只兔子，兔子绕着树转躲避狼，狼也绕着圈追兔子，狼绕大圈，兔子绕小圈，但机缘巧合，狼和兔子之间永远隔着树。显然，狼和兔子都是围着树转的。但问题来了，狼是不是绕着兔子转？

聪明的读者自然看得出，这个问题容易引起争辩，因为说狼和兔子相对存在而不围着兔子转，和说狼因为圈大而绕着兔子转似乎都有道理。为了避免纠缠，我们直接说答案——狼是不是围着兔子转，取决于什么叫"围着转"？一旦你能给"围着转"下一个准确的定义，你就能知道狼到底是不是围着兔子转。同理，关于中国古代有没有科学的问题，也取决于在此语境下，什么叫作"科学"？究我们之所知，关于"科学"至少有四个答案，一是反映自然、社会、思维客观规律的分科知识体系；二是特指其中的自然科学；三是用作形容词表达"合理的"意味；四是中国古代的科举之学。显然，后两个定义与前面的话题关系不大。我们只把概念集中于前两个定义。结合历史的考察就会发现，科学是一种最初源自西方的，但被全世界普遍接受，建立在可检验的解释和对客观事物进行预测的知识系统，是已经系统化和公式化了的知识。如果我们从这个比较严格的定义来分析，就应该认识到，中国古代是没有科学的。而且，尽管科学起源于西方，但也不是从来就有，而是在古希腊产生了科学的思想萌芽，到了16世纪才逐步成熟起来的一种人类文化现象。

与科学密切关联又明显区分的概念是"技术"。为了简化问题的论述，我们直接把百度关于"技术"的定义引过来：

> 技术是解决问题的方法及方法原理，是指人们利用现有事物形成新事物，或是改变现有事物功能、性能的方法。技术应具备明确的使用范围和被其他人认知的形式和载体，如原材料（输入）、产成品（输出）、工艺、工具、设备、设施、标准、规范、指标、计量方法等。技术与科学相比，技术更强调实用，而科学更强调研究；技术与艺术相比，技术更强调功能，艺术更强调表达。

可以看出，科学和技术常常连用，但实际上两个概念既有相当的联系，又有显著的区别。其联系在于科学是技术的基础，而技术也是科学的应用。但通常，我们不能把科学当成技术，也不能把技术当成科学。人们有时把科学和技术连起来简称为科技，当然有其方便之处，但不是所有的场合都能被正确使用。一个非常重要的事实，就是中国古代虽然没有产生科学，但产生了十分发达的技术。

江晓原先生把自己这本写中国古代技术史的科普文集定名为《中国古代技术文化》，其中大有深意存焉。多数这样的著作都把"技术"写成"科技"，其实都在无意之中偷换了概念，如同清代官场的"冰敬"与"炭敬"，其实就是贿赂。这本书直接写"技术文化"，也许会触犯众怒。但通观全书，作者的本意，虽在介绍中国古代技术的林林总总，但其实，更在于确立一个正确的科学观和技术观。

这本书的作者江晓原是国内知名的科学史专家，他生于1955年，本科就读于南京大学天文系天体物理专业，硕士和博士都就读于中国科学院，专攻天文学史，是中国第一位天文学史博士。他1994年任上海交通大学教授，1995年任博士生导师，同时担任中国科学技术史学会副理事长，是国际天文学联合会（IAU）会员，国际东亚科技医学史学会（ISHEASTM）会员，中国天文学会理事，上海科学技术史学会理事长，中国性学会常务理事，上海性教育协会副会长，《自然科学史研究》《中国科技史料》等国家级学术刊物常务编委、编委，也写过大量专业的和科普的学术文章与专著。除了这本《中国古代技术文化》,我还看过他的《西神的黄昏》。如果说《中国古代技术文化》是试图从中国历史的角度划清科学与非科学的界限,《西神的黄昏》则对科学本身的权威性提出了挑战。不过,今天我们还是先聊前一本书。

《中国古代技术文化》开本不大,篇幅不长,但内容非常丰富。总的来看,是江晓原先生在深入研究中外科技史的基础上,从工程技术、天文地理及医学文化等三个方面,对所谓"中国古代技术文化"所作的理性思考和具体阐述。该书由三个专题33篇文章以及导言和结语组成。辑一谈工程技术,涉及营造、火药、司南、印刷术、造船、珠算和水运仪象台等古代奇器的详情分析,既肯定和研析了其中的技术奥秘,也对其中若干荒诞不经者进行了揭示和甄别。辑二谈天文地理,涉及中国古代许多与天文地理相关的著述、记载及其人物,江先生以现代科学逻辑与理论对这些研究对象进行了令人信服的分析,也回答乃至澄清了历史与现实中加于其上若干模糊不清的误会与盲从。辑三则探讨医学文化,尽管只有六篇文章,但却涉及医疗、养生、炼丹、房中术等若干颇受人们关注的领域,江先生不仅以清晰的科学语言澄清了很多是非,也对所谓中医是否科学这样的观念提出了自己的认识。

在导言和后记两个附属的内容中,江先生反客为主地提出了两个十分重要的观念,前者是跳出科学与否的论域来研究中国古代的技术文化,后者是正面回答了中国古代有没有科学的问题。如果说中间的33篇文章展示了作者的渊博、理性和知识层次，首尾的两篇文章则体现了作者的胆识、智慧和看待问题的境界。

这是一本轻松有趣的著作，如果一个人不是偏激到总是拿着放大镜找白马身上的黑毛，而又对中国文明史有兴趣，那就总能从这本书里找到自己想要的东西并且获得教益。但另一方面，这又是一本深刻的书，作者以贯通中西的视野、熔铸古今的学识，穿透历史上的种种趣事，尽可能地还原了从技术角度看待的中国历史的真相与脉络，回答了诸如《周髀算经》中为什么会蕴藏着惊人的宇宙学说、是谁告诉了中国人寒暑五带的知识、究竟是谁将骑士阶层炸得粉碎、古代中国到底有没有地圆学说、中医究竟是什么等长期以来的疑问，从而启迪读者精详考辨，去伪存真，有破有立地正确认识积淀深厚的中国传统文化。

书的末尾，江晓原先生引述戴维·林德伯格的话："如果科学史家只把过去那些与现代科学相仿的实践活动和信念作为他们的研究对象，结果将是对历史的歪曲。……这就意味着我们必须抵抗诱惑，不在历史上为现代科学搜寻榜样或先兆。"那些一定在中国古代技术文化的背后寻找存在科学的证明的人们，该认真听听这位科技哲学大师的话。当然，如果他们听得懂，也就不需要听了。

51. 一书一世界，无人是孤岛

读《岛上书店》

书　　名	岛上书店
作　　者	［美］加布瑞埃拉·泽文（Gabrielle Zevin）
译　　者	孙仲旭、李玉瑶
出版机构	江苏凤凰文艺出版社
出版时间	2015年5月

近十年来，我一直在做一个关于读书的演讲，大约讲过上百次了。其中关于读书的意义，我讲到一个观点，叫作"因为有书，人生不孤独"。几年前，当我读到美国女作家加布瑞埃拉·泽文创作的长篇小说《岛上书店》，看着题记那句颇能打动心扉的话——"没有谁是一座孤岛，每本书都是一个世界"，仿佛久别重逢，与之深深共鸣。

这本书讲了一个普普通通的故事。已近中年的男主人公费克里在艾丽斯岛上独自经营着这个岛上唯一的书店，生活平淡，但财务自由，原以为可以借此安静平淡地度过后半生。但随着怀孕两个月的妻子发生车祸身亡，成为鳏夫的费克里，活在对爱妻的无尽思念中，命运开始接二连三地打击他。心情萧索的费克里整日思念亡妻，喝得醉醺醺的，无心打理书店，经营状况一路下滑。雪上加霜的是，一直被视为"镇店之宝"的爱伦·坡诗集《帖木儿》

也被盗——他原本计划卖掉这本价值40万美元的图书，然后关掉书店找个地方养老。他从此更加一蹶不振，内心也变得一片荒芜。不久之后，有人还把一个两岁的幼儿丢在了他的书店，留言说期望孩子在有书的地方长大。这本来是个新的负担，但这个叫作玛雅的小女孩改变了他的人生。当他在书店的地板上抱起向他伸着胳膊的玛雅，而她搂着他的脖子时，一切就不再与之前相同了。费克里收养了玛雅，成为一名父亲。表面看来，是他救了这个孩子，但实际上玛雅才是他的人生拯救者。他甚至按照警长兰比亚斯的提议，给玛雅办了一个派对。在这个派对上，他内心生出一股久违的欢欣感，深深感受到自己对这个小女孩的爱。从此，玛雅一点点融化了费克里荒芜的内心，他变得温和而好相处起来。同时，对女儿的爱也扩张了他的人生版图，玛雅成为连接他和小姨子伊斯梅、警长兰比亚斯、出版社业务员阿米莉娅、小镇上的居民之间的纽带，将他的生命与许许多多其他的人串联起来。他不再只是个沉浸于自己阅读世界的书呆子，而成为一个愿意与人分享好书，分享阅读感受的小岛书店老板。他的人生终于走出了悲剧，生活也终于迎来了转机。

乍一看，这是一个关于救赎的故事。它描述了人的脆弱性——人们总是轻而易举地被冷酷的世界打败，变成鳏夫、酒鬼、失意者、流浪汉、穷光蛋、囚徒、重病患者或者别的什么可怜人，但总有一些人能够扭转生活的颓势，重新掌控命运。一些时候，他们的故事是重新获得成功，成为生活的赢家，迈上事业的巅峰。但更多的是，他们因为某种契机——一个需要帮助的孩子，一段猝不及防的爱情，甚至一段迷路的旅途——重新审视了生活的意义，从而找到了一个新的支点。这样，似乎一切都没变，但一切就此改变。这正是收养了玛雅之后费克里的心灵经历。小说令人信服地描绘了这个心理与现实交织的过程，那是每个人都能感同身受的过程。

当然，如果仅仅是这样一个故事，《岛上书店》可能也不会像现在这样深刻地触动我们的心灵——在小说家族庞大的阵容中，这样的故事足够感人，但并非独特。也许我们该意识到，这部书真正的独特之处，是作者把人物的命运与图书这样一种独特的对象，紧密地结合在了一起。这是一个书店老板的故事，这也是一个关于书的物质性和精神性相互交融而彼此感发的故事。当我们看到最后，和主人公一起感悟陷入深渊的人因为看到爱的光亮而得以振作和重生的力量时，才恍然大悟般地明白了书中题记所写下的那句话：

  没有谁是一座孤岛

  每本书都是一个世界

52. 凭吊这地下的太阳渴慕的画家
读《梵高生活》

书　　名　梵高生活
作　　者　丰子恺
出版机构　新星出版社
出版时间　2013年11月

这是那种你只看一眼就会爱上的书。掀去印着书名的腰条，整本书从封面到封底，赫然就是一幅画，只要对梵高稍有了解，你就会反应过来，那是"有丝柏树的麦田"。比起原画，那棵画在画幅边缘、树冠像蓝色的火焰一样的丝柏树更处于我们视线的焦点。我猜想书的美术设计者选了这幅以冷色调为主的画作裁作封面，可能是避免那些色调或许过于热烈的画面让读者不适。但他忽略了，看梵高的画，不适是一定的。梵高就是那种把自己的胸膛刨开，然后掏出自己活生生的还在跳动的心脏给你看的人。

这本书不只封面好看，每一页都好看。我不知道这本书第一次出版的时候——据说是1929年，本书的作者丰子恺只有31岁——其装帧设计是什么样子，但就今天我们看到的这个版本，我还是能强烈地感受到丰子恺的存在，不仅仅是文字，更是书的气质。从另外的阅读中，我曾多次与这位可敬的大师产生灵魂的共鸣，能够深刻地体味这位艺术家的精神世界。他居然写了梵高，这是读者之福，也是艺术之幸。

书叫作《梵高生活》，其实就是丰子恺先生编著的一本极其简约的梵高传记，讲述了荷兰绘画巨匠梵高一生行止和创作历程。说其简约，是我们看书的版权页，字数只有三万多。每页疏淡地排版，再配上大量的插图，即便如此，全书也才100多页。就是在这样一个似乎相当有限的空间内，丰子恺先生为我们描绘了一个近在咫尺、纤毫毕现的梵高。他称之为"梵高生活"的，就是用心去体味梵高创作那些伟大作品的若干个瞬间。在每一个这样的笔下光景中，丰子恺先生都让我们得以充分体验梵高激情澎湃而又带些神经质的鲜明个性，体验他对绘画艺术如宗教般狂热的情感力量，体验他将整个身躯如飞蛾扑火般投入艺术之火中的曲折命运；当然，也让我们体验了梵高的幸福、自由和常人难以理解的人生充实感。诚如丰子恺先生所言，"现在所要表明者，梵高的作品，都是其热狂的全生涯中的苦恼、忧愁、愤激、铭感、欢喜、活悦的发现，都是热血所染成的'人生记录'。换言之，在梵高，'生活是作品的说明文'"。

梵高去世，已经有133年之久。丰子恺先生辞世，也已过去了将近50年。看两人的生平，梵高死后八年，丰子恺先生才出生。是梵高那些不朽的艺术和伟大的人格，让年轻的丰子恺有了景仰之心；但也正是因为丰先生那杰出的才华，才使得我们能够见到这样一个与众不同的梵高。今天，梵高无处不在。唯其如此，我们才需要随着另一位伟大艺术家的引领，回到19世纪中叶，看看充满了梦幻般色彩的艺术之都巴黎，看看濒临地中海具有火热阳光的南部小城阿尔勒，看看那些麦田、曳起桥、桃树、咖啡馆乃至无边无际的原野和神秘而奇异的星空，究竟是怎样感动了带着好奇和困惑眼神的梵高，又通过丰子恺先生灵动而深情的描述，感动百年之后的我们。

丰先生最后写道：

  他的一生犹如一团炎炎的火焰，在世间燃烧了三十七年而熄灭。遗留下来的，有连绵作出的许多绘画，犹如一卷活动影戏的底片，历历地记录着其热情的火焰的经过情形。医生和他的弟送了他的殡葬，拿向日葵种在他的坟前。这些花每年向着太阳怒放。见者皆低徊太息，凭吊这地下的太阳渴慕的画家。

这是我们全体——热爱梵高的人们的心声，用一种最好的语言表达了出来。

53. 不读刀尔登

读《不必读书目》

> 书　　名　不必读书目
> 作　　者　刀尔登
> 出版机构　山西人民出版社
> 出版时间　2012年2月

据说，恋爱中的女人常常是口是心非的。和爱人在一起，嘴里说的，和心里想的，正好相反。我看到刀尔登的这本《不必读书目》，以为也是如此。看了几篇才知道，情形要复杂些。

我以前推荐过刀尔登的书，似乎是《中国好人》。在那篇荐书之文中，刀尔登作为一个作家的信息，已经作了介绍，读者可以回头看看，或者到网络里查询——反正我也是手机里查到的。他的另一本书，叫作《七日谈》的，也计划推荐，各位过几天就看到。连续推一个作家的三本书，我对刀尔登的喜爱，由此可见。

《中国好人》谈中国历史上的人事，《七日谈》是一本颇有魔幻现实主义色彩的小说，这都正常。但《不必读书目》有些另类。当下的社会，书市已经成了买方市场，店里加网上，图书浩渺如"弱水三千"，惜乎读者眼睛总瞧着别处，常常是"不取一瓢饮"，全看手机呢。窘境如此，我们见到的，全是"必读书目"。随便看一个信息源，这样的消息比比皆是。看多了，对自信心有沉重打击，因为读了多半辈子，无数"必读书"竟从未染指。但现在有了《不必读书目》，似乎颇能找到心理平衡，看着那些似乎天经地义认为本来该读、必然要读的所谓经典，一律被刀氏命为"不必读"，心里实在是过瘾且释然的。这时就能理解以前搞运动的时候，只要能不读书，年轻人一定能雀跃着上街。

但仔细琢磨"不必读"的意思，单看字面，便有两个区分，一是断句为"不/必读"，意思是所涉之书，不一定都要读，可读可不读。另一个则要断为"不必/读"，那就是一本也不读了。通篇看下来，竟分不出刀氏到底是哪个意思。而且，到了每篇文章的标题，"不必读"就成了"不读"，以此看，似乎后一个意思更符合刀氏的本意。但我明明记得，刀氏在另外的一篇文章中，曾给读者提出一个问题，倘要被关到荒岛一年，只能带一本书，要带哪一本？读者的答案姑且不论，刀氏自己的答案是《儒林外史》。我当时是"大出意表之外"的，也是缘此才读了《儒林外史》，就知道此书未列入"四大"，实是古人走了眼。但刀氏在"不必读"中，赫然列了《儒林外史》。把刀氏认为"不必读"的书目列举一下，包括《山海经》、游记、《左传》、公羊、《老子》、《论语》、《孟子》、《墨子》、《庄子》、《孙子》、图书（编注：河图洛书）、《周易》、《太玄》、《命书》、《尧曰》、《论衡》、《贞观政要》、李白、李贺、王维、韩愈、四六、文薮、桐城、袁枚、文言、世说、《二十四诗品》、《古文观止》、西游、三国、水浒、红楼、《儒林外史》、《考工记》、《尔雅》、《内经》、茶经、马经、酒戒、酒经、骈书、樵歌、情书、《笑林》、《三字经》、目录、书目、方志。看得出，50个"不必读"的对象，不全是"书目"，也有图书（指河图洛书）、四六、樵歌这样名书而非书的对象，许多对象也并非一部书，而是一堆书。因而可知，他的"不必读"，不是教人丢了不读，甚至也不能简单理解为"不一定必读"，而是有些另外的意涵，需要"具体问题具体分析"。

书是薄薄的一本，泛读之，也就两三个小时的工夫，便可"观其大略"。在我看来，刀氏之"不必读"，说来也简单。在捧起每一部书之前，古人或许要求要"沐浴更衣""焚香顶礼"之类地视书为神明，但倘这样，则必不自觉地视书为上帝，是"全知全能全善"的。但诸书不同，其前提、内涵乃至对某个具体问题的认知，并非完美无缺，读者也不能囫囵吞枣，而应当先假定其可能有错，再带着批判的态度一页一页看过来。这样下来，我们就大概可以判定，有些书不读也罢，有些自可目为经典，但多数，怕是要按宋儒给我们的，须"博学之，审问之，慎思之，明辨之，笃行之"的。倘不能"审问"且"慎思"，而如花痴状一脸崇拜地读，那真是读了不如不读，因而是"不必读"的。看刀氏的文章，每一本书都有"不必读"的理由，其中深得吾心者，乃是《易经》一册。有人视之为"天书"（盖高贵之意），坚决不肯承认，连"三易"都算，《易经》无非也先是本"卜筮之书"而已。倘以这样的态度读书，其实确实是读了不如不读，因而"不必读"的。

本文标题"不读刀尔登"，也是这个意思。

54. 战神的悲歌

读《汉尼拔：布匿战争与地中海霸权》

书　　名	汉尼拔：布匿战争与地中海霸权
作　　者	［美］雅各布·阿伯特（Jacob Abbott）
译　　者	王伟芳
出版机构	华文出版社
出版时间	2017年6月

这本《汉尼拔：布匿战争与地中海霸权》是"美国国家图书馆珍藏名传"丛书中的一本。这套书由华文出版社引进并分批出版，我已经收集了20多本，不知道是否收全了。读完的也有七八本了，随后或许会一一写写书评。今天介绍的这本《汉尼拔》是我阅读这套丛书的第一本，但这并非是第一个写书评的全部理由。更重要的理由是，汉尼拔是我知道很早但实际了解很少的那种古人。

该书的作者雅各布·阿伯特是19世纪美国文学界的一个传奇人物，他生于1803年，死于1879年。19世纪的美国出版业还谈不上繁荣，但资料介绍，单是雅各布·阿伯特一生就写了200多本书。如果他写作50年，每年就要写四本书，在那个查询资料、搜集信息远没有今天快捷和方便的时代，这实在不是常人所能及的伟业。何况，不止于写书，他也是风靡全球的"美国式家教法"的发明者、奠基人和推广者,被誉为美国教育历史上的十大名人之一。实际上,这套包括20多本的"美国国家图书馆珍藏名传"丛书,所有的作者都是他自己。他倾尽全力写作一套普及世界历史、让美国人了解世界名人的传记丛书,其实也是服务于他的教育理念的——这又是一个把业余爱好做成了伟大事业的传奇故事。

但是,与汉尼拔在历史上的传奇程度相比,雅各布·阿伯特也只能是小巫见大巫。单听名字,我们对汉尼拔不能说陌生。他的名字,常常与亚历山大、恺撒、拿破仑等伟大军事家的名字联系到一起,并称为"世界上最伟大的战将",甚至第一流的军事史学家也不能判定到底谁更优秀。以我看,如果只是把指挥战争的艺术水准作为评判标准,不考虑战争造成的后果对本方的影响,那还是汉尼拔略胜一筹。也就是说,就军事说军事,汉尼拔可以称自己为"人类历史上最伟大的将领之一"。他指挥一支算不上强大的迦太基军队,渡海作战,深入敌后,一剑孤悬,长期恶战,差点把崭露头角的罗马帝国扼杀在摇篮之中。诚如是,那世界历史就要改写了。就其以弱胜强的程度,古今罕有匹敌。

这本书以不算太长的篇幅,生动地描写了汉尼拔曲折而悲壮的一生。尤其是描写他在第二次布匿战争期间,率领军队(甚至赶着战象)翻越比利牛斯山和阿尔卑斯山,奇迹般地进入意大利北部,多次以少胜多重创罗马军队,差点亲手扼杀了这个初出茅庐的早期帝国的事迹。这是汉尼拔一生的华彩乐章,也是书中描写的华彩乐章。当然,更令我们悲愤不平的还是本书的结尾。受国内亲罗马势力的迫害，汉尼拔于公元前190年投靠比提尼亚国王普鲁西阿斯一世，试图积蓄实力卷土重来。但吃尽了汉尼拔苦头的罗马人岂肯善罢甘休，他们以刀兵相见逼迫普鲁西阿斯将汉尼拔交出，走投无路的汉尼拔只好服毒自尽。一代旷世英杰，就以这样的方式闭上了不屈的眼睛。"出师未捷身先死，长使英雄泪满襟"都不足以形容他的悲剧人生。

　　古往今来，汉尼拔在军事及外交活动上的突出表现，成为人类历史上一个不朽的形象和记忆。直到今天，仍有无数的文学作品书写他的事迹，无数的史学家靠着研究汉尼拔发表论文、获得学位，无数的艺术家仍然用绘画、音乐和雕塑作品表现他的光辉形象。他是欧洲历史上最伟大的四大军事统帅之一，是当代许多军事学家所研究的重要军事战略家之一，被誉为"战略之父"。从这个意义上，读这本薄薄的传记，对于我们了解汉尼拔乃至古代地中海云谲波诡的历史，仅仅是个开始而已。

55. 应邀而来

读《波伏娃》

- 书　　名　波伏娃
- 作　　者　[美] 萨莉·肖尔茨（Sally Scholz）
- 译　　者　龚晓京
- 出版机构　中华书局
- 出版时间　2014 年 1 月

中华书局出版的"最伟大的思想家"丛书总共 45 本，收入从苏格拉底到福柯共 45 位伟大西方思想家的学术传记。但能以自己的作品和斗争让法国乃至整个世界女性和男性醒觉的，大概唯有波伏娃一人。

这本以哲学家名字命名的著作包含了两部分内容，一部分是波伏娃的个人小传，另一部分是波伏娃的主要思想成就，包括存在主义旗帜下的本体论、伦理学和女权主义。书的篇幅很短，但对于我们及时而充分地了解波伏娃，却可能是最合适的一本。

关于波伏娃的生平，书中只占了一章，如果以展现波伏娃极其丰富和独特的一生而言，这点篇幅似乎是九牛一毛。从我们了解到的历史，这位伟大的女性比任何男性哲学家都更配得上一部多卷本的传记巨著，如同我们最近在浙江大学出版社的出版物中看到的罗素、托克维尔、毕加索等许多伟大人物的传记一样。当然,像这本书里这种近乎年谱一样的简史也是好的,它有助于我们把握要点。在我看来,波伏娃生平的基本特征可以体现在三个矛盾之中,一是她出身于天主教家庭,但又是个无神论者;二是她一生都爱着萨特,但又是性自由者——这并非道德缺陷,而是一种迥异于常人的生活态度;三是她在很多情况下用文学作品来表达哲学观念,这在此前的哲学家那里是很少见的。叔本华写哲理随笔,尼采的哲学著作像抒情诗,还有些哲学家偶尔也会写写小说,但他们似乎都像是玩票,谁都不像萨特和波伏娃这样,大量地用文学作品来表达自己的哲学观点。读这本书,这些脉络甚至比那些长篇大论的介绍——包括波伏娃自己的传记,都能更清晰地把握波伏娃的一生。当然,这本书的作者叙述明了、选材精当,也是重要原因。

关于波伏娃的哲学观点,在我看来,她所涉及的部分领域,是走在萨特的延长线上的,也就是,接受萨特独树一帜的存在主义哲学,然后在若干命题上有所阐发,乃至修正和完善。打个也许不恰当的比方,从某种意义上,如果把萨特比作马克思,那么波伏娃就是恩格斯。他们在灵魂上不可分离,在哲学思想上也是水乳交融的一个整体。当然,如果完全是这样,在灿若群星的哲学天空中,波伏娃就成了萨特这颗巨大恒星的行星,远远看去,会完全被萨特的光芒掩盖。但是,波伏娃不是行星,她在人类哲学史上之所以可以与萨特比肩成为存在主义哲学的"双子星座",能够"作为树的形象和你站在一起"(舒婷《致橡树》),是她又一部可谓横空出世的伟大著作,也就是被称为"女权主义圣经"的

225

《第二性》。在这本书中，作者用了较多的篇幅介绍波伏娃这部书——一部使杰出的波伏娃成为不朽的波伏娃的旷世之作。

在《第二性》中，波伏娃用存在主义的语言分析了传统价值观中男性和女性对于爱情和婚姻的不同态度。如果女性没有足够的空间去表现和争取，她们往往把某个男人当成中介，从内心希望被优秀的男人认同，成为他们的灵感，像缪斯一样的存在。在一种司空见惯的关系中，女性永远是一个被动的角色，她们走向幸福的方式往往是被赐予爱情、物质无忧的婚姻乃至一切。在波伏娃眼里，她们只是从别人那里偷到了"超越性"。进入婚姻，男人作为生产者，往往超出了家庭，面向社会，在建设集体的未来的时候，同时也开创自己的未来，成为"超越性"的化身。而女人却把男人当作意义的源泉，家成了女人唯一了解的现实，而孩子就是"未来"，家务劳动就像西西弗斯反复推石头上山所受到的折磨。能够看出，波伏娃对于传统的性别观念下女性生活状态的描述是十分严厉、一针见血的，甚至让很多人感到冒犯。她创作《第二性》，就是想要撕开这样的现实，鼓励更多女性对抗"固有性"，追求"超越性"。正是这本惊世骇俗的著作，奠定了波伏娃在世界哲学史上的不朽地位，使她与任何一位大师级的哲学家比肩而毫不逊色。最近，因为给学生讲"体育与性别"的课程，我专门重新看了《第二性》，许是年齿渐增之故，感受较之以往要强烈得多。

在其生涯的晚年，波伏娃创作了自己的传记体小说《女宾》，表现了她自己从巴黎大学毕业后到"二战"之前这段时间的生活。

这是充分体现波伏娃以文学为武器，表达自己哲学思想的第一部重要作品。这部书也译作《应邀而来》，这是一个意味深长的标题。在我看来，尽管她自己称自己是受邀的客人，但是，由于她对整个世界，特别是女性命运的巨大揭示和启迪，她更像是这个世界真正的主人，我们反而是"受邀而来"，聆听她的声音，践行她的梦想，迎接她所预言的解放。

56. 李约瑟难题的西方解答

读《理性的胜利：基督教与西方文明》

- 书　　名　理性的胜利：基督教与西方文明
- 作　　者　[美]罗德尼·斯达克（Rodney Stark）
- 译　　者　管欣
- 出版机构　复旦大学出版社
- 出版时间　2011年9月

从1954年开始，英国剑桥大学出版社陆续出版了一套由西方人写就，但其内容完全是研究中国的史学著作。这就是由牛津大学博士李约瑟（Joseph Needham, 1900—1995）编著的《中国科学技术史》。这套书是第一部以系统翔实的资料全面介绍中国科学技术发展过程的鸿篇巨著，计划出版七卷，共34册，等全书出齐时，将超过4500万字。目前已出版19册，2000多万字。这部著作对中国的科学思想史、各学科专业史，如数学、天文学、地学、物理学及相关技术、化学及相关技术、生物学及相关技术以及社会背景等，都做了详细的介绍、论证和分析。它所涉及的范围之广、内容之博都是前所未有的。

提起李约瑟，我们自然就会联想到"李约瑟难题"。1941年夏天，英国文化委员会任命李约瑟为英国驻华使馆参赞，兼任设立在中国重庆的中英科学合作馆馆长。1943年到达中国，在此后三年的时间里，李约瑟以外交官的身份先后11次外出考察，对中国古代科学技术的各种历史遗址和现实状况进行了深入调研，行程四万八千公里，取得了相当丰硕的第一手资料，这让他在爱上中华文明的同时，也在脑海中产生了后来被称为"李约瑟难题"的两个问题：为什么现代科学没有在中国文明中发展，而只在欧洲发展出来？为什么从公元前1世纪到15世纪，在把人类的自然知识应用于人的实际需要方面，中国文明比西方文明有效得多？正是这样两个问题，促使他做出撰写一部《中国科学技术史》的计划，对中国与西方这两个社会的一切差异作通盘考虑，去尝试回答这一"难题"。

"李约瑟难题"不仅困扰了李约瑟以及许多对中国文明乃至中西文明对比有兴趣的西方人，也一直困扰着中国对此有强烈感受的政府官员、专家学者，特别是科技工作者。针对这些难题，许多人提出了自己的见解。据一些学者总结概括，对"李约瑟难题"乃至"钱学森之问"的分析论证有几十种，简而言之也有六种。这些观点从地理环境到文明类型，从政治制度到经济基础，从文化形态到社会观念，从意识形态到宗教演化，不一而足。但无论分析到何种因素，都是从中国本土因素切入的，换言之，回答的是中国何以"先扬后抑"。而事实上，"李约瑟难题"显然还有另一个切入的角度，那就是西方何以"先抑后扬"。或者说，为什么西方突然在15世纪之后取得飞速发展，迅速甩开了世界的其他文明。容易看得出，两个方面的观察与研究综合起来，我们才能更加接近乃至找到真相之所在。

赛跑中落后的原因，既包括自己跑得慢，也包括对手跑得快，正是这个道理。

而我推荐的这本《理性的胜利：基督教与西方文明》虽然不是为了回答"李约瑟难题"而写成的著作，但对于回答为何"对手跑得快"的问题，恰好可以作为"李约瑟难题"的一个重要解答——一个来自西方的解答。

这本书论述欧洲由中世纪向近代过渡中一些关键性变迁的历史动力，其中十分重要的一个结论就是，"理性"这个崭新的思维武器在西方的普遍应用，导致了西方的经济、政治、社会、文化都发生了我们能够从历史教科书中了解到的那些伟大的发展进程：蒸汽机的应用，钢铁、枪支和帆船的普及，乃至冒着浓烟的工厂，城市里的高楼大厦，等等。此时，当一向落后于东半球的西欧人率先开始探索全球的时候，他们不是惊讶于东方的先进，而是惊讶于自身的优势居然如此巨大。作者在书的序言里写道：

> 当欧洲人率先开始探索全球的时候，最让他们吃惊的不是西半球的发现，而是他们相对于其他地区的技术优势。非但是玛雅人、阿兹特克人、印加人面对着欧洲入侵者无力抵抗、任人宰割，就是传说中的东方文明——中国、印度，乃至伊斯兰——也在和16世纪欧洲的较量中败下阵来。

就在这个时候，本书作者也从西方观察的角度提出了自己的

"李约瑟难题"。他说：

>　　历史怎么会发展到这一地步呢？许多文明都研究了炼金术，为什么只有在欧洲它才发展成为化学呢？为什么在许多世纪内，只有欧洲人才有眼镜、烟囱、走时准确的时钟、重骑兵和音乐记谱法呢？

在本书的作者看来，不是地理因素，因为"同样的地理环境却让欧洲文化在很长时间内远远落后于亚洲"。也不是所谓"高效的农业"，因为虽然当时欧洲的农业确实已经很发达，但同样需要解释"为什么欧洲人擅长冶金、造船和农业呢？"

也有人把西方的统治地位归功于资本主义，因为只有欧洲产生了资本主义。我们都很熟悉，这其实正是马克思和恩格斯的观点，他们在《共产党宣言》中说到，在资本主义产生以前，人们"极端惰怠"，资本主义"第一个证明了，人的活动能够取得什么样的成就……（它）比过去一切世代创造的全部生产力还要多，还要大"。资本主义通过不断再投资，提高产量，改进技术，提高劳动生产率；通过不断增加工资，激励管理人员和劳动者，最终创造了上述"奇迹"。显然，本书作者是同意马克思和恩格斯的观点的，但他们也作了进一步的追问："假定是资本主义推动了欧洲的飞跃，那就要解释为什么资本主义只生于欧洲？"这当然也是有力的一问。

在这样研究的基础上，本书作者提出了自己的观点，那就是在研究欧洲文明进程所涉及的一系列因素中，理性作为关键性的因素，获得了最后的胜利，塑造了独一无二的西方文化和制度。而理性之所以能够诞生在欧洲古老的土壤之上，最根本的原因是基督教。

作者认为：

> 世界各大宗教都强调神秘与直觉，唯有基督教把理性和逻辑作为探索宗教真理的指导。基督教的理性信仰曾受到希腊哲学的影响，但是，希腊哲学对于希腊宗教却几乎没有影响。希腊秘教仪式越是模棱两可、自相矛盾，越是被人们奉若神明。其他各大宗教都认为诸神在本质上是语言所无法言表的，而内省才是精神修炼的正途。但是从早期的基督教开始，教父们就在谆谆教诲：理性是上帝至高无上的馈赠，是人们不断增进对经文和启示理解的途径。

这当然是值得商榷的观点，但他描述的历史进程是非常重要，也是极其富有启发性的。我们当然不能同意理性作为一种根本性的人类思想精华，仅仅是来源于基督教的创造，虽然基督教也以其独特的方式——用恩格斯在《路德维希·费尔巴哈和德国古典哲学的终结》中所形容的"倒过来的方式"——推动了理性的发展。无论如何，理性本身对欧洲科学、技术、艺术和哲学的贡献，确是毋庸置疑的，这是我们能从本书中获得的重要收获。

即使是处于21世纪的中国，我们推动发展的根本思想武器，必须是理性，也只能是理性。

或许，这也是我们回答"李约瑟难题"的最佳答案——没有之一。

57. 敢问路在何方?

读《丝绸之路：一部全新的世界史》

书　　名　丝绸之路：一部全新的世界史
作　　者　[英] 彼得·弗兰科潘（Peter Frankopan）
译　　者　邵旭东、孙　芳
出版机构　浙江大学出版社
出版时间　2016 年 11 月

近些年，能够在全世界流行的史学著作中产生强烈反响的，《丝绸之路：一部全新的世界史》算是一本。英国具有广泛影响的《每日电讯报》把它评为"年度历史书目"，评语是"令人惊心动魄，又爱不释手"；《经济学人》认为"弗兰科潘用精美睿智的语言，演绎了一部聚焦东方的世界史"；《新政治家》杂志则称其为"史诗性的研究——一部涵盖面惊人并雄心勃勃的作品"。国内的媒体提起这本书也不吝赞美之词，"新浪" 2016 年度十大好书颁奖词中说它是"一部包罗万象的史诗巨著，作者以丝绸之路为主线，突破以往'欧洲中心'的视角，以全新角度、'多线程史观'观察和描述人类的历史，展现了被近现代以来的历史叙事有意无意间遮蔽、忽略、歪曲的历史风光"；《21 世纪经济报道》在年度十大好书颁奖词中评价它："该书有助于我们更清晰地理解丝绸之路上纷繁复杂的利益纠纷和遍地荆棘，而这正是当前中国'一带一路'倡议亟待强化的现实课题。"

这本书的重要性，首先是由"丝绸之路"这一特定历史现象在人类文明史上的重要程度决定的。我们都知道，丝绸之路，广义上讲又分为陆上丝绸之路和海上丝绸之路，但一般是指陆上丝绸之路。人们通常认为，这条陆上通衢起源于汉武帝派张骞出使西域而开辟的通途，是一条以首都长安为起点，经甘肃、新疆，到中亚、西亚，并连接地中海各国的陆上通道。但并非人所共知的是，一方面，丝绸之路并非一条，而是一个连接东西方，如南方地区水网分布那样的路网。在某些地区，由于地理所限，诸路合为一条干道，在另一些地区，又会织出密密匝匝的路网。何况处于欧亚大陆北部地区的"草原丝路"始终存在。另一方面，丝绸之路并非始自张骞。因为根据数量庞大的考古发现、文献记载和田野调查所见，亚欧大陆的东西方文化交流至少比张骞更靠前2000年。我们今天种植的大麦小麦，食用的葡萄，甚至青铜器和铁器，都是早于张骞通西域的时候东来的。当然，东方也有无数的文明成果在早于张骞的时候西传。张骞通西域之后，这种文明成果的交流变得更加频繁，沿着这条"丝绸之路"，中国的丝织品以及凿井、造纸等技术相继西传，而西方的毛皮、汗血马、石榴、葡萄等瓜果，以及佛教、魔术、音乐、舞蹈、雕塑等也纷纷东来。丝绸之路开创性地打通了亚欧大陆的东西方，构建起世界交通线路大网络，极大地促进了商品大流通，率先实现了东西方商贸互通和经济往来。它也成功地推动了科学技术的交互传播，广泛而又深刻地推动了沿线国家生产进步乃至社会变革。两千年来，丝绸之路始终主宰着人类文明的进程。不同种族，不同信仰，不同文化背景的帝王、军队、商人、学者、僧侣、奴隶，往来在这条道路上，创造并传递着财富、智慧、宗教、艺术、战争、疾病和灾难。可以说，丝绸之路是东西方不同国家、不同文明相互浸染和相互包容的重要纽带。纵览全球诸文明，起源欧亚大陆的各个文明不仅起源更早，而且品质更高，丝绸之路文明互鉴带来的共荣效应是关键因素。这本书全景式地描写如此重要的"丝绸之路"，自然有着不容小觑的文献价值和思想价值。

这本书的重要性，还因为"一带一路"倡议的提出和实施而进一步彰显出来。我们都知道，"一带一路"是"新丝绸之路经济带"和"21世纪海上丝绸之路"的简称。2013年9月和10月，中国国家主席习近平分别提出了建设"新丝绸之路经济带"和"21世纪海上丝绸之路"的合作倡议。从这一伟大构想提出开始，依靠中国与有关国家既有的双多边机制，借助既有的、行之有效的区域合作平台，"一带一路"战略旨在借用古代丝绸之路的历史符号，高举和平发展的旗帜，积极发展与合作伙伴的经济合作关系，共同打造政治互信，经济融合，文化包容的利益共同体、命运共同体和责任共同体意识。倡议甫一提出，就产生了巨大的国际影响力。据统计，2013—2022年，中国与共建国家进出口总额累计达到19.1万亿美元，年均增长6.4%；与共建国家双向投资累计超过3800亿美元，其中中国对外直接投资超过2400亿美元。截至2023年6月底，中国与150多个国家、30多个国际组织签署了230多份共建"一带一路"合作文件。2023年10月17日至

18日，第三届"一带一路"国际合作高峰论坛在北京举行，以"高质量共建'一带一路'，携手实现共同发展繁荣"为主题，成为纪念"一带一路"倡议十周年最隆重的活动。在这样重要的时代背景之下，翻开这部包罗万象的史诗巨著，"一带一路"倡议的历史价值变得一目了然，我们也能从一个更加深刻的层面上理解其巨大意义。

当然，这本书之所以在同类作品中脱颖而出，获得广泛赞誉，也在于其自身的独特魅力。该书的作者彼得·弗兰科潘是英国知名历史学家，牛津大学历史教授，伍斯特学院高级研究员，牛津大学拜占庭研究中心主任，美国哈佛大学、普林斯顿大学访问学者，联合国工业发展组织特别顾问。因他擅长跳出欧洲历史角度来剖析当代世界格局，而广受世界主流历史学界的关注。在这本书中，彼得·弗兰科潘没有按照通常的历史著作所见，守住一个视角，顺着时间脉络从古代写到今天，而是别具一格地把丝绸之路的意义与特征总结为25个显著的符号，也即古代宗教之路、基督之路、变革之路、和睦之路、皮毛之路、奴隶之路、天堂之路、铁蹄之路、重生之路、黄金之路、白银之路、西欧之路、帝国之路、危机之路、战争之路、黑金之路、妥协之路、小麦之路、纳粹之路、冷战之路、美国之路、争霸之路、中东之路、伊战之路乃至新丝绸之路。能够看出，作者总结出的某一个符号或者标识，也并非从古至今一脉贯穿，而是更可能集中于某个历史阶段。作者这样对25个符号或者标识的排列，其实也反映了历史长时段的脉络。同时，使读者对丝绸之路的深刻内涵有了非常全面的把握——我们都明白,在丝绸之路上流通的并非仅有丝绸,甚至主要不是丝绸;丝绸之路也不仅仅是一条道路,而是一个庞大的信息网络。用这种纵横交错的方式去着笔,我们就能从"上帝视角"把丝绸之路的全貌看得明明白白。在这样的笔触下,作者用史诗般的语言,将张骞通西域、亚历山大东征、罗马帝国崛起、波斯帝国辉煌、基督教和伊斯兰教的斗争、十字军东征、成吉思汗西征、美洲大发现,乃至明代《金瓶梅》的出现、阳明心学的繁盛、美国独立、克里米亚战争、第一次世界大战、第二次世界大战、美苏冷战、中东战争、阿富汗战争、塔利班、9·11恐怖袭击、伊拉克战争等,所有与一带一路相关的人类历史上那些最为著名和重要的事件全部串联在一起,成为一个令人目不暇接的时空全景图。说实话,在这样的篇幅之下,我还从来没见过哪部作品能够做得如此丰富、鲜活和感性。

通过这本书,我们不仅在中国历史的尺度上把握了世界,也在世界历史的尺度上把握了中国的意义和贡献。丝绸之路是中国走向世界的耀眼舞台,同时,它也是中国融入世界大舞台的一个无可替代的通道。它不仅主宰了我们的过去,更将决定世界的未来。可以说,我们今天的"一带一路"倡议,正在书写着"一部更新的世界史"。

58. 不出户亦可知天下

读《世界通史：公元前 10000 年至公元 2009 年》

书　　名　世界通史：公元前 10000 年至公元 2009 年
作　　者　[美] 霍华德·斯波德（Howard Spodek）
译　　者　吴金平　等
出版机构　山东画报出版社
出版时间　2013 年 9 月

我写完这篇文章，发给了一个朋友看。她提醒我，这是一本你以前推荐过的书。我查了查，果然。令人惊讶的是，即使不看引文，两篇文章也有些惊人的相似。这倒说明一个人读了书，形成的思想具有稳定性。而更令人惊讶的是我居然完全不记得前面写过的那篇文章了。对照下来，后面文章更长，大部分内容前一篇没有。所以，我还是决定把它发出去。最多算自己抄袭自己，道德上不算错误。如果读者诸君认为没意义，不看就是。

这本书大约是十年前读的。关于为什么要读以及何以是这一本，我自己当时发了一个朋友圈：

一直以来，我通过大量的阅读，知道了很多原来不知的东西，产生了许多过去不曾有的想法。这正是阅读不仅作为爱好，而且作为生活方式的妙趣所在。但也有困惑——大脑如同新开发的小区，原先是安静的，后来，搬来很多住户，各自吵嚷，乱作一团。这样的情形久了，就希望建立秩序。我怀疑极权专制主义就产生于这样的需求。我对于大脑里新来的这些知识和信息，也希望有这样的管辖，使之安定团结。流行的词，叫作和谐。不过，我知道我引入的这些家伙，是产生于很多古怪和高深的头脑，远非我之智商可以收复，如同北宋时候的方腊，官军无法降伏，需要梁山那样的好汉，以毒攻毒。我的意思是，我希望读一本新的书，给前面那些不服管教的知识建立一个框架。当然，在我看来，这样的使命，只能用一本视野开阔、价值中立、详略得当的世界史来完成。当然，由于本人阅读的偏好，这本书还必须装帧精美。因而，最近我一直在找这样一本书。昨天，终于在万圣书园里发现了这本书，与我的需求对应，它几乎可以说是量身定做的。但是，它居然要360元，尽管精装、彩图、考究的纸张都使人相信它物有所值，但毕竟，360元买一本书还是太贵了！在对面的豆瓣，这些钱可以买20本书，如果是西南物流里边，可以买50本！但在这里只能买一本！纠结许久，还是忍不住拿下。

可惜的是，朋友圈是读这本书之前写的，读书的过程以及读后的感受，未及记录。但这本书现在就静静地躺在我的书桌上，16开的大厚本，887页，110万字，我居然一页一页都看完了，几乎每一页都留下了批注，而且，在书的版记区的下面还写着：

2014年2月26日凌晨。

终于读完了这本几乎900页的巨著。很多地方看得不细心，划作重点的地方应当重读一次。

收获很多，世界历史的脉络清晰了；很多细节的知识令人思索。

这一时刻有阅读的快感，无可替代。

睡觉。

这是我十分重要的一个读书经历——对于热爱历史的我而言，第一次精读完一部大部头的世界通史。世界的历史，得以在头脑中全景式地展开。这实在是一件美妙的事情。

网上有些声音质疑这本书的翻译水平，毕竟我也找不到原文，所以无从判断。但从中文的文本看，这部书还是值得阅读的好书。最起码，它超长的篇幅必然带来极大的信息量，能够比较详尽地讲清楚从公元前10000年开始至公元2009年这长达12000年的世界历史。

除此之外，我觉着这本书至少还有三个特点是值得一说的：

第一，它的结构，本身就带有强烈的知识性。为了让读者能够对世界历史的全貌有整体上的认知，这本书颇具匠心地把新石器时代以来的世界历史分成八个阶段，每个阶段赋予了一个主题；同时，又把阶段与阶段之间的联系与变化确定为七大转折点，这样，纷繁复杂的历史事实就通过这样一种奇妙的方式组织到了一起。显然，这些主题带给读者的是一种强烈的特征感，使我们在阅读内容之先就能对每一个时代的主题有一个清晰的把握，而这恰恰也是历史之关键所在。而两个主题之间的转折点，又恰恰对新的主题的出现和强化作出了最有力的说明。诚如作者在前言中的介绍：

> 围绕这些转折点的主题评论，鼓励学生抓住与我们现实生活依然相关的八大主题的源头和持续影响：促使我们人类成为特殊动物的生物学和文化学上的特质；我们创造和生活的社区；我们聚合但有时反对的政治权力；很多人从中找到人生和社会生活意义的宗教制度；把人与物更紧密连接到一起的世界贸易与移民运动，这种连接有时是合作，有时是竞争，有时是冲突；特别是从17世纪到20世纪的政治、工业和社会革命；不断改变我们世界的持续技术进步；在我们时代特别流行的、对个人与群体认同的要求。……其他的也许也可被选进来，但这些转折点代表了人类历史生活最重要的变化。

这部世界史的独特之处正在于此。简单地说，作者替读者做了一些提炼和归纳，把不同时代的主要特征，以及引起这些特征转换的关键细节都做了明确的揭示，从而帮助了（当然也限制了）那些对世界历史所知不多的读者。

第二，作者在编撰此书的过程中，比较彻底地抛弃（或者说没有采用）通常的欧美学者编撰世界通史所常用的"欧洲中心论"。事实上，最早的比较完整的世界史概念，就是诞生于

18世纪的欧洲。因而，多数欧美学者在编撰世界历史的时候，都难以避免以欧洲为世界历史发展中心、用欧洲的话语来叙述整个世界的历史。不论是赫尔德、黑格尔、威廉士、施宾格勒、汤因比，还是布罗代尔、沃勒斯坦，都有意或无意表现出"欧洲中心论"，都不能完全摆脱这个偏见。而在20世纪风起云涌的反殖民主义思潮出现之前，全世界非欧洲国家也缺少对这种明显带有歧视和偏见的历史观的有力回应。因而，"欧洲中心论"在很长一段时间内甚嚣尘上，成为世界史书写的主流。但令人耳目一新的是，霍华德·斯波德的这本世界历史，确实在一个令人满意的程度上摒弃了欧洲中心论的成见。能做到这一点，不仅仅是因为他在分配笔墨时没有厚此薄彼，更在于他选择了一个十分独特的考察视角。

霍华德·斯波德把人类形成与文明出现（即史前至公元前10000年间人类生物和文化进化）、农业与定居（包括公元前10000年至公元1000年村庄和城市的发展）、城邦国家与帝国（包括亚欧大陆各帝国）、政治与宗教（涉及犹太教、基督教、伊斯兰教、印度教、佛教）、商品流动与世界贸易（1300—1700年）、政治与工业革命（1640—1914年）、科技变化以及人类对它的控制（1914—1991年）乃至最近的阶段等，这八个阶段作为自己研究历史演进和时代特征的主要方面。特别是对其中历史动因的关注，从一开始就表现出一种世界的或者说全球的眼光，十分清晰地揭示了不同地域的文明对人类的贡献。这种从历史纵深起笔的写法，使得欧洲中心主义自然而然地退出了后来的作品，也更加符合历史的原貌。作为一个中国读者,值得因为这一点向霍华德·斯波德先生致敬。

第三,诚如这本书开头的中文版序言作者陈志强所说,与大多数世界通史著作比较,霍华德·斯波德的这本书具备信息多样而且丰富这个特点。他指出:

> 信息多样丰富,不仅仅是指图文并茂,还包括史料文本、作者评论、编年史表、地图、表格等。这些知识性的图表,不仅可以直观地帮助你掌握有关知识,而且有的把你带入一个新的知识领域,比如全球温室气体排放地图等。这对读者特别有用。其他的如参考书目、音像参考资料、网上历史图书馆,涉及相关在线电子书、视频、影像、内容要点、中心概念、视听材料(电子幻灯母带、地图、图表和曲线图PDF格式文件)等,都非常实用。毫无疑问,本书对现代电子新科技的大量应用,代表了新世纪历史教学的发展趋势,为我国世界史教学特别是大学历史教科书编写提供了范例。

这就是说,这本书用作大学生乃至研究生学习世界历史的教科书,除了其内容的翔实以外,仅仅这种细节上信息的丰富性,也会带来许多学习中的方便。

除此以外,这本书对中国历史的介绍,也是相对全面的。斯波德教授能够以小见大,用有限的篇幅将这段历史的外部轮廓粗线条地勾勒出来,即使把这些内容作为一本中国近现代史来阅读,也颇有其可用之处。这些内容，对于那些希望详尽理解新中国历史的读者而言，虽然并非足够，也已经相当富有启发性。作者把具有历史转折点意义的事件和改变人类生活的新事物这两个切入点作为叙述的基本追求，这在他对于中国历史的叙述中也是感受得到的。

2000多年前，中国伟大的历史学之父司马迁用"究天人之际、通古今之变，成一家之言"道出了自己的历史研究使命与追求。显然，在2000多年之后的今天我们看到了一部完全符合司马迁史学追求的历史学著作，也就是这本《世界通史：公元前10000年至公元2009年》。似乎是要与司马迁隔空对话，作者提出的历史学研究使命，是他颇具匠心的三个问题：

　　我们知道什么？
　　我们是怎么知道的？
　　它的意义何在？

59. 西医是如何改变世界的?

读《西医的故事》

书　　名	西医的故事
作　　者	[法] 阿克塞尔·凯恩 等
译　　者	闫素伟
出版机构	商务印书馆
出版时间	2015 年 4 月

不知道从什么时候开始，医学领域出现了中医和西医的尖锐对立。一个极端的表征，是媒体报道上海成立了一个"反中医联盟"，据说方舟子、张功耀、何祚麻等"学术大咖"都赫然在列。不出所料，反中医人士及其行为，受到了拥护中医诸多人士的激烈抗议，双方一直唾沫飞溅，板砖横飞，甚至大打出手。

回顾历史，"反中医联盟"似乎还可以拉鲁迅入伙，他本人系统学习过西医，是坚定的反中医一派。其实，如果熟悉些历史，陈独秀、梁启超、郭沫若、梁漱溟、严复，乃至余云岫、俞樾、李敖，都是反中医的，阵容可谓强大。据我所知，现在的意见领袖中，罗永浩、罗振宇、王澄也是反中医的。当然，这份名单之外还有更多人士，粗略而言，尚可分成反中医而不表明态度、不反中医但也接受西医以及完全不接受西医只相信中医的三类情况。第三种似可成立"反西医联盟"，但一直未见，乃至亦找不到一个公开宣称自己不信西医只看中医的人（但并非没有）。我前述有这样的人，乃是私下聊天所知。至于三种人士各有比例多少，尚未见过统计数据。但出来挺中医，同时批评西医的问题的人，却是为数不少，且嗓门极大的。

据我所知，在不同的历史阶段，世界上许多国家和地区都曾出现过本国本地区传统医学与西医激烈对抗的情形。印度、美洲的一些国家和地区、俄罗斯乃至东欧的一些国家，甚至全世界西医最发达的美国，也都不同程度地出现过反西医（在他们那里，应该叫作"现代医学"）的声音乃至组织。如果听反西医人士描述的状况，当今世界，西医已成了人人喊打的"过街老鼠"，没几天好日子了。

且不说中医的是非——这个问题的复杂性在于，已经很难把问题锁定在学理层面上。在我看来，面对这样的复杂问题，一个最佳选择的探寻路径是"回到出发点"，也就是从事物的历史深处去探究它的本来面目。即使我们不能真的还原历史每一个瞬间的真相，但至少可以深刻地感受到每一个现存事物的"现实合理性"，从而深刻把握其今天的存在价值与意义。对于这种医学上久已有之的争执，这样的方式即便不能从根本上消除分歧，也能令我们比较清楚地把握分歧的关键所在，从而有所判断乃至有所行动。也就是说，如果你对此问题有兴趣，至少该对西医的前世今生作些探究。毕竟，大千世界形形色色的事物中，除了医学，还有什么能引起人们如此对立的情绪？

这本《西医的故事》似乎就是为这个目标量身打造的。书的内容，是三位享誉世界的科学家（帕特里克·贝什、让·克洛德·阿梅森、阿克塞尔·凯恩），为我们娓娓道来的西方医学由神话故事到经验科学，一直发展到今天，以经验归纳和分析哲学为底层逻辑，形成所谓"医学科学"的漫长故事。他们考察了大量可以找到的医学文献，从古代到现代，从国家联合医学图书馆到私人图书收藏家，引领读者共同探究和思索西方医学的发展历程。篇幅不长，但内容极其丰富，时间跨度也相当之大。

本书三位具有医学背景的作者都是鼎鼎大名的人物。其中阿克塞尔·凯恩，是享誉世界的法国遗传学专家，法国国家健康和医学研究院负责人，法国科尚研究所负责人。他长期担任法国国家伦理顾问委员会委员和巴黎第五大学校长，致力于遗传学与伦理学关系的研究，尤其是物种克隆问题，著有50多本医学著作。帕特里克·贝什是法国著名细菌学专家，巴黎第五大学医学院院长，曾任巴黎一所著名儿科医学院院长。而让·克洛德·阿梅森则是法国著名免疫学专家，巴黎第七大学的免疫学教授，法国国家健康和医学研究院研究项目主任，对医学与艺术的结合有独到研究。三位学者共同的特点是都有系统学习和严格训练的西方医学背景，同时又对西方医学的历史有强烈兴趣。由他们联袂来撰写一部西医的历史，指出其中的发展路径、内部机理和性质所在，自然是非常合适的。重要的是，这几位学者只是就西医谈西医，并没有针对全世界时强时弱的反西医浪潮作出回应——甚至可能未必知道。

能够证明他们不设防的另一个事实是他们甚至拉了一个对西

医科学并无专门知识、专门从事艺术史研究的学者来参与本书的创作。这就是本书的第四个作者，法国著名艺术史学家，艺术展组织者伊万·布洛哈尔。此君著有40多本关于艺术与民族学方面的书籍，在全球各地举办过30多次国际艺术展览。其中值得一提的是，他2006年在中国举办了主题为"东西方知识与医学之比较"的展览，在表象层面反映了西医和中医的异同。伊万·布洛哈尔的参与给了我们一个另外的信号，就是作者没打算从论战的角度来"捍卫"西医的价值。他们认为西医是一种重要的存在，在它漫长的发展历程中，不仅在事实层面具有价值，在美学或者艺术的层面上，同样值得我们鉴赏、探究乃至感悟。

从内容来看，这本书主要的任务，还是试图为读者描述西方医学从神话到科学的漫长过程。从西方的视角，古代、中世纪和文艺复兴之后是三个重要的阶段。从书中的介绍也揭示出一个简单的道理，这就是西医和世界上所有国家和地区的传统医学一样，都经历了一个漫长的发展过程。这个过程的起点，无一例外地都是巫医，就是由神话的想象力构建起来的"前医学"知识体系。一直到科学革命之前，我们都很难看出所谓西医和世界上其他医学体系有何本质区别。而值得注意的是，从科学革命开始，具体地讲，是从巴斯德和病原体理论开始出现而形成的医学革命开始，西方医学才走上了一条以实证主义和逻辑主义交互印证而开拓的新道路。从此，医学有了更强的说服力，也在对人类各种疾病的斗争中取得了较为可喜的战果。人类对疾病传统上的弱势地位一举扭转，一大批传统医学视为畏途的疾病获得根本性治愈，婴儿死亡率大大下降，预期寿命上升，由此带来了世界面貌的根本性改变。我们中学时读鲁迅先生的《药》和《红楼梦》中的"黛玉之死"，都知道在鲁迅先生的时代乃至更早，所谓"痨病"是一种绝症，但今天如果我们得了同样的疾病——叫作肺结核的——甚至通过一段时间的输液治疗便能治愈。这就是西医的贡献。不到100年的时间里，人类的预期寿命由40多岁增加到了70多岁，恐怕主要要感谢西医，甚至说西医改变了世界也不算夸张。

当然，如果仅仅因为这些理由就成立机构反对中医，在我看也大可不必。最好的办法是让两者都说话，大家评判，既可以用嘴评判——谈论各自的是非，也可以用脚——得了病选择去中医院或者西医院。日久见人心，日久也能见两者之优劣，甚至根本性的对错。至于我，虽然不参加一切联盟，但有了病，通常还是选择西医的。我有无数个例子可以说明这一选择的缘由，但限于篇幅，也因为不想得罪人，就不说它了。

60. 雄文传千古

读《将革命进行到底》

书　　名　毛泽东选集（第四卷）
作　　者　毛泽东
出版机构　人民出版社
出版时间　1960年9月

今天（2023年7月1日）是党的生日，我想以赏读毛泽东主席《将革命进行到底》一文，来纪念这个特殊的日子。

《将革命进行到底》是毛泽东在1948年12月30日为新华社写的1949年新年献词。这篇文章1960年收入人民出版社出版的《毛泽东选集》第四卷，2011年又收入中央文献出版社出版的《建党以来重要文献选编》第25册。

姑且不论文章反映的主题在党史上的重要地位，仅从文章本身的文学性来看，这篇文章与《昭明文选》和《古文观止》中选入的那些千古雄文相比也毫不逊色。

第一，它气势逼人。我们只需要看文章的第一句，就可以清晰地感受到那种高度的自信和磅礴的力量：

> 中国人民将要在伟大的解放战争中获得最后胜利，这一

点，现在甚至我们的敌人也不怀疑了。

不仅从一个绝妙的角度阐述了胜利的必然性，也暗含了"敌人可能另耍花招"的意思。

第二，它结构严谨。整篇文章，共有 12 个自然段，由四个各自独立又紧密关联、层层递进的内容组成。第一部分，是第一、二自然段，阐述中国人民在解放战争中取得的胜利。第二部分，是第三、四、五三个自然段，指出人民的敌人在新形势下开始采取新的阴谋，也就是"战犯求和"（这是从毛泽东另一篇文章《论战犯求和》中摘出来的）。第三部分，是第六、七、八三个自然段，分析了在新的形势下我们应该持有的态度和采取的策略。第四部分，是最后的四个自然段，对 1949 年的工作进行了部署和展望。四大部分一气呵成，表现出了极为紧密的逻辑结构。

第三，它表述清晰。印象特别深刻的，一个是第二自然段对整个解放战争战局的描述，以"战争走过了曲折的道路"开头，以"因为这样，中国人民解放战争在全国范围内的胜利，现在在全世界的舆论界，包括一切帝国主义的报纸，都完全没有争论了"结尾，中间用了 1123 个字，分三层意思，就把从 1946 年解放战争爆发以来的战局写得清清楚楚，既有全局形势，也有具体情况，可谓字字珠玑。这种叙事宏大而又简约的笔法，就我的阅读而言，仅见于《左传》中左丘明对"城濮之战"的记述。另一个，则是除了第一和第十二两个较短的段落，其他十个自然段，都是以首句点出要点、随后加以阐述的笔法，阅读起来十分清晰明了。

第四，它说理透彻。在说明敌人"装出一副可怜相"的时候，用了他们在两个不同时期的言论进行对照，使读者立刻就可以明辨是非。在启发革命者不能被敌人制造的假象所迷惑时，举了伊索寓言中"农夫与蛇"的例子，不仅道理讲得清楚，感染力也很强。最后还幽默地说，"况且盘踞在大部分中国土地上的大蛇和小蛇，黑蛇和白蛇，露出毒牙的蛇和化成美女的蛇，虽然它们已经感觉到冬天的威胁，但是还没有冻僵呢"，进一步增强了说理的力量。

第五，它语言生动。毛泽东的语言功力十分深厚。纵览这篇文章，不仅思想鲜明深刻，而且语言精练，质朴自然，娓娓道来，如行云流水，不刻意雕琢。即使引经据典，亦宛若浑然天成。例子可谓俯拾皆是，此处就不一一列举了。

这篇文章曾经给我的工作带来过一些特殊的帮助。2009年，我率队参加第11届全运会，比赛竞争激烈，局里给我们定的任务又特别高，我们自己的队伍，赛前又出了一些问题，因而压力很大。出发去济南的时候，我就特地带了一本《毛泽东选集》第四卷。每当感受到竞争的压力时，我就拿出这本书，找到《将革命进行到底》这一篇，大声朗读一遍，立刻就感受到一种蓬勃的力量。那届全运会，我所在的中心取得了最佳战绩，其中也有《将革命进行到底》雄文的加持。

记得拿破仑曾说："世界上有两种武器：笔和剑，但后者往往不如前者犀利、有力。"毛泽东手中的如椽大笔能给我们带来的力量，正是那种指挥千军万马冲锋陷阵的力量，那种令敌军胆战心寒丧失斗志的力量。

61. 有一种哲学叫作德波顿

读《哲学的慰藉》

♦
书　　名　哲学的慰藉
作　　者　［英］阿兰·德波顿（Alain de Botton）
译　　者　资中筠
出版机构　上海译文出版社
出版时间　2020 年 8 月

　　偶尔从读过的书堆中看到这本《哲学的慰藉》，心里居然有一丝恍惚。似乎有好几年没有见到阿兰·德波顿的新书了。他还好吗？为什么曾经那么受追捧的一个作家似乎销声匿迹了？

　　在我的记忆中，阿兰·德波顿是 21 世纪初走入中国读者视线中的。和以往我们熟悉的外国作家通常都是"完成时"不同，阿兰·德波顿甫一出世，每一部新著基本都是"进行时"，读者对其作品的期待，甚至是"将来时"。我至今都能回忆起 20 年前"阿兰·德波顿热"的澎湃之势，彼时在飞机场、图书馆阅览室或者街头典雅的咖啡馆，时不时可以见到捧着阿兰·德波顿凝神静读的时尚青年，尤其是女性。他过早谢顶的头部使年轻的他看上去有一些沧桑感，但这反而使他成了知识女性心目中的"哲学白马王子"。他的新书刚刚上架，就会被热情的读者一抢而空。许多大学的学生甚至都成立了以他名字命名的读书会，读过阿兰·德波顿的每一本书是起码的入会条件。据说，华中师范大学创立的阿兰·德波顿读书会，不仅要求入会者阅读阿兰·德波顿，也要依照"读书是为了自救"的观念，充分利用武汉市大学内的图书馆及其他资源，以读书、郊游与享受美食等方式进行气氛自由的讨论。其实，他们正是在实践阿兰·德波顿在若干本书中推崇过的那种生活方式甚至人生态度。那时，中国社科院美国研究所前所长、具有深厚西方文学阅读背景的资中筠老师，也是阿兰·德波顿的读者。她谈《哲学的慰藉》时曾经说过："这一次，这本小书的文字使我有他乡遇故知的感觉。那种特别英国式的散文风格，简洁而优雅，机智而含蓄，能用小字眼就不用大字眼，惯以轻描淡写代替浓墨重彩，给读书留有回味的余地，这些都深得英国古典散文的传承。"——这差不多也是多数知识阶层读者的感受。

阿兰·德波顿是一个才子型的英国作家，1969年出生于瑞士苏黎世，8岁就被送到英国伦敦上寄宿学校，四年后全家人移居伦敦。他最早学的是法语，现在写作以英语为主，同时通晓德语、西班牙语。18岁入剑桥大学，上学期间，对学校的课程他一点也不感兴趣，好在学业比较宽松，他有足够的时间随心所欲地阅读，自学成才。整个大学期间，他几乎每天都泡在大学图书馆。甚至图书馆也不能满足他读书的需求，遂请求父母在附近一家书店给他开了一个账户，随他自由买书——后来他买书太多，令他父母后悔当初的慷慨。作为一个天赋异禀的"读书种子"，他广泛涉猎文学、艺术、美学、哲学、心理学，上下古今求索，从中邂逅知音，产生共鸣，在跨越千年的著作家那里找到内心之真我，逐步接近自己的目标。他自称大学时代只有两样追求：爱情和写作。前者很不成功，但促成了后者的成功，因而他深信失恋与文学是并行的——与中国古人所言"国家不幸诗家幸"异曲同工。对他而言，上大学可不是为求学位，大学只不过提供给他一个读书的氛围；而读书也不是为了日后求职，只是帮他找到自己独特的创作模式。他深得欧洲人文传统之精髓，喜欢苏格拉底、蒙田、普鲁斯特。大学毕业后，他先是在各种报纸杂志发表文章，23岁开始出版第一部作品小说《爱情笔记》，一炮走红。随后，他一发而不可收，先后出版了小说《爱上浪漫》《亲吻与诉说》及散文作品《拥抱逝水年华》《哲学的慰藉》《旅行的艺术》《身份的焦虑》《无聊的魅力》《幸福的建筑》《工作颂歌》《机场里的小旅行》《写给无神论者》等。我们虽然做这样的分类，但他本人并不愿把他的写作归入任何一类，觉得最多能称为以个人的视角观察人生的重大题材的"随笔"。也许，这正是他独到的魅力所在。他最喜爱的、最能引起他共鸣的作家之一是普鲁斯特。他的第四部著作《拥抱逝水年华》是从文学通向哲学的桥梁，这本书使他名声大噪，由此引出下一部《哲学的慰藉》。

《哲学的慰藉》是阿兰·德波顿出版于2000年的散文集，重点描述了苏格拉底、伊壁鸠鲁、塞内加、蒙田、叔本华和尼采等六位我们都不陌生的哲学家的人生际遇。西方古典文化经过20世纪种种现代、后现代思潮的荡涤和洗礼，正面临着亟待整合重组的局面。作为一位研究哲学的现代作家，阿兰·德波顿一方面从容接纳西方古典人文的滋养，另一方面也在深入感悟新一代人的生存现状，努力整合古典文化中有价值的部分，从而探索一种足以支撑当代西方人精神存在的基点。独具匠心的是，阿兰·德波顿像佛学中对"苦"作细致分析一样，把人世间的种种悲剧人生境况分成了"于世不合、缺少钱财、受挫折、缺陷、伤心、悲观"等六种现实遭遇，分别对应上述六位哲学家。这些遭遇几乎囊括了人生种种不顺利的全部。德波顿意图告诉读者：哲学能带给人们救赎和安慰。

在书中，阿兰·德波顿通过对六位重要哲学家的人生境况及其超越，从不同角度阐述了哲学对于人生的慰藉作用。在作者看来，哲学最大的功能就是以智慧来慰藉人生的痛苦。这痛苦有主观自找的，例如名缰利锁，欲壑难填；有外界强加的，例如天灾人祸，种种不公平的遭遇。但是在哲学家那里都可以找到解脱之道：苏格拉底通过理性思辨，掌握真理的自信，从而直面占据压倒性优势的世俗偏见，虽百死而不悔。塞内加参透人事无常，对命运作最坏的设想，因而对任何飞来横祸都能处变不惊。伊壁鸠鲁认为人生以追求快乐为目的，但是他对快乐有自己的理解：摈弃世俗的奢华，远离发号施令的上级，布衣简食，良朋为伴，林下泉边，优哉游哉。蒙田自己大半生在藏书楼中度过，却贬低书本知识，因厌恶上流社会的矫揉造作，而走向了另一极端——让饮食男女的原始本能登大雅之堂。他痛恨当时学界言必称希腊的引经据典之风，提倡用百姓自己的话代替"亚里士多德如是说"，这样，因能力、知识不足而自卑者可以从中得到慰藉。天下伤心人可以从叔本华的极端悲观主义、放弃对此生的一切期待中得到慰藉。另一个极端，尼采对超人的意志和力量的绝对自信又可帮助人在一切艰难险阻面前永不放弃。

德波顿认为他的书和那些美国式的所谓励志书是完全不同的。他曾经坦诚地讲道：

> 那些愚蠢的垃圾书动不动就教人一夜暴富、速效减肥等等，总是煽动读者乐观。大多数励志书并没有悲剧的意识，这最让我受不了。他们不知道，生活在本质上是不完美的，总有一种悲观的因素需要我们去慰藉，承认生活有多痛苦才会使其臻于完美。

《哲学的慰藉》出版后引起广泛反响，仅在英国便卖出15万册，以后又被翻译成十几种文字，在全世界广泛发行。后来，英国广播公司又将他的作品改编成电视纪录片播出，很受公众欢迎。《纽约时报书评》评论他："利用表面老生常谈的主题与情节，发展出充满机锋的笑话与漂亮有趣的细节。可以预期，他还会带给我们更多精彩的作品。"还有的媒体评论说："阿兰·德波顿的直觉是很正确的：如果我们要将哲学带到生活中，就应该将目光放在伊壁鸠鲁、塞内加和蒙田这样的思想家身上。"在我看来，更准确的评价是：自从以《哲学的慰藉》为代表的这一类书出版，世界上就多了一种可以以阿兰·德波顿的著作命名的哲学，叫作"慰藉哲学"。

62. 只有出门，才能远方

读《马未都杂志·出门》

书　　名	马未都杂志·出门
作　　者	马未都
出版机构	中国青年出版社
出版时间	2012 年 3 月

在诸多关涉历史与文化的民间大咖中，马未都即使不是知名度最高的，也是最高的之一。但当我搜寻脑子里关于马未都先生的基本信息时，却发现不甚了了。到网上查，得到这样的文字：

> 马未都，1955 年 3 月 22 日出生于北京，祖籍山东荣成，收藏家、古董鉴赏家，央视《百家讲坛》主讲人，主讲系列节目《马未都说收藏》。现为中国民主建国会会员，观复博物馆创办人及现任馆长，《中国网》专栏作家、专家，同时也是超级畅销书作家。

其中比较重要的四个关键词，在我看来是"收藏家""观复博物馆馆长""百家讲坛""作家"。前三个都家喻户晓，第四个却是刚刚知道。进一步查询，他早年下过乡，插过队，回城后当了几年机床铣工。1980 年开始文学创作。1981 年,《中国青年报》用一个整版发表了他的小说《今夜月儿圆》,小说发表后他被调到《青年文学》做编辑——原来他还当过编辑。

这也差不多解释了他的这本《马未都杂志·出门》何以编辑和装帧得如此风格独特。封面设计素朴而颇具现代感,在底子上另粘了两页旅途中拍摄的图片,并有意识做了黑白处理,只占三分之二的页面,所以翻开了才见"出门"两字的书名。与"马未都杂志"一样,都有些另外的意趣。看序言才知道,"杂志"原来是古语,本义就是"零星的记载",与本书内容完全合拍,且不经意给读者传达了些小学问,令人莞尔一笑,颇觉愉快。

书的内容亦可轻松阅读。我曾读过钟叔河先生的《念楼学短》,是教人写短篇作品的。但马未都先生此书中的文章,多比《念楼学短》还短。我从头看到底,每篇文章都只要一页纸,另一侧则是作者的手迹影印。凡 221 页,除去目录、扉页和中间的空白页,实际收录文章 98 篇,分为域外、鉴宝、观复博物馆、冷兵器四类。要是读者有明确的主题追求,那可能要失望。但马未都先生的文字功夫了得,寥寥数语就能说清一个问题,绝不拖泥带水,因而别有一番韵味。倘只是增长人文素养与见识,没有比它更合适的了。

我自己本来忘了,看书的最后一页,居然记载了当时阅读此书的情形。今日再读,也有些另外的意趣,故引于下:

  此书已读完,涨了不少知识,也收获了很多开心。

今天，忙里偷闲，在太原西边的太山龙泉寺读书。倘不是一个偶然的机缘，知道这里怕是要许多年以后了。

自从知道此处，已经五度造访了。规规矩矩地来，买票、爬山、品茶、读书，每次两三个小时，于浮华之外，寻得一点安详。

今天亦如此，天热，但山风吹来，凭空多了凉爽。不歇气地拾级而行，微微有些喘，但满目苍翠，正是我要的感觉。一路走，一路数步数，到峰顶，正好999步。

坐在峰顶旁边的木栏架下的树影里，想和服务员点杯茶喝，却被告知没水——停水三天了。但看见服务员在泡茶，问她这不是水？她说只有一点水，但有领导来。我笑笑，没说什么，拿出自带的瓶装水喝。

坐在树影下看书，不热不凉，心中舒畅。马未都先生这本书，亦庄亦谐，文短意深，正适合此刻的轻阅读。一会儿工夫，看了一大半。本该回去，但山风徐来，恍如隔世，竟不想下山。遂再看，又一会儿，居然看完了。

今天再看这段文字，连风格也有学马未都先生的意味，可见当时是看进去了。想一想，上了趟太山，也算是"出门"吧。

63. 刘瑜风暴

读《送你一颗子弹》

书　　名　送你一颗子弹
作　　者　刘瑜
出版机构　上海三联书店
出版时间　2010年1月

　　刘瑜是1975年生人，她33岁就因《民主的细节》一书一炮而红，其书被《南方周末》《新京报》等媒体推为"年度图书"，其人也被誉为"真正的公共知识分子和意见领袖"，甚至"启蒙女神"。读者惊讶之余一查，此君来历不凡，原是人大本科、哥大博士、哈佛博士后、剑桥讲师，现就职于清华政治学系。我们读她的书，内容是政治学，出发点在启蒙。她不拘泥学术，不显摆学识，能够深入日常生活细节，从自身在现实生活中的主体感受里触发深层观念，使得她的文章"既通俗又专业，既轻松又深刻，既简单又复杂"（引自网友评论）。一个现象级的学者大咖就这样横空出世了。

　　我看的她的第一本书就是《民主的细节》，几乎在读到第一篇文章的第一段话就喜欢上了。思想深刻？视角独特？语言风趣？对的对的，但都不足以形容。读完了第一本，迫不及待地就想读第二本。现在，读过的已经是四本了。

《送你一颗子弹》就是第二本。和《民主的细节》以及后来《观念的水位》一样，这本书实际上是一部讨论国际比较政治的随笔集。我们都知道，写国际比较政治有一套相对标准化的话语体系，很难出新。即使完成一些论述，语言也会相对生硬。但刘瑜在这一领域内，展现出了非常独特的思想内容和语言风格。从前者看，她陈述的思想和观念，尽管不是系统的政治学理论，但她善于以一种"见微知著""触类旁通"式的表达，把高深和复杂的概念和术语，化解为生活中的"柴米油盐"。而她也确实说过，"民主就是柴米油盐"。这就使得她的文章呈现出浓重的启蒙气质，如同田野上的巨型图案，起初近看，只是一些微小的不同，但有一天在空中俯瞰，却震撼无比。

而刘瑜更吸引我的，是她那种信手拈来又不拘一格的语言风格。有人说："刘瑜也太会组织语言了，我们明明学到的汉字是一样的，但是她却是文字的将军，所有汉字都在等待她的号召。一声令下，大家就各司其职，自己跳到了最合适的位置。"其中，有审思明察的思索带来的通透与深刻，有都市女性在现代生活中的优雅与知性，有与生俱来的语言天赋自然流露出的感性与优美，也有占有大量信息从而畅晓明彻的练达与智慧。当然，有时也会有小女子俏皮可爱的撒娇与嬉笑。尽管我们每日可见的好文字不啻千万，但这种透着现代简约美的文字却凤毛麟角，不可多得。

且引几句来看：写伦敦悠久的历史，她说"伦敦掉入了时间的琥珀"；写戈尔巴乔夫搬起石头砸自己脚的无奈，她说"历史，我们知道，它水性杨花又冷酷无情"；写迈克·桑德尔的《公正》一书，她感叹"看来人人心中都有一个沉睡的哲学家，千万不能轻易惊醒它，因为所谓理性，很可能就是一场伟大而漫长的失眠"；写一个少年对纳粹的爱，她困惑又坚定："所谓爱，就是人被高高抛起然后又被重重砸下的那种暴力，就是被征服者，在自我的废墟上，协助那个征服者残杀自己。"这样的语言比比皆是。

其实，书名《送你一颗子弹》也很"刘瑜"。这种让你猜不到，但又不离题的书名，我还是当年读三毛的时候才见过。我把这篇文章的题目定为"刘瑜风暴"，也有这样的追求。毕竟，东施亦有效颦的权利。

64. 有另一种小说，也叫刘按

读《为什么要把小说写得那么烂》

书　　名　为什么要把小说写得那么烂
作　　者　刘　按
出版机构　江苏凤凰文艺出版社
出版时间　2022年7月

前不久，我刚刚推荐了刘按的"小说"集《为什么要把小说写得那么好》，差不多就在那篇文章脱稿的时候，我就发现刘按居然还有一个相当类似的"小说"集，叫作《为什么要把小说写得那么烂》，一时简直不知道说什么才好。其实，前面我把两个小说都加了引号，就是想说明，如果刘按自己不把那些文字命名为小说，不会有人认为那是小说。而且，即使姑且按照刘按的说法，把那些奇怪的短文称为"小说"，也确实可以分得出"好小说"和"烂小说"。如《为什么要把小说写得那么好》里的，至少是一些故事，离我们习惯上的小说概念更近，姑且可以命之为"好小说"；而这本《为什么要把小说写得那么烂》，里边多数都是一些奇怪的文字组合，甚至偏旁部首和文字线条的组合，离我们习惯上的小说可谓风马牛不相及，就只好命之为"烂小说"了。

但是，我居然一口气把这本"烂小说"看完了。必须承认的是，就阅读快感而言，这本"烂小说"甚至超过了先前的那本"好小说"。图书网站有一段话，很精准地概括了这部很难归类的书的特点：

  与其说这是一部短篇小说集，不如说它是一部囊括了刘按脑洞、寓言、诗、童话、语言实验、装置艺术的奇思妙想合集。这部作品给人最直观的感受就是前沿、先锋、好看、实验、爽、酷、闪！

这个评论者几乎用尽了吃奶的力气，试图把他阅读时获得的感受传达出来。但任谁都能感觉到他徒劳的努力，因为以我的认知，除了你自己去读，这本书几乎是不可传达的。你只能从否定的方面去描述它，说它不是什么，而没法说它是什么。按照传统意义上分类，它不是小说不是诗歌不是散文不是杂文不是韵文不是报告文学不是论文不是调研报告不是演讲稿不是说明书不是导游词不是信函不是情书不是祷告文不是悼词不是工作总结不是思想汇报不是网文蝌蚪文甲骨文……甚至不全是汉字！

  姑且引一段来看吧——这就像试图给从未见过大象的人描述大象，口干舌燥之后，看到对方依然一脸茫然，只好说：走吧，我领你去看大象，路费我全出！

  先看这一篇，叫作"论神秘"：

  神秘＋的＋名词，名词＋的＋神秘，名词＋很＋神秘，任何名词在这三种组合中都会变得神秘，比如神秘的杯子，杯子的神秘，杯子很神秘。类似的组合还有很多，这样的组合就是语言的规定，这种规定在语言中是普遍的、强势的、无法违背的。"神秘"只能适应或遵守这种规定，这就是"神秘"作为一个词语在语言中的宿命。

这种新鲜而异质的体验几乎充斥在每一篇文章或者段落之中，你仿佛被一种神秘的力量抛到了意义世界之外，需要重新社会化，重新学习逻辑和规则。

再看一篇叫作"渴望史"的：

> 我没有去过的厄瓜多尔，才是我真正想去的厄瓜多尔。我去过的厄瓜多尔，最多只能是我真正想再去的厄瓜多尔。

你猜他想说什么？但这还不是最神奇的，最神奇的是这篇"一场雨"：

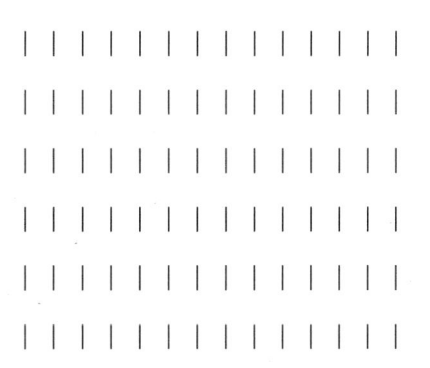

这就是我眼中的一场雨。如果有风,每一根代表雨滴的小棍都会被风吹得倾斜。假设它们被一阵风吹得全部向左倾斜,大致就是这个样子:

//////////////////
//////////////////
//////////////////
//////////////////
//////////////////
//////////////////

这样的文字(乃至符号),带给人一种巨大的困惑,但正是这困惑推动了我们面对如加缪笔下的荒谬世界那种超越的渴望,从而令我们从内心产生一种特殊的、难以名状的力量,仿佛猜透了一个古老的谜语。其实,我们熟悉的世界无非是那些司空见惯的材料所完成的一种组合方式。显然刘按发现了,还有其他的组合方式,甚至有无数种组合方式,每一种方式——除了我们已经习惯的那一种——都能侵入并颠覆我们的寻常世界,让周围的一切,乃至我们自身,都获得平行宇宙般的体验。我恍然大悟地明白,如果从小说最初被创造出来的那个意义上讲,没有比这214篇文章更小说的了。

65. 不是景点，是文化
读《无知的游历》

书　　名　无知的游历
作　　者　陈丹青
出版机构　广西师范大学出版社
出版时间　2014年1月

这本书谈游历之见闻，居然以无知为书名，颇令我惊奇。但作者是陈丹青，一个善于以文字"搞事"且总有出奇心得的画家和学者，也就不那么令人奇怪了。所以，我也想另辟蹊径，先谈谈无知。

学者之讨论无知，非始自陈丹青。仅以我不算丰富的阅读储备，能记起最早谈论此问题的，是孔老夫子。他说过，"知之为知之，不知为不知，是知也"，显然，夫子不认为无知是个问题，他反感的是掩饰无知，假装有知。当然，这样的认知，多数人都可以从经验现实的思考中获得，夫子的观点，对是对的，但算不上洞见。

关于无知的论述，比孔子高明许多的是苏格拉底。苏格拉底每天都要自我反省，觉得自己对这个世界大多数所见之物都不懂，事实上非常无知。因而，他决定像当时希腊人常做的那样，遇到不明之事，就去请教德尔菲神谕，看看谁是雅典最有知识的人，好向他请教。结果答案让他大吃一惊，神谕告诉他，苏格拉底就是整个雅典最有智慧的人。苏格拉底无比相信神谕，但他也相信自己的感受，可是两者是矛盾的。后来，苏格拉底苦思冥想，终于找到了一个逻辑自洽的解释，原来，一个能够知道自己无知的人，就是真正的智慧。延伸一下，一个真正的智者，就是那个直面自己的无知并且努力寻求知识的人。你看，比起仅仅区别了有知无知的孔子，苏格拉底对知识的思考，显然又上了一个层次。

在我看来，还有一种更为深刻的无知观，比苏格拉底还要高明，那就是爱因斯坦的无知观。我们都知道，爱因斯坦是当时世界上最有知识的人，他的学生都由衷地称赞他，知识渊博，世所莫及。但爱因斯坦却对他的学生说，我比你们更无知。他的理由是，如果一个人的知识是个圆圈，那么他本人是个大圆，而学生们是个小圆，显然，大圆可以套住小圆，小圆小于大圆，这说明爱因斯坦比他的学生们更有知。但爱因斯坦出其不意地说，你看，不论哪个圆，它的边界之外就是无知之地，而大圆的边长是大于小圆的。这就意味着，"我比你们更无知"。

说实话，当年我看到这里，一下就惊呆了。这当然是个出乎我们经验的结论，但自从你听到它，它就无比合理，无懈可击。难道不是吗？爱因斯坦比他的学生更无知，是因为他的学生不知道自己的无知。一个人知道什么，才能知道自己不知道什么。人知识越多，无知也越多。由此推论，假如一个人自称洞悉了这个世界所有的秘密，他其实就对这个世界一无所知。

因此，把上面的分析综合起来就能看出，这个世界上有4种"无知"，第一种是堂吉诃德式的无知，把风车当成决斗的对手，奋不顾身地冲上去一搏，结果鼻青脸肿，差点丢了性命。这种无知者，生活中其实不少。前几年，有个朋友得了糖尿病，坚决不吃降糖药，而一定要用某种江湖上的所谓"降糖疗法"，最后丢了性命——这就是没搞清对手是谁的现代"堂吉诃德"。如果以"吾生也有涯，而知也无涯"论，我们都不免是堂吉诃德。

第二种就是孔子所言之无知。说的是那些每每不懂装懂的人，本来对某物了解不多，但却自称洞悉了世界的奥秘。这里边，又可分为傻子和骗子两种，前者是自以为聪明，结果被别人骗了，信假为真；后者其实知道自己的无知，但为了某种利益，每天不懂装懂，用来吓唬人。我们学习真正的知识，目的之一就是对付这种骗子。

第三种则是苏格拉底式的无知。能看得出，这更像是人类真正的智者——不是装神弄鬼的雅典智者派——对待知识的一种谦逊态度。他们明白，不论一个人学了多少知识，面对人类世界浩瀚无垠的知识积累，其实都是九牛一毛，只能说是"介然有知"（老子语）。这里边蕴藏了最早的科学精神，一切伟大的真理，必须从假定我们一无所知开始，质疑那些不假思索、司空见惯、习以为常、从来如此，乃至出自权威、祖宗、上帝、英雄和国王的斩钉截铁的真理。苏格拉底开创了人类哲学真正的理性，其中最为核心的思想就是这种怀疑精神——未经省察的生活不值得过。其实更深刻的是，未经省察的真理不值得信。

第四种是爱因斯坦的无知观。爱因斯坦有一种东方辩证法式的智慧，认为不能简单地区分知与无知，而更应该睿智地看到，知就是无知，人越有知识，就越无知，而人类疆域的扩大、知识的积累、思想的丰富、视野的开阔，是从意识到无知开始的。一个真正的无知者是提不出问题的，换句话说，他根本不知道自己的无知。人只有意识到自己在某一方面无知，那就离此方面的知识不远了。人类知识积累的过程，正是发现无知的过程。

读书可知，陈丹青所谓"无知"，当然不是堂吉诃德式的，似乎也不是孔夫子式的。从他多有的著作命名方式看，书名常常有自谦的意味，比如《退步集》《荒废集》等。显然，《无知的游历》也是如此，它内置了一种苏格拉底式的无知观——尽管别人觉得我有资格写一部关于西方美术、音乐、文学乃至历史的游学之作，虽非"雅典城最有智慧者"，毕竟还是所知颇多的。但陈丹青先生之自视，面对如此浩瀚之艺术宝库，惊叹和钦佩之余，不免有一无所知之感。这当然不是简单的谦虚，也不是故作姿态，而是一种交杂了智者的清醒和学者的激情的复杂情感。事实上，他细腻丰厚的文字功力和深刻独到的艺术鉴赏，远不是无知或者有知所能界说。能带给我们的印象与观感，是唤起一种强烈的冲动，希望未来有机会沿着陈丹青先生的历程，认认真真地游历一次或者数次，以期在这样的领域，能够增益知识，稍离无知。

作为一本游历之作，这本书之与众不同之处，是它不怎么介绍景点概况，更遑论美食攻略之类的小贴士，对于旅游所谓"吃住行游购娱"，谈不上帮助。通读全书，它更是陈丹青先生以自己多年形成的艺术观与现实中游历的内容相砥砺，从而产生的感慨、发现和思索。其中，多有因为自身的真性情，而对国内某些不尊重艺术与文化的现象生出的隐隐的愤怒与失望。从这个意义上，陈丹青先生想要抨击这种无知，却触碰的是爱因斯坦面对学生时的那种有知与无知的观念。毕竟，那些不尊重艺术与历史的人，其实也是井底之蛙，从未见到过艺术与历史可以有如此精致而系统的保存方式。而陈丹青先生之感受，正是爱因斯坦那种因更大的知识带来更大的困惑所产生的无奈感。"知音少，弦断有谁听"，此之谓也。

在书中，陈丹青先生写道，"景点"是个很功利的词，而"游历"又是个多么沉重的概念。吾辈不敏，余生无多，我们还该多有这样的游历，从而稍离无知，略有智慧。

66. 熟悉而又陌生的南亚邻邦

读《印度的故事》

书　　名	印度的故事
作　　者	[英] 迈克尔·伍德（Michael Wood）
译　　者	廖素珊
出版机构	浙江大学出版社
出版时间	2012 年 10 月

在读这本书之前，我读过几本印度史方面的著作，读若干世界史的印度部分，也还算认真。所以，如果从史学"发烧友"的角度，我对印度的过去和现在都不能算是陌生。但这本《印度的故事》，仍然带来了一些不一样的阅读体验。

这本书又是英国 BBC 经典纪录片的文字版。在此之前的荐书文章中，我已经数次推荐过类似的图书。从全面而不失趣味地摄取某一领域的基础性知识而言，BBC 经典纪录片的文字版是相当不错的选择——遗憾的是他们没有把一切你感兴趣的内容全拍成纪录片。而这部由作家、历史学家迈克尔·伍德围绕印度历史描绘的绚丽长卷，继续保持了以往类似纪录片的风格与水准。丰富的内容，灵动的文字，鲜活的图片，以及观察对象十分感性的视角，都能令欣赏者获得与读以往其他印度史著作不太一样的体验。

对于中国读者，一定程度地了解印度历史，是一件非常必要的事。无论是同为"四大文明古国"的历史传承，还是佛法东来、法显及玄奘取经等深度文化交流，乃至今日同为"金砖国家"的合作交流，印度始终是中国一个不能忽视的邻邦。而这本书的意义，恰恰在于它基于科技时代与悠远文明的相互审视，通过引领读者走过南亚次大陆的广袤大地和漫漫历程，使之能够从中了解古老的印度何以成就今日的风貌。如果从哈拉帕和摩亨佐·达罗文明算起，这个南亚次大陆上的古老文明已经经历了4500年甚至更久的历史。而在这4500年的漫长历程中，无论是文明的绵亘与突变，还是政治的鼎革与延续，乃至整个社会意识形态的发展变迁，都呈现出比我们熟悉的中国史更为复杂和多样化的历史过程。从中国人的角度，诚如书中所言："这个具有魔幻色彩的古老国度既远且近，它充满了不可思议的戏剧性事件、惊人的创造力以及恢弘的理念，始终令人不可小觑。如今，从遥远的神话时代吹来的季风，在黑天悠远的牧笛声中正越过恒河的洪流，穿过白沙瓦的花园，吹向你的耳畔。"西川说，印度曾经是我们的远方，我们的西天，是法显、玄奘、孙悟空、猪八戒、沙和尚到过的地方，是我们想象力的源泉之一。诚哉斯言。

从某种意义上讲，印度像我们的一面镜子，了解印度或许正是了解我们自己的最好的辅助办法。如果你希望在镜子中有所发现，这本《印度的故事》实在是个不错的选择。当然，在同类读物中，这本书的装帧设计充满了艺术感觉，令人欲罢不能，这也是我认真读它的极为重要的理由。

67. 帝国衰亡的必然性

读《帝国的衰亡：十六个古代帝国的崛起、称霸和沉没》

书　　名	帝国的衰亡：十六个古代帝国的崛起、称霸和沉没
作　　者	[美] 科马克·奥·勃里恩（Cormac O'Brien）
译　　者	邵志军
出版机构	现代出版社
出版时间	2015 年 9 月

这本书属于通俗类历史读物，写给那些除了苟且，心中还有些诗和远方的读者。这些人分很多类型，有一类就是喜欢历史的。这一类喜欢历史的读者中，只有少数是听听历史故事就满足了。多数的，还是喜欢追问历史背后的缘由，想知道"所以然"。

这本书写了人类有史以来的 16 个帝国的衰亡，分别是埃及、米诺斯、赫梯人、亚述、新巴比伦、库什、波斯阿契美尼德王朝、雅典、马其顿、迦太基、塞琉古、汉朝、帕提亚、罗马、萨珊、玛雅等。其中米诺斯、雅典算不算帝国，其实还可能有些不同见解。但无论如何，从了解事实的角度，这 16 个独立政治实体的故事，各可独立成篇，但我们也能清晰地感受到，作者的目的，并不在于满足猎奇的读者，而更在于探讨，帝国何以出现，又因何衰落的。

而且，作者的意思，并不在于探讨某一帝国"崛起、称霸和沉没"的历史及其缘由，而在于探讨作为一个共名概念的"帝国"崛起、称霸和沉没的历史及其缘由。显然，作者表明的认知，是帝国作为一个人类政治与历史接合部的重要政治形态，已经彻底消亡。今日我们所言之"帝国"，如果不是在比喻意义上来使用——如"商业帝国""巴萨帝国"，那就是赋予了这个词汇以与过去不同的新语义。

为了分析帝国消亡的原因，作者梳理了这些帝国的强盛与没落，逐一分析了各个帝国兴衰过程中的运作方式，揭示了它何以能从诸多政治实体的角逐中脱颖而出，又因何种漏洞或失败因素逐步衰弱，最终湮没在历史长河里。看上去，成败之因素各有区别，甚至在某些特定情况下，我们也能随之产生那种对具体环节的叹息，诸如"如果不是那场突如其来的大雪""如果那支增援部队能够再早到一些""如果皇帝听从了某个忠臣的建议"等，那么历史就会出现另一种形式的进程，完全不同于我们已经知道的那种结果。甚至，某些关键人物的个人禀赋也决定着历史的走向。但是，这种过于个性化或者主观化的分析每每存在着严重的问题，那就是看不到历史发展过程中一些更为深刻的原因。

在我看来——当然，基本的思考素材，也还是来源于本书作者介绍的16个最终衰落的帝国——帝国衰落之注定，其实就蕴含在帝国这样一种人类政治形态的内部。由于有这样的因素存在，帝国从它组建而成的头一天，就埋下了不可避免失败的因素。

这是因为，帝国之所以称为帝国，就是因为它是一个多民族或曰多政治实体的组合，其中一个民族或曰政治实体，高居其他民族或实体之上，成为世袭罔替的统治者、决策者和强制者。而这些不同的民族，包括这个高居其上的统治者在内，其文化传统、意识形态乃至宗教神祇每每是不同的甚至是互相对立的，而且由于民族发展中其文化形态的封闭性乃至高度自我认同，不同民族乃至政治实体的文化通约性是十分有限的。因而，帝国的内部，文化冲突是常态，而协同反而是例外。

在这种情况下，帝国的维持，就只能依靠帝国不断地扩张，从而掠夺更多的财富，来满足内部贵族的需要，换得他们的效忠。显然在帝国的掠夺和扩张仍能维持的情况下，帝国的高层贵族就能作为帝国权力的拥趸，来支持帝国统一，并协同镇压反抗者，从而维持帝国的存在，乃至推动帝国崛起和称霸。这就是说，帝国的存在，其实是建立在对外掠夺的有效性的基础之上的。但我们都明白，世界是有限的，而帝国扩张所能达到的最大边界，必然是大大小于世界的边界。这就意味着，帝国总有一天会达到自己的扩张极限。事实上，他们通常都达不到这个地理边界。因为，扩张也是有成本的，当帝国扩张的掠夺收益小于扩张的成本（养兵、维持治安和武器的制造等），尽管帝国还没有达到大自然赋予他们的地理边界，扩张也会因为无利可图而停止。这样，帝国内部的各个政治实体得不到必要的"分肥"，就会陷入内斗，互相掠夺和冲突。这种情况通常会愈演愈烈，最终，帝国灭亡于自己内部的互相侵吞。这颇似癌症在人体内的机理。事实上，帝国从一开始就是患了癌症的，但只有等到健康细胞相对于癌细胞处于劣势的情况下，他们才会走向灭亡。

这种关于帝国灭亡的分析，几乎适用于我们已经看到过的每一个帝国——除了那些我们对其政治运作方式所知甚少的帝国。显然，埃及帝国、赫梯帝国、亚述帝国、波斯帝国乃至罗马帝国，虽然有的看上去是被入侵的外敌所灭亡，但其在外敌入侵以前，就已经走上了不可逆转的衰落之路。实质上，都是死于一种内部的膨胀，或许可以说，"他们是自己扼死了自己"。其实，早在公元825年，唐代诗人杜牧就在他著名的《阿房宫赋》中指出了这一点：

呜呼！灭六国者，六国也，非秦也。族秦者，秦也，非天下也。嗟乎！使六国各爱其人，则足以拒秦；使秦复爱六国之人，则递三世可至万世而为君。谁得而族灭也？秦人不暇自哀，而后人哀之；后人哀之而不鉴之，亦使后人而复哀后人也。

当然，杜牧所不能知道的是，即使秦国"各爱其人"乃至"复爱六国之人"，结果也是一样的。

68. 还是要听听科斯的

读《变革中国：市场经济的中国之路》

> 书　　名　变革中国：市场经济的中国之路
> 作　　者　[英]罗纳德·哈里·科斯（Ronald H. Coase）、王　宁
> 译　　者　徐　尧、李哲民
> 出版机构　中信出版社
> 出版时间　2013年1月

一个获得过诺贝尔经济学奖、可谓世界顶级的经济学家，居然在百岁高龄，写了一本研究中国经济的专著，即使是与他人合著，也是足够令人惊异的事。这是我多年以前选择读这本书时可谓不假思索的理由——科斯写中国，这还不够吗？

说起科斯，在世界经济学界可谓是泰斗级的人物。我曾经在互联网上看到中国经济学家向松祚谈科斯的短视频，对科斯的评介简明而又准确。转写成文字如下：

> 谈20世纪最伟大的经济学大师，有一个人是任何人没有办法绕过去的，这个人就是罗纳德·科斯。罗纳德·科斯本来是英国人，后来到美国芝加哥大学任教。可以这么讲，罗纳德·科斯在整个经济学的历史上也是最传奇的一个人物。表现在哪里呢？他在经济学历史上创造了至少六个第一。第

一个，他是文章写得最少，而影响力最大的经济学家之一。我们今天评价许多学者都用一个词，叫作"著作等身"，而罗纳德·科斯一生写的文章不超过十万字，严格意义上的学术文章也就只有三篇，但他却是影响力最大的之一，甚至有人讲可以把这个"之一"去掉。第二个，他是20世纪少数几个不运用数学写经济学文章的经济学大师。我们都知道，20世纪的经济学严格来讲都已经数学化了，甚至过度地数学化了，但罗纳德·科斯的文章里边没有任何数学公式，也没有任何数学模型。20世纪的经济学家，能够不用数学而取得极好声望的没有几个人，科斯算一个，张五常算一个。当然张五常是懂数学而不用，而罗纳德·科斯是根本不懂数学的。不懂数学而能在人类经济学的历史上赢得崇高地位，这是不是非常奇特？第三个，罗纳德·科斯是经济学历史上开创新领域最多的经济学家。他的思想影响了20世纪下半叶几乎所有的经济学领域，因为他的思想而产生出来的经济学分支就有四五个，如产权经济学，交易费用经济学，新制度经济学，甚至包括法律经济学，以及非常热门的博弈论和信息经济学，就算一个人只开创了其中一个经济学分支，那也是非常了不起的。第四个，罗纳德·科斯也是世界上最长寿的经济学家，他1910年出生，到2013年去世，活了103岁。似乎没有一个经济学家比他还长寿。第五个，罗纳德·科斯也是获得诺贝尔经济学奖年龄最大的经济学家之一。他在1991年获得诺贝尔经济学奖的时候已经81岁了，这也说明，在很长一段时间里,他的经济学思想是不受人们认可的,只是随着时间的推移,人们才认为他的经济学思想越来越重要,最终得到了大家的公认。当然他的第六个特点对我们来说才是最重要的,那就是他是对中国影响最大的经济学家。

向松祚教授又用了另一个短视频专门介绍科斯对中国经济的影响,我在这里就不引述了——否则这篇文章就成了抄袭。在我看来,科斯对中国经济的影响,也特别明显地体现在他和王宁教授合著的《变革中国:市场经济的中国之路》之中。这本书完成于2012年,那一年科斯已经102岁,而次年科斯去世的时候,这本书刚刚出版了几个月。这也许不是科斯最重要的一本书,但一定是科斯的最后一本书。当然,科斯的最后一本书,也必然是非常重要的一本书。

在这部重要著作中,科斯讲述了中国由一个传统的计划经济国家转而实行市场经济制度所发生的变化,以及这些变化背后的经济学背景。我们都知道,就在这本书出版之年(2013年)的20年前,党的十三大正式确立了中国迈向社会主义市场经济道路的重大转折。改革伊始,中国领导人痛定思痛,解放思想,实事求是,"在坚守社会主义立场的同时,官方和民间改革并举,共同打造中国特色社会主义市场经济"(书中语)。对于现代中国,这是一个无论怎么评价都不会过分的重要转折年代。

《变革中国:市场经济的中国之路》尽管不是直面这一伟大历史进程的唯一著作,但一定是最为深刻和全面的那一本。我猜想,书的文稿，主要是由科斯的助手、中国经济学家王宁写的，但其中的核心思想，必然主要地来源于科斯。在科斯看来，中国实行市场经济转型的伟大实践，恰恰也反映了他的新制度经济学的核心内容。早在2008年，科斯就亲自出面，邀请了当时多位全球著名经济学家如蒙代尔、诺斯、福格尔，以及中国的经济学家、企业家和政府官员等，齐聚芝加哥大学法学院，召开了"中国经济制度变革三十周年国际学术研讨会"。张五常著名的《中国的经济制度》，就是根据这次研讨会的主题论文整理而成。从制度变革的层面来审视中国改革开放的实践探索，科斯是重要而持续的推动者。

《变革中国：市场经济的中国之路》这本书，正是基于科斯长期以来对中国经济的跟踪观察和研究而写就的。它从改革开放前的毛泽东时代谈起，完整地梳理了中国如何从一个市场和企业精神被禁锢的国度，成功转型为一个市场开放的全球经济重镇，以及这个过程中经历的曲折和波澜。给出了令人信服，也发人深思的经济学解释与分析。对中国经济存在的问题，特别是针对问题而产生的政策建议和路径选择，科斯也提出了诊断和预测。这本书以实地调研为基础，参考了国内外众多文献，根据多年对中国经济发展的跟踪观察和对市场经济的长期理论思考，直笔而书，成就中国改革一家之言，给广大读者，也包括中国读者展示了中国市场经济体制转型中——即使它的亲历者回头去看，也相当曲折艰险和波澜壮阔——的发展历程。科斯的中国经济分析研究，不仅在世界上产生了巨大的影响，在中国也启迪了诸如张五常、吴敬琏、周其仁、张维迎、盛洪、向松祚等一大批经济学家。这些学者进而通过他们的理论探索与实践推动，影响了中国经济发展的进程。有人把这本书形容为经济学版的《论中国》。在我看来，这本书对中国转型发展的影响力之大，远远超过了基辛格的《论中国》。

科斯对中国经济转型问题的研究，发生在中国由计划经济体制向市场经济体制转型的大背景下，才凸显了其重大的历史意义。1993年，中国开启了迈向社会主义市场经济的伟大征程。而就在科斯出版这部巨著的2013年，十八届三中全会将市场在资源配置中的作用由"基础性"改为"决定性"，表达了中国经济体制改革走市场化道路的鲜明态度和坚定信心。多年来，在现实生活中，总有一种思潮要将中国经济发展的航船拉回到计划经济的老路上去。关于这一点，不仅科斯做了重要的分析研究，党的代表大会也做出了方向性的结论。在我看来，经济体制改革的核心问题，就是处理好政府和市场的关系。而我国经济发展中遇到的最大问题，仍然在于政府对微观经济运行的直接干预还是过多，市场配置资源的作用还是没有得到充分发挥，经济的活力与效率因此受到了影响。因而，使市场在资源配置中起决定性作用，是非常重要、非常英明的理论创新和政策取向。如果我们不能深刻理解，我觉得，回过头去读读科斯的这本《变革中国：市场经济的中国之路》，是一味难得的清醒剂。

69. 在时间中，局部大于整体

读《局部：陌生的经验》

书　　名　局部：陌生的经验
作　　者　陈丹青
出版机构　北京日报出版社
出版时间　2020年12月

陈丹青先生本来是个画家。但我对他的印象，大半还是源自他的书，而不是他的画。这倒不是说他的画不好，而是说我自己对于他的书的鉴赏能力，远远超过画。即使一本书就是在谈我不太在行的西方艺术，我也多少能有所领悟。前不久，购得一套陈丹青先生的作品集，有十几本。但并非某个出版社为他出的文集乃至全集，而是书商将他不同时期在各个出版社出版的著作，汇集到一起售出。这固然是书商的销售技巧，也反映了陈丹青先生受欢迎的程度。

把这套书的每一本都看一遍，是随即就有的计划。第一本，是不久前刚刚推荐过的《无知的游历》，且不说它了。第二本，便是今天想谈谈的《局部》。之所以先选上了这本书，其实仅仅就是被"局部"两个字打动。意思自然是浅显的，但细细想来又很深刻。毕竟，中国的文化，就其哲学品质，始终是偏于整体的。但就事论事，我们倘要欣赏一幅艺术品，头一件事，当然是像过去开玩笑说的"总而言之，统而言之，总统而言之，一言以蔽之"，要看个整体的效果。但倘被吸引，要看第二眼乃至若干眼，那就必然要凑近了看局部。从局部的细节以及带给我们的感受，才确定这艺术品真正的价值与品位。毕竟，画家创作艺术品，也是从局部入手，一笔一笔，日积月累，才绘就整体。虽然画家落笔之前，当是"胸有成竹"，而具体地画，却是要"一枝一叶总关情"的。

通读全书，虽有344页的篇幅，真正的文字并不多，多数都是配合文字的图片，也就是若干的"局部"。但读起来，却并不能一气呵成地快读。毕竟，陈丹青先生选择介绍的16位画家，从天才少年王希孟到青葱时期的憨人梵高，从舞女出身的瓦拉东到民国闺秀、女画家关紫兰和丘堤，多数是被美术史忽略的天才及其作品。在煌煌画史之中，曾经不免只是些受人冷落或者无人喝彩的"局部"，被历史"隐没"而显得"次要"。但在陈丹青先生眼里，他们却值得被再度认知和观看。因而，标题的"局部"，不仅仅是指他们艺术作品的"局部"，也指这些艺术家的人生和创作在艺术史中若隐若现的局部地位。而恰恰正是这个极易被人忽略的局部，让我们领略到艺术王国的博大与雄浑，领略了真正意义上的"藏龙卧虎""英雄辈出"。

陈丹青先生以天才少年王希孟的《千里江山图》开篇，似乎也颇有深意存焉。这几年，关于王希孟的生平经历乃至绘画起因，艺术史家尚有各种不同的说法。最为极端的一种，是认为《千里江山图》实是宋徽宗自己的作品，王希孟是他出于某种考虑而"制造"出来的人物。我熟识的一位上海女画家——正在以出色的丹青技法重绘《千里江山图》——就是这样的看法。在她看来，宋人之宫廷画，《清明上河图》这样的市井题材，宫廷画匠尚可以应付，而《千里江山图》这样旷远博大、综观天下的作品却是非位列九五至尊的皇帝亲手画出不可。这固然是一家之言，也正体现了陈丹青先生评论此画"这幅画像个巨人，孤零零站在历史之上"的含义。本书的价值恰恰在于他把这样的长卷依次展开，一个笔触一个笔触地指给你看。不仅王希孟如此，所有16篇文章，涉及的画家与作品，无一不是如此。我们随着陈丹青的指点，仿佛徜徉于人类艺术博物馆幽深的画廊，去看那些一幅一幅伟大作品的细节，去感受布法马可《地狱》的幽暗与冷酷、蒋兆和《流民图》的细节悲剧性与死亡感、梵高早期素描的逼真与"笨拙"乃至《巴齐耶的画室》中印象派画家群像那自然而又珍贵的瞬间，一直到杜尚，一个蓄谋已久的颠覆者对神圣艺术的"解构"与"建构"。这一切，都构成了一个独特而逼真的全球艺术图景，是真正的"窥一斑而见全豹"。

在本书的最后，陈丹青先生说：

> 回顾我的讲述，难免带有文化沙文主义——如果可以用这个词的话。我有幸是中国人，中国绘画源远流长；我学西洋画，西洋的美术文化，占据话语权。可是中国和欧洲之外，

各国、各文明区域的好画，不晓得有多少。

这看似平淡，其实大有深意。在我看来，他是想说，你看了这么多，其实也只是"局部"而已。不过，在时间的长河中，机缘凑巧，局部是可以大于整体的。

70. 神祇原本在心头

读《朝苏记》

书　　　名	朝苏记
作　　　者	于　坚
出版机构	深圳报业集团出版社
出版时间	2016年10月

我是彻头彻尾的"苏粉"加"唯粉"（不明何为"唯粉"的读者请自行脑补，如果"脑补"这个词也不懂，那你真的老了）。前几天去四川，有机会去拜谒了离成都不远的三苏祠。回来和朋友讲起感受，就有人谈起于坚的《朝苏记》。因为最近正想写写苏东坡，立刻找来看。薄薄一本，文字简奥，但时有洞见，不能快读。差不多一周才读完。随后，我还写了一首七绝：

朝苏何必泛行舟，眉岭黄儋与惠州。
但有皇皇诗册证，神祇原本在心头。

说神祇，就是苏东坡。于坚说中国人以文为神。显然，文之神，就长着苏东坡的面孔。看上去，我对于坚"朝苏"之"朝"不以为然，但其实在我是颇为称道之意。因为于坚不仅是朝"眉岭黄儋与惠州"，也朝了"皇皇诗册"，而且两者是相得益彰的。唯其如此，苏东坡方能"才出脚头，又上心头"。

　　实事求是地说，这本《朝苏记》，是我最近看过的若干关于苏东坡的著作里边最深刻的一本。它是诗人于坚隔着一千年的时空，对另一个伟大诗人苏东坡的问候和敬意。从结构上，作者实际上是从两条线索来展开其叙述的，一条线索就是苏东坡一生的主要行迹，从四川老家，一直到最后流放地儋州。当然，着重强调的地点，仍然是苏东坡一生中居住时间更长，生命印迹更深，诗文创作更丰富的眉山、开封、杭州、黄州、惠州和儋州。其他待的时间较长的陕西、密州、湖州、常州等，只是略有提及。而匆匆一行的定州之类，就几乎没有出现。这种疏能走马、密不透风的着墨方式，比及以类似方式写史状人的余秋雨、韦力诸先生，都显得更成熟和专注。在这样的行走中，于坚先生看到的，皆是"有我之境"。他是带着预设、带着期待也带着一种文化的乡愁来看的。这是绕到背后看到的苏东坡，非能新鲜出炉，但得古色古香。关于这一点，于坚在书中有着感性的回顾：

　　　　四十多年来，朝拜苏轼的故乡一直是我的夙愿。也许那个圣地在无数时间之后，面目全非，原址随风而散，但那块地还在，天空还在，盐巴还在；某种诞生过圣者的气象、氛围、土色、味道、日光、星光……还在。

　　另一条线索若隐若现，正是苏东坡的诗文。于坚先生是文学中人，但他写东坡，却不全是文学视角，而更多是思想视角。他大段引述苏东坡的诗文原文，力图站在历史时空的交汇点，还原苏东坡何以如此思想，如此感悟，乃至如此喜乐和憎恶。在这样的玄思之下，苏东坡就不仅仅是"伟大的人"，而是古今独存的"这一个"。令我感触深刻的是，他最后的一段话：

  天地有大美而不言，文道法自然，师从造化，苏轼是伟大实践者。借着这些不朽的文字，我们仿佛还可以遇见苏轼本人，我们依然可以再次觉悟何谓生活；再次思考，我们是谁，来自何处，要到哪里去。

这是对"这一个"的感悟，是终极探寻，是宗教体验，是拈花一笑般的彻悟。看到这里，对于何为不朽，何为永恒，我们突然就有些明白了。

71. 细节里的古中国

读《谁家的夜郎》

书　　名　谁家的夜郎
作　　者　艾绍强
出版机构　商务印书馆
出版时间　2011年4月

一本有趣的书即使会随着时间的推移慢慢褪色，但一旦你重新看到它，它立刻会呈现出奇异的色泽。如同一个退伍多年的老兵回忆起当年，眼中仍然是那种按捺不住的光芒。这就是我重新翻起这本十多年前看过的书的感受，看上去，它还是一本好书，和第一次我看到它的时候一模一样。

这本书购于成都，书的扉页上记着：2012年9月23日购于成都市新华文轩书城，我已经完全想不起这家书店了。不过，我当时买这本书的理由，我自己也记录了下来：

> 这本书适合旅行时略带轻松的阅读。但不是它内容浅显，而是笔触相对轻松。这样以散文笔法写历史的书不少，但不是每一本都是商务印书馆出版的。

这本书其实是艾绍强编著的一本文集，由16篇文章组成。既有围绕孔子、郑成功等人物展开的人物史，也有古代赤壁、丝绸之路、邙山、齐长城、十三陵等处的地域史，也有古代匈奴、高句丽、夜郎等地的边疆史，甚至有写清朝政府到纽卡斯尔等地去购买炮舰的军事交往史，可谓时间各异，题材各种，视角各别。但16篇文章也都有一个共同之特点，那就是细节。

这本书本就是《华夏地理》杂志策划的"细节中国"系列丛书中的一本。所谓"细节中国"，就是通过对各类历史题材从细节入手，进行多角度、多层次和近距离地观察和描述，从而刻画所反映历史的时代特征和历史事件的种种独特样貌，使在宏观上我们早已熟悉的历史重新焕发出新的光芒。这16篇文章尽管作者各异，专业背景和学历不尽相同，观察对象的角度也各个不同，但他们仿佛不约而同地采取了一种凑近了用放大镜观察事物的史学研究和叙述方法，写出了纤毫毕现的历史现场。

兹引一段来看。作者写孔子：

> 我们从巨野继续南下，经定陶而至商丘，便进入河南境内。人人都知道孔子是山东鲁国人，其实其祖先是避乱的宋人，孔子的祖籍在河南夏邑。夏邑距离商丘约两小时车程，虽然跟曲阜一样都有孔子故里之分，跟游人如织的曲阜比起来，此地要冷清许多。孔子生前曾多次到夏邑祭祖和考察殷礼，现已无迹可寻，只有城郊由孔子77代后裔孔德懋等集资修建的孔子还乡祠，可以粗略地还原孔子祖籍的旧貌。

能看得出，作者关心一切历史事实的细节，努力将历史事实与他眼前所看到的遗迹与古物，抑或是一个传说和带有古意的地名和说法，与心中的历史联系起来，成为"看得见，摸得着"的历史。他接着写：

我们到达孔子还乡祠时正是中午，这里没有一个游人。景点售票员锁了院门不知到哪里睡觉去了。还是当地人唤了她来，买五元一张的门票，扭开门锁任我们入内参观。

孔子还乡祠的结构与孔庙相仿，也有大成门、金声、玉振门、杏坛碑亭、大成殿等景观，大成门两侧立着清雍正册封碑亭以及孔德懋题词碑亭。崇圣殿前立有孔子祖先正考父、孔父嘉以及弗父何的，荒草已及半膝。

这种夹叙夹议，忽今忽古的写法，正是我特别喜欢的。早年的文学家只有王小波的《黄金时代》是这样高水平的来去自如，后来有不少如余秋雨一样写大文化散文的作家也有这样的意思。但倘要如此写中规中矩的历史，翘楚自然非黄仁宇莫属——国外尚有史景迁也能达到这个水平。但这本书里的若干文章，都有这样不紧不慢的气度，我们还是再看一段吧：

孔子离开卫国到了宋国。宋国是孔子祖先受封的地方，也是他夫人亓官氏的故乡，本来他是想多停留一段时间，结果宋国君臣对他的到来不理不睬，加上他听说宋国大司马奢靡，便直言这样的人该速朽。孔子师徒住处有一大树，他们常在树下讲学礼仪，大司马怪其多嘴，便派人伐倒大树，孔子知道自己得罪了人，宋国不宜久留，只好再度仓皇逃亡，所留下的树坑遗迹在今商丘城郊文雅台大门侧。孔子与弟子从宋国逃往郑国途中，师徒走散，弟子子贡到处寻找，有郑国人告诉他东门有一个人，狼狈不堪、没精打采，像一条丧家之犬。子贡见面把原话如实地告诉孔子，孔子欣然道："他形容我的相貌，倒不一定对，但说我像条丧家狗，像极了！像极了。"

我喜欢这样平白、简约而又略带些幽默感的叙述方式。和这样的朋友面对面聊天，我希望是在一个有一碟五香花生米和切成细丝的猪头肉的小店里，烫一壶酒，听他慢慢地细说，激动的时候，就仰脖子喝一大口。现在，很少有这样的生活情景了。比如现在，书摊在桌子上，没有五香花生米，也没有猪头肉，只有自己的呼吸声，静得仿佛一切都不存在。今夕何夕，就真的不知道夜郎是"谁家的夜郎"了。

72. 同是马的一族，却与众马不同

读《野马群：新诗丛》

书　　名　野马群：新诗丛
作　　者　周涛
出版机构　上海文艺出版社
出版时间　1985 年

这几天，许多我们敬仰的人物离去，噩耗来得猝不及防。晚上，坐在乘客寥寥无几的火车上，读了会儿书，有些倦了，看看手机里的消息。看到一则，诗人周涛于 2023 年 11 月 4 日下午 1 点半，在新疆突发心梗去世。

车窗外暗影一丛丛掠过，突然有些悲哀起来。

周涛先生生于 1946 年，我开始熟悉他是上大学的时候。那时，他的诗和杨牧先生的诗，都是边塞诗的代表，几乎每期的《诗刊》，都有他们的作品。诗风自然是雄浑豪迈的一派，强烈而炙热的情感，粗线条的描述，加上一些令人熟悉而又恰当的意象，诗人可以说是当代的高适岑参王昌龄，他们的诗颇能打动我们渴望澎湃激情的心灵。当然，真正读周涛先生的作品，也就是那几年。后来步入社会，不仅远离了周涛杨牧，甚至远离了整个诗坛。他的诗，记忆中也就是大学里读过的几首，慢慢地也就淡漠了。

但听到他不在人世，心里还是为之悲哀。到网上查他的资料，查到的大多是央视那位同名的主持人。比起看电视的人群，读诗的又有几个呢？周先生之不被人知，其实也是正常的。

　　还是看看他的诗吧。我记得名字的只有一首《野马群》，是他的代表作，也是他诗集的书名。幸好，网上很快找到了原文。再次阅读，我被这种散文化的白描手法震撼了，我突然就明白，其实每一个汉字都自有力量传达，你把它摆到那里，它就能打动你。"同是马的一族，却与众马不同"，真好。

　　下面就是这首诗《野马群》，再读，算是对周涛先生的悼念吧：

　　兀立荒原任

　　漠风吹散长鬃

　　引颈怅望

　　远方天地之交

　　那永远不可企及的地平线

　　三五成群

　　以空旷天地间的鼎足之势

　　组成一幅相依为命的画面

　　同是马的一族

　　却与众马不同

　　那拖曳于灌丛之上的粗尾

　　披散胸颈额前的乱鬃

　　未经梳理和修饰落满尘沙的背脊

不曾备过镶银的鞍具

强健的臀部

没有铁的烙印

在那桀骜不驯的野性的眼睛里

很难找到一点温驯

汗血马的后代

突厥铁骑的子孙

一次酷烈的战役中

侥幸生存下来的

古战场的遗民

荒凉土地的历史见证

昔日马中的贵族

失去了华贵的马厩

沦为荒野中的流浪者

面临濒于灭绝的威胁

与狼群周旋

追逐水草于荒漠

躲避捕杀的枪口

但是,即使袭来旷世的风暴

它们也是不肯跪着求生的一群

也有过于暮色降临之时

悄悄地接近牧人的帐篷

呼吸着人类温暖的气息

垂首静听那神秘的语言和笑声

潜藏于血液中的深情

从野性的灵魂里唤醒

一种浪子对故土的怀念

使它们久久地默然凝神

可是只需一声犬吠

又会使它们消失得无踪无影

牧人循声而出

遥望那群疾不可追的隐匿

于夜色之中的黑影会轻轻地说：

哟嗬，野马群……

愿周涛先生一路走好！

73. 吃出来的世界

读《舌尖上的历史》

书　　名	舌尖上的历史
作　　者	［美］汤姆·斯坦迪奇（Tom Standage）
译　　者	杨雅婷
出版机构	中信出版社
出版时间	2014 年 7 月

如果有人告诉你，今天的文明史是"吃出来的"，你一定觉得荒唐。但仔细想想，一部人类史，无论是史前史还是文明史，差不多就是吃的历史。俗语云：人为财死，鸟为食亡。其实是不全面的，人也为食亡。在漫长的石器时代，人类生活的主要任务，就是获取食物，而代价，常常就是生命。即使到了文明时代，食物的种植、采集、加工、贮存乃至制作和分配，无一不是"国之大事"，既要"祀"，也难免要"戎"。所谓"祀"，不过是给祖宗吃饭，所谓"戎"，就是到别人那里抢饭。即使今天，大多数人四处奔波的理由，还是"找口饭吃"。可以说，关于食物的世界史，是最重要、最基础也最复杂的历史。现代人经常面临食品过剩，可以"食不厌精，脍不厌细"了，可以进行音乐舞蹈文学艺术等文化事业，按照老人言，都是"吃饱了撑的"。年轻人浪费粮食或者其他资源，老辈人就会感慨：才吃了几天饱饭？

《舌尖上的历史》一书讲述了食物世界的大事件与人类文明发展之间密切的关联。从基本内容看，这本书并不是描述食物自身变迁的历史，而是食物变迁中表现出来的人类历史。事实上，在阅读这本书之前，我们就能够清晰地认识到，在过去漫长的人类历史中，人类获取食物的努力、挫折和进步，不仅对人类的生存、繁衍和发展具有重大意义，也是人类历史上许多重大变革背后的主因。无论是社会变革还是政治嬗替，无论是经济发展还是人的成长，无论是文化进步还是军事冲突，其背后的动因，很大程度上都是围绕着食物的生产、消费和分配而来的。

食物的生产，也是人类最为重要的科技成果之一。我们大约都了解，两河流域的人们"发明"了大麦和小麦，亚洲人"发明"了粟米和稻子，而美洲人"发明"了玉米和马铃薯。但按照书中的介绍，如果说最初的类似品种是有点偶然地出现在相应地区，但这些麦子、稻粟和玉米成为今天全世界的主粮，供给数以十亿计的人类食用，却并不是某个先贤的"灵光一现"，而是因为数千年间当地农民有目的地选育而形成了最佳品种。从这个意义上，人类在旧石器时代的晚期乃至新石器时代的早期，实际上扮演了大自然"物竞天择"那样的角色，甚至可以说，上帝角色。由于人类自身孜孜不倦地反复选择优良品种，今天的麦子、稻粟乃至玉米，已经和它们的祖先有了质的不同，以至于它们已经无法在野生的环境中生存，而必须依赖于农民的养育——这就是我们直到今天仍然念兹在兹的农业、农村和农民问题。从遗传学的角度，这些物种获得了比它们的祖辈多得多的繁育机会，似乎是一种胜利；但其本身又成为人类的奴仆，完全丧失了野生作物的独立性和多样性。其实，我们今天仍在享用牛肉、羊肉、猪肉和鸡肉，而牛羊猪鸡也经历了这样漫长的选育过程，成了今天数量巨大但品种单一的模样。这种"舌尖上的历史"，比那些王权争夺、郊野征伐、政府更迭、伟人生死来得更加波澜壮阔，可以称为"历史背后的历史"。

这也正是这本《舌尖上的历史》的主旨和内容，揭示因为食物的生产、消费和分配而产生的一系列人类文明，如何改变和塑造我们今日的社会及其游戏规则。直到今天，食物对于历史进程的影响力一样强大。从食物的角度看世界，一切都有了非常重要的新意涵，从基因到考古、从人类学到经济学，从科技到文化，一部关于"吃"的历史，其实正是一部最为全面和深刻的文明史。这个道理，在80多年前鲁迅先生所作的《娜拉走后怎样》便有论述："凡承认饭需钱买，而以说钱为卑鄙者，倘能按一按他的胃，那里面怕总还有鱼肉没有消化完，须得饿他一天之后，再来听他发议论。"《舌尖上的历史》居然重要，道理不外如此。

74. 伪装成佛教的中国文化

读《中国禅宗》

书　　名　中国禅宗
作　　者　刘长久
出版机构　广西师范大学出版社
出版时间　2006年2月

这本书看上去很普通，封面了无特色，内文规规矩矩，不怎么吸引人。之所以要认真地读读，想了解禅宗的前世今生是个理由——但也可以是其他著作啊？所以，这本书的出版社——广西师范大学出版社才是真正的理由。

一般而言，佛教传入中国后真正走向成熟的标志性事件是禅宗的产生——佛教真正地实现本土化。从白马驮经到慧能立宗，中间差不多经历了七个世纪。很少有一个学派或者宗教从起始到成熟，需要如此之长的时间。印度佛教从佛陀立教到阿育王弘佛，也就200多年。儒学从孔子到汉武帝"独尊儒术"，经历了300多年。而很多历史上曾经非常重要的学派乃至宗教，从产生到式微甚至灭亡，也没有七个世纪。春秋末年到战国初年诞生的绝大多数学派，到西汉就杳无踪迹了——墨家就是如此。所以，佛教的本土化居然需要如此之长的时间，还是颇有些历史的和文化缘由的，值得我们花些气力去探究——读这本书也是途径之一。

这本书从十个方面介绍禅宗，包括概念、历程、宗派、风格、坐禅、修行方法和国际传播，以及禅宗与中国传统文化、现代科技、现代生活方式的联系。依我看，除了了解禅宗的概念与历程，禅宗与中国传统文化的关系当是重点。换言之，什么是禅宗固然重要，何以中国会产生禅宗，才是要害所在。

书中介绍，菩提达摩为禅宗创始人，被尊为初祖。达摩之来可能是历史真实，但达摩的佛学体悟与后来禅宗要义有多密切的内在联系，却需要从佛教哲学、历史学乃至文化学的角度深入探究。毕竟，许多所谓真实的"历史"，其实是按照后人的想象、观念和愿望重新建构起来的。但无论如何，禅宗依靠一本疑点颇多的《六祖坛经》，成功地建立起了从菩提达摩到慧可、僧璨、道信、弘忍、慧能的谱系，不仅学派内部以此为宗，就连以后非佛门众生，也能绘声绘色地讲述这个谱系传承之历程，包括一苇渡江、达摩面壁、慧可断臂、慧能舍母求法、"何处惹尘埃"偈语、风动幡动之类令人惊讶的故事。

事实上，一部《六祖坛经》，在很长时间里都代替了后人对历史事实的探究，经书中无论合不合情理、是不是孤证的情节，都被完全彻底地接受下来，成为无可怀疑的"信史"。于是，诚如书中所言，禅宗经历了二祖慧可、三祖僧璨的传承，到四祖道信时开始扩展，追随者们聚众定居于黄梅双峰山垦荒自给，势力渐成。到五祖弘忍，以"东山法门"之名得到朝廷承认，门徒布于全国，形成许多传说，形象自然光大。也就是此时，慧能才获知讯息，北上求法，演出了一段亦真亦幻却颇为动人的曲折故事。安史之乱后，禅宗分为南北二派。北宗神秀，以"渐悟"为要；南奉慧能，以"顿悟"为纲。风云际会，此消彼长，经慧能弟子神会等人的努力，主张"即心是佛""见性成佛"的慧能"顿门"成了禅宗的主流，其中以南岳、青原两家弘传最盛。南岳下数传形成沩仰、临济两宗；青原下数传分为曹洞、云门、法眼三宗，世称"五家"。其中临济、曹洞两宗流传时间最长。临济宗在宋代形成黄龙、杨岐两派。合称"五家七宗"。一时间，华夏大地，处处皆是禅宗，遍地充满禅寺，以至于今日我们说起禅寺，以为便是寺庙的同义词了。

从缘起看，禅宗是佛教中一支比较特殊的宗派，从其宗教文化的特点出发，禅宗与中国的古老文化传统有着更多深入的交融。无论是禅宗学理的内涵，还是禅师素养之修为，都与中国传统文化特别是与道家哲学有着异曲同工、千丝万缕的联系。从某种意义上讲，禅宗对照于佛教其他宗派的特殊性，恰恰表现为其在特殊背景下，尤其是唐代统治者高度重视道教文化的历史条件下，大量地吸收了道家哲学的基本认知和思维方法而形成的新思想。这个新，正是道家的哲学思想羼入禅宗思想所呈现出的不同风貌。也正是这个羼入的结果，使得中古以来中国民间戏逐步形成的"三教合一"之类的宗教文化现象成为可能。我们后来看宋明理学家们穷究哲理，大谈性命之学，尤其是王阳明机锋迭出的心学，总不免有几分疑惑，恍惚间以为是佛学或曰禅宗的道理，其实正是这个缘由。有人说禅宗是伪装成佛教的中国哲学，鞋大鞋小，至少没走样。

佛教进入中国，虽经漫长历程，亦有调和之举，但总归被中国文化视为另类。魏晋而初唐，佛教一直走在其印度渊源的延长线上，稍有不洽，便有法显、玄奘之类的求道者远赴佛教之母国，取来真经，一统江湖。到了唐代三论、法相、天台、华严等宗派鼎盛之时，中国的佛教，依然是正统为主，中国化之部分微不足道。然而，许是武宗灭佛之"会昌法难"，毁了典籍，逐了僧人，平了寺院，遂使上述皆以分析论证、理论阐发、寻幽探微、义理为上的各个宗派，一时受到重创，大量佛经失传了，八大宗派里只有慧能一系的禅宗损失最小。因为这一派既不译经，也不著述，除了一本《六祖坛经》外，什么都没有，反而因祸得福。到了宋朝，这一派反而吸收了更多中国文化，空前繁荣起来。可以参照的是，同样"不立文字"、更多借鉴中国古老信仰仪轨的净土宗，也取得了空前繁荣，一直到现在，成了"禅宗在上、净土在下"的特殊格局，其实是"披着佛教外衣的中国文化"了。

禅宗有言，禅是以心传心，是不可言说的，"说出来便是错"。但假若杜口无言，世人又怎能知道禅的要义呢？这一说辞，也颇为"老子"。"老子五千言"的开篇，不是也有"道可道，非常道；名可名，非常名"的说法吗？其实，禅宗并非不言，有《六祖坛经》为证；老子虽然认为道不可言说，也说了五千言。在我看来，欲窥禅宗之堂奥，从这本《中国禅宗》读起，当是不错的选择。

以此为起点，再看《六祖坛经》《楞伽经》《金刚经》《大乘起信论》等，就有了基础。当然，倘本意仅是浅尝辄止，那这一本也就够了。明心见性，本来就是殊途同归的。

75. 那些不太真理的"真理"

读《影响人类的真理》

> 书　　名　影响人类的真理
> 作　　者　何济
> 出版机构　海天出版社
> 出版时间　2007年1月

这不是一本深刻的书，甚至有点草率。书的前面没有前言，后面也没有后记，似乎是说明，作者没有多余的话要说。正文是由80个条目组成的，每个条目介绍了一个"真理"，通常以"法则""定律""规律""效应""原理""理论"命名，没有一个叫作"真理"，甚至还有"心理""诱惑""心态""结局"等，与我们习惯的真理该有的样子大相径庭。我看到这本书的时候就犹豫要不要读，但最后决定读的原因不是它的内容足够吸引人，而是读这本书费不了多少时间——对于读一本书来说这不是一个好的理由，但生活中，我们常常就是这么做决定的。新开的商场没什么东西？反正不远，去瞧瞧吧。

看完以后的感受是，尽管它依然谈不上深刻，但看一遍还是值得的。这80条"真理"都是人类在生产生活的实践中逐步归纳而成的"前真理"，或者缺乏逻辑的论证，或者论证就会出现歧义。因而，如果你让它启发你，那是有点用处的，但你要真正不折不扣地遵循它，那就会充满了危险。其实，我在以往荐书的时候，已经涉及了其中两个"真理"，一个是"木桶原理"，另一个是"奥卡姆剃刀定律"，其共同的特点，就是都有很强的启发性，但不能以对待真理的逻辑来"较真"。其他78条"真理"也与此类似。齐白石当年对他的弟子说，对于绘画艺术的追求，"学我者生，像我者死"，虽然语境不同，但道理是一样的。

这本书的好处是它的"大全性"。如果你是用偶遇的方式来了解这些"真理"，那可能需要很多年，也许还全不了。但本书作者很费心地把它编撰到一起，让你用几个小时的时间了解人类曾经有这么多"走在半路的思想"，还是颇有效果的。这如同朋友领你去参加一个盛大的宴会，除了个别人，大多数与会者你都不熟，正好借机留个印象。你当然不能认为从此和他们成了朋友，但下次见面的时候，至少不是陌生人了。不过，需要警惕的是，他们可都是些未经验证、好坏参半的人。交这样的朋友，你也要小心，他可以丰富你的生活，也可能把你带到沟里。当年岳武穆写了本兵书，在扉页上写着"运用之妙，存乎一心"，就是这个道理。其实，连岳武穆这句话都很像书中的"真理"，仿佛说了什么，又好像什么也没说。

76. 中国文化的"微缩式"景观

读《中国文化六讲》

书　　名	中国文化六讲
作　　者	何兹全
出版机构	北京出版社
出版时间	2018年4月

何兹全先生作为辛亥革命的同龄人，经历了整个20世纪的沧桑，甚至活到了国家全面进入小康社会的前夕，成为百岁老人，令人动容。何先生是山东菏泽人，1935年毕业于北京大学史学系，1947年就读于美国哥伦比亚大学，在霍普金斯大学工作一段时间后，1950年回国，执教于北京师范大学历史系（历史学院），担任教授和博士生导师。他主攻中国社会经济史、魏晋南北朝史乃至中国文化史，主要著述有《中国古代社会》《中国古代社会及其向中世社会的过渡》《秦汉史略》《魏晋南北朝史略》等，在学界，因为始创和坚持"魏晋封建说"而著称。

我一度对魏晋风度产生钻研的兴趣，很长一段时间把王仲荦先生的《魏晋史》和何兹全先生的《魏晋南北朝史略》置于案头，时时对照，对何兹全先生自然十分亲切。可惜，一直到他去世后我才读了另外一本著作，也就是今天推荐的《中国文化六讲》。

按照书中的介绍，何先生这本旧书，是他为台湾新竹清华大学思想文化史研究室研究生所作的中国思想文化问题讲座的记录整理稿。

我第一眼看到标题的时候，就惊讶何以只有六讲，毕竟，面对中国文化这样一个大话题，没有几十讲的规模，似乎是说不清楚的。如果只是六讲，那多半是些片光零羽般的片段。但看了全书知道，尽管只有短短的六讲，但由于何先生独具匠心的选择和安排，综合起来就是一个完整的体系，仿佛构建起了一个关于中华文化的"微缩景观"。在这样的体系之中，何先生先探讨了产生中国传统文化的土壤和环境，厘清了中国传统文化的主流特点和发展，特别地阐述了中国文化演进过程中的几个关键之处，如秦汉走向专制，若干民族性观念的形成与流变，以及城市文明的滥觞与成熟，以及受外来冲击之后的近代之变，从而十分自然和流畅地瞭望了中国文化的未来。很难想象，中国文化这样一个超级体量的大话题，经过何先生这样的四两拨千斤，居然变得一气呵成。读了何先生娓娓道来的叙述与点拨，我们自己也可以从大文化的角度，对中国文化的发展前景作出预测和评论。

当前，中国正处于"百年未有之大变局"的复杂形势之中，时代对中国文化的传承与变迁，提出了新的命题，也面临新的挑战。在这样特定的历史背景下，听听一个百岁老人的睿智言谈，很重要，也很难得。

77. 新瓶是如何装老酒的？

读《创世纪：传说与译注》

书　　名　创世纪：传说与译注
作　　者　冯象
出版机构　江苏人民出版社
出版时间　2004 年 10 月

读冯象的这本书，对我而言是一场不期而遇的"遭遇战"。我以前读过他的《木腿正义》，虽未看完，但对这位似乎有些陌生的学者颇有了几分钦佩，毕竟，把对法学的深刻见解，写成如此简明、深刻而又不干巴巴的文字，作者的人文功力不可小觑。遇到他的另一本书，自然不假思索打开。但直到看完，也不知道这本书该如何归类。好比友人送了一瓶液体，不曾交代也没有标签，完全搞不清这是药品、饮料还是酒——壮着胆子尝了尝，味道还不错。

这就不免让我进一步关注到这个名曰冯象的学者。看书中侧页的介绍，知道他是上海人，少年负笈云南边疆，从兄弟民族受"再教育"凡九年成才，获北大英美文学硕士，哈佛中古文学博士，耶鲁法律博士，现定居美国，专业是律师，业余才写作。除了这本书和《木腿正义》，他还有《玻璃岛：亚瑟与我三千年》（生活·读书·新知三联书店，2003年）、《政法笔记》（江苏人民出版社，2004年）、《创世记》（江苏人民出版社，2004年）等宗教和法学研究的著作。这几本书我都购得了，以后或可读一读。

一望而知，这本名曰《创世纪：传说与译注》的书是谈《圣经》的。在一定的语境和氛围之下，《圣经》的阅读似乎有某种禁忌，毕竟，我辈都是无神论者，对于这种以宗教信仰而非科学理性为基本要素的文本，当然要多些警惕。但另一角度，《圣经》作为西方文明的源头之一，在近两千年的历史中，被言说、被考证、被阐释、被引用，其本身是一个巨大的话语空间。事实上，我们今天经常引用的若干文字"原型"，如亚当夏娃、诺亚方舟、通天塔、替罪羊等，都是来自《圣经·旧约》。了解西方的历史与文化，读《圣经》可能是个必经之路。

冯象的独到之处，在于他作为研究西方法学的学者，认真地做了《圣经·旧约·创世纪》的中文译注工作。看上去，这似乎没什么了不起，毕竟，即使没有冯象这一本，我们也能在教堂乃至书店看到印刷精美而古意盎然的《圣经》（全译本），不止于《创世纪》。但稍加思索便知，从历史科学的角度——而非宗教的角度研究《圣经》，即使是在全球的范围，学者们不仅着力不足，而且成果欠佳。在中文世界，这方面的内容就更少。冯象做这件事，虽说不是"第一个吃葡萄"，但就裨补阙漏而言，意义是不言而喻的。

当然，对于我们阅读这本书而言，上述这些意义，只是个铺垫。我们翻开这本书，主要的内容是一连串有趣的故事。按照作者的介绍,这其实是他"译注《圣经旧约／摩西五经》时,利用所谓的下脚料写就的一些札记",抛开其宗教的或者哲学的意义,其实就是一些如同我们女娲补天、神农尝百草、大禹治水、龙宫探宝或者牛郎织女之类的神话故事。上编中,冯象绘声绘色地为我们讲述了《创世记》中的 20 个故事,包括上帝创世、亚当夏娃、该隐杀弟、诺亚方舟、亚伯拉罕、犹大建国等,从某种意义上,这种故事的写法,很类似鲁迅先生的《故事新编》——当然鲁迅先生的作品文学性更强。倘有余暇,看看冯象为我们讲述的西方版"故事新编",也是颇有趣的事情。

  当然,作为基督教世界的"异教徒",我们要融入全球化的浪潮,理解西方世界的来龙去脉、前世今生,从而既不盲目崇拜所谓"普世价值",也不自我设限地拒绝一切文明成果,恐怕冯象这样的《圣经》译注和解说,都是重要的敲门砖。尤其是这种以"故事新编"的方式,把哲学和历史的微言大义蕴藏于轻松自在的故事之中,如同"新瓶装老酒",对读者而言,可能不失为一种有益的途径。

78. 人间正道是沧桑

读《两个故宫的离合》

书　　名	两个故宫的离合
作　　者	[日]野岛刚
译　　者	张惠君
出版机构	上海译文出版社
出版时间	2014年1月

由一个日本人来写中国近代史上由于复杂缘由而形成的"两个故宫",而且写得还不错,这多少是令人有点情绪复杂的。毕竟,书中说"两个故宫的离合"是东亚近代史的产物,实际上,如果说得再直接点,"两个故宫"之缘起,日本的侵华战争是直接的原因。

当然,我们不是狭隘的民族主义者。直面乃至谴责日本侵华的罪责是一件事,看一个战后出生的日本人写故宫的历史,是另一件事。而且,这种阅读,恰好可以使我们更加深刻地认识日本侵华战争带给中华民族精神上的永久创伤。

本书的作者野岛刚,出生于1968年,是日本朝日新闻社的一名资深记者。除了采访报道海峡两岸及香港地区和澳门地区的华人圈的政治、外交、文化等议题外,他还曾赴伊拉克、阿富汗等战地前线采访,写过《伊拉克战争从军记》,也曾一时洛阳纸贵。

野岛刚对中国古代文化有比较深入的研究，自称可以给古代瓷器断代，也有很强的中文读写能力，对两个故宫的历史渊源和现实状况，他差不多做了五年之久的深入调研——野岛刚能写出这样一本好书，这是重要的原因。

虽然故宫似乎已经成为我们文化记忆中一个熟悉得不能再熟悉的文化符号，但我一直很惊讶于故宫之得名。一听上去，这个"故"字充满了没落感与沧桑感，和故乡、故居、故人之"故"明显不同。看历史，这个名称虽然来源于1911年末帝溥仪之退位，但实际上直到1925年北洋军阀段祺瑞政府决定建立故宫博物院，原先的紫禁城才改成了"故宫"。我不知道谁第一个想出故宫这样的称谓的，他自己的内心是否有几分心酸。

为了写好这本书，野岛刚也如当年的司马迁，花了好几年时间，从北到南走了不少地方。书中介绍，他去过的地方，包括沈阳、北京、南京、上海、重庆，乃至中国台北、中国香港、新加坡、京都，等等，搜集了17岁就进入故宫工作、参与故宫历次重要变迁、被称为"故宫活字典"的满族研究者那志良的著作及证言，也访问了台北故宫博物院历任院长杜正胜、石守谦、林曼丽和现任院长周功鑫等人，查阅了存放在美国斯坦福大学胡佛研究所的蒋介石日记，查阅和记录了关于故宫学的大量第一手资料，耗时五年，才完成了这本看上去篇幅不大，但却相当费神费力的著作。当然，野岛刚最初的文本，是用日文写成的。日文版出版以后，在日本学界引起不小的反响。随后他又根据台湾岛内不断变化的政治情态，将著作翻译并增补为在中国台湾出版的繁体中文版。而直到2014年，才正式出版了这本书的简体中文版，也就是我现在看到的这个版本。由于出版较晚，书的前言里还增加了台北故宫博物院的文物2014年在日本展出的情形——这是这本书出版前几个月的事情。可以看得出，尽管这是一本叙述历史的著作，但由于作者新闻记者的秉性，他很注意把最新的事件纳入书中，使得这本书有了像杂志一样的即时性。

这本书共分七章，但并不是按照历史的顺序来书写的，而是像新闻报道一样，第一章中就把当下最主要的事件——民进党2000年"执政"后，为服务于其"台独"计划，对台北故宫博物院进行主题、特点和馆藏文物内容的改造的事件进行了详细的介绍。在接着的第二章开始回到历史的源头，介绍辛亥革命前后，故宫文物流出的情况。接着，从第三章开始，逐章介绍因战乱故宫文物南迁以至于最终形成"两个故宫"的历史现实，其中第三章说明日本侵略中国时，故宫向南方和西部地区运送文物的过程。第四章介绍故宫文物移送台湾的1949年前后，陈述政策决定的过程。第五章介绍了两岸分裂后，台湾方面开始兴建台北故宫博物院，两个故宫因此诞生的背景。其中特别地分析了蒋介石把台北故宫博物院作为存放之处而非展览之所，其实还是想"反攻大陆"的心理背景。而第六章，则全面地介绍了中国经济发展水平提高，文物和艺术品购买力增强之后出现的散落世界各地的故宫文物纷纷回流中国的新情况。最后，作者也从自己理解和认知的角度，预测了"两个故宫"的未来。当然，尽管野岛刚对这一话题说了不少分析和预测的话语，但我们很容易看出，"台独"的势力仍在强烈地影响台北故宫博物院自身的定性,那就是故宫到底是中华文化的专题博物馆,还是亚洲文化的博物馆,以及台湾本土的文化要不要收入台北故宫博物院等问题。真正实现两个故宫的完美融合,人间正道是沧桑,路还长着呢。

79. 朝闻道集，夕死可矣

读《朝闻道集》

书　　名　朝闻道集
作　　者　周有光
出版机构　世界图书出版公司
出版时间　2010 年 3 月

在中国，有很多事物是能够产生"硬道理"的，其中最硬的条件是年龄。在一些人的潜在观念中，如果一个人能活到 100 岁，那他的言行就一定是"有道理"的，除非有一个 100 岁以上的人拱破墓室跳出来反对。而这样的事，就我所知，从未发生。虽然有时候，人们也会编一个故事，让死去的人活过来，替活着的人说两句公道话。这种事倒是经常发生，但通常没什么用处。这说明，还是听老人的话靠谱，毕竟，他见到过的事，你只能想象。

周有光先生大概是在 113 岁高龄时逝世的。他恐怕是我听说过的人文学者中活得年龄最大的一个。也许还有其他人能达到这样的年龄，但是他们绝大多数在 80 多岁乃至 90 多岁就失去了工作的能力。难得的是，周有光先生直到百岁高龄的时候还在写作，而且此时的作品与他年轻时候的相比，竟然毫不逊色，甚至更胜一筹。在我的记忆中，能和他相比的恐怕只有一个英国经济学家罗纳德·科斯（我几天前刚推荐了他的《变革中国：市场经济的中国之路》）。但即使是科斯也只活了 103 岁，周有光先生更多其 10 年之寿。

  周有光先生原名周耀平，生于 1906 年 1 月 13 日，他出生的时候，慈禧太后还有两年寿命，清朝还有五年多。他的一生经历了清末、民国、中华人民共和国的成立、改革开放，一直到中国特色社会主义进入新时代。周先生的高等教育是在一所教会大学，即光华大学读的，这在旧中国是正常之事。抛开其中的政治因素不谈，教会大学相对重视通才教育，人文素养的底子比较好，这也为周先生一生多次转型奠定了素质基础。在他的前半生（或者说 50 岁之前），他首先是作为一个经济学家，主要钻研财会方向，为新中国财政事业之奠基作出了不小的贡献。难得的是，1955 年，就在他接近知天命的时候，他又受组织上的派遣，转行去做语言文字工作，调到北京，进入中国文字改革委员会，专职从事语言文字研究。就在这个新的岗位上，他对中国语文现代化的理论和实践作了全面科学的阐释，并作为汉语拼音方案的主要研制者，主持制定了《汉语拼音正词法基本规则》，被誉为"汉语拼音之父"。他从经济学家又成了语言学家，一直干到 80 岁才退休。就在人们都觉得他应该安享晚年的时候，他又在 85 岁高龄之时实现了人生的第二次重大转型，转而做关于人类学和文化学的研究。这本书收录的多数文章，如《大同理想与小康现实》《华夏文化的复兴》《全球化时代的世界观》《不丹王国的民主化》，都是周先生年过九秩的研究成果。

翻开这本《朝闻道集》，洋洋洒洒16万字，200多页的篇幅，很难想象这主要是在周先生百岁高龄时候的著述。其中五个篇章中，"华夏思古"研究中国古典文化，"读史纪实"研究世界历史，"文化演进"研究文化学和人类学的理论问题，"语文新探"研究语言学问题，而最后的"笔尖畅想"范畴多样，则更多体现了周先生读书的所思所得。统观五个篇章，见识之博，涉猎之广，学科之多，认知之深，视野之阔，都令人叹为观止。特别是周先生晚年以来，关注国际局势纷纭变化，以俯瞰全球文化的视野，产生了大量尖锐而深刻的洞见，这是连那些此类专业的中青年学者也自愧弗如的。据初步统计，周有光先生在语言文字学和文化学领域发表了专著30多部，论文300多篇，在国内外产生了广泛影响。中评网称周有光具有"自由之思想，独立之人格"；苏培成称其"敢于说真话、说实话"；《晶报》称他"敢讲一般人不敢讲的话"。这都是切中实际的评价，绝非溢美之词。

在周有光先生104岁诞辰时，学者谭汝为曾赋七言律诗五首以庆。其中一首是：

> 横击键盘呈锦绣，纵论文史传芬芳。
> 历练人生襟怀广，谙熟环球宝鉴张。
> 见识文胆堪标举，铁肩妙笔思兴邦。
> 放眼全球谱钟吕，羞杀群儿书鸡肠。

用这首诗来形容周先生晚年的成就，可谓入骨三分。

80. 放飞心灵的哲学之旅
读《像哲学家一样思考》

书　　名	像哲学家一样思考
作　　者	[美] 詹姆斯·克里斯蒂安（James Christian）
译　　者	赫忠慧
出版机构	北京大学出版社
出版时间	2015 年 3 月

今天，人们用"鸡汤"来形容那些承诺助人摆脱困境、实现美好却不免空洞的励志类美文。如果"鸡汤"有知，它一定不满意自己被这样比方，因为鸡汤本身是现实中的美好，绝不空洞。我虽然不爱吃鸡肉，但很爱喝鸡汤——美味且营养。或许该用"糖水"替代"鸡汤"来形容那些廉价的美文。毕竟，它通常很甜，还是有几大卡热量的；而且，喝多了很容易腻。

这样，置换出来的"鸡汤"一词就可以用于那些真正具有精神营养的文章，以及由这些文章汇集成册的著作。你猜对了，我就是指詹姆斯·克里斯蒂安所著的这本颇似哲理文集的哲学著作《像哲学家一样思考》。

生活中，我们会在一个相对宽泛的意义上使用"哲理"这个词。许多所谓"富有哲理"的文章乃至书籍，和真正的哲学著作相比，里边也有一些哲学，但多数都是特殊经验带来的特殊感受。

你可以被打动，引发情感和情绪，但这还不是思想。柏拉图在他的著作中区分"意见"和"理性"，我们套用过来，这些具有哲理的文章就像是"意见"，而非"理性"。好比啤酒的泡沫，掺了水的酒，或者如同我们山西忻州定襄的粉蒸肉——里边有一些肉，但更多的是淀粉。当然，我绝对没有因此低估那些哲理文章的价值，毕竟，啤酒的泡沫也是啤酒不可分割的一部分，低度酒也是酒，而粉蒸肉还是名优特产。我的意思仅仅是需要区分带有哲理的美文和写得很美的哲学著作，前者多诉诸情感，后者多诉诸理性。

显然，《像哲学家一样思考》不仅是写带有哲理的美文，而且是写得很美的哲学著作。从内容上看，全书分八大部分33章，举凡人类生活的方方面面，如天文、地理、自然、科学、生物、法律、历史、宗教、伦理、心理、社会、政治等无所不涉，这些话题或者说论域，本来也就是经典哲学的基本阵地。但书的样貌，却是以随笔体方式写就的哲学家沉思录，如同圣奥古斯丁和卢梭流传至今的同名名著。但显然，本书作者詹姆斯·克里斯蒂安并不是打算简单地模仿先哲，而是在一种新的哲学研究理念支配下，对迥然不同的人类思想领域做了一番新的理解乃至拼接，使得传统意义上不免枯燥的哲学理论，以一种相当富有活力的方式重新呈现出来，既深刻又生动，多少还有些狡黠而不动声色的幽默感。

我们且来看看这部书一个简要的目录：

前言：你说的哲学是什么意思？

第一部分　完美的惊疑艺术

1-1 世界之谜

"哲学王"奥勒留：我在烛光下与自己对话

1-2 探究精神

苏格拉底：我只知道我一无所知

1-3 批判分析

柏拉图：我有一个梦想——理想国

1-4 全景整合

亚里士多德：我为这个世界所着迷

第二部分　处境与奥德赛

2-1 困境

加缪：我反抗故我在

2-2 自我

兰德：我用自己的脑袋思考

2-3 成长

弗洛伊德：我在我梦中

2-4 生命／时间

伏尔泰：我笑是为了不让自己发疯

第三部分　真实的世界：已知的和未知的

3-1 知识

洛克：我的心灵是一张白纸

3-2 感官

贝克莱：你能感知到我的存在吗？

3-3 心灵

柏格森：我是一朵生命的火花

3-4 真理

詹姆斯：我的人生我做主

第四部分　精神世界的奇幻历程

4-1 精神

佛：我心慈悲

4-2 时间

康德：我是一个天生的求知者

4-3 自由

萨特：自由是我唯一的癖好

4-4 符号

维特根斯坦：我要解开生命的谜线

第五部分　微妙的共存：人类的爱恨境况

5-1 历史

黑格尔：我是一只夜间飞行的猫头鹰

5-2 法律与良知

梭罗：我要按我自己的方式呼吸

5-3 生活方式

第欧根尼：我的生活就是我的哲学

5-4 政治学

曼德拉：我喜欢自由的滋味

5-5 伦理学

第六部分　原生质冒险

6-1 生命

达尔文：我也是生存链上的一环

6-2 人类

克尔凯郭尔：我就是"那个人"

6-3 地球

史怀哲：我在给自己的心找一个家

6-4 未来

尼采：我不是一个人，我是一桶甘油炸药

第七部分　微观、宏观、宇宙

7-1 自然知识

毕达哥拉斯：我在聆听自然的和声

7-2 空间、时间、运动

爱因斯坦：我只是比一般人更好奇

7-3 宇宙

伽利略：我要用我自己的眼睛去看这个世界

7-4 生物宇宙

萨根：我在开往星星的夜车上

第八部分　终极关怀

8-1 终极关怀

坎贝尔：我要做自己的英雄

8-2 终极实在

默顿：我在默坐中看到世界的另一面

8-3 死亡／永生

海亚姆：我怎能坐看流光飞逝

8-4 意义／存在

卡赞扎基斯：我不知道我会在哪里停泊

后记：圣人的故事

  仅从这本书所涉及的理论内容来看，这本书不说是将传统意义上哲学学科的研究对象"一网打尽"，至少也包含了其中的绝大部分。但传统上已经司空见惯的阵形并没有出现——一部哲学史，总是以本体论开头，再以认识论延伸，然后便是道德哲学或曰伦理学，最后，当然也不能缺少以语言哲学为代表的现代哲学。看詹姆斯·克里斯蒂安这部书，部件一样不少，但颇似毕加索的立体主义绘画风格，所有人或者物的肢体都以另一种方式出现在了"别处"。我们审视作者的用意，他不是心血来潮，也不是标新立异，更不是肆意妄为，而是从功能主义的角度对哲学做了一个被作者自己称为"整合哲学"的改造。如果传统的哲学大厦的构建方式是本质主义的，那么，这种改造的"顶层设计"是突出哲学的功能，也就是哲学与人的关系。

  事实上，我们常说"文学是人学"，其实哲学又何尝不是"人学"。回顾哲学的历史，尽管米利都学派和毕达哥拉斯学派的宇宙论和本体论都已经非常成熟，但一直到了苏格拉底和柏拉图，哲学才真正成熟，因为一直到了此时，哲学才成为"人学"。本书从"哲学"能给人带来什么这样八个朴素的问题出发，在每个问题之下，着重介绍四到五位知名哲学家对此问题的思考和结论。当然，对于一部分真正意义上的哲学大师，他的研究领域可能突破了某个问题的局限，甚至不排除个别哲学家一生的研究能够涉及所有的八个问题。但这样看上去的"削足适履"仍然显得非常重要，毕竟，人们对哲学的关切，不是哲学大师研究了什么，而是他能启发我们什么，我们能从他这里学到什么。

从履历上看，詹姆斯·克里斯蒂安并非声名显赫的哲学大师，对一部哲学的历史或者理论体系，可能也缺少那些能够令人惊异的原创性贡献。他只是美国加州圣安娜社区学院的一位哲学教授，也担任过哲学系主任，在名校林立的美国哲学界，在20世纪星光熠熠的杜威、约翰·罗尔斯、托马斯·内格尔、罗伯特·诺奇克和列奥·施特劳斯等美国哲学家群体中，他的位置毫不显赫。他的哲学贡献，主要就是始终不渝地推广"整合哲学"理念。他的代表作，主要也就是这本《像哲学家一样思考》。但是，呈现在这本书中的这种从问题入手，着眼于人的哲学探索，却有着动人心魄的魅力。他用33篇真正意义上鸡汤般的美文，直面人类普遍关心的一些核心概念和思想进程中的一些普遍性困境，运用多个角度进行解析阐释，将碎片化的学科化知识整合起来，从而获得对该概念或事物的整体性认识，回应了人们带有普遍性的哲学关切。套用坊间的一句俗语，这33个带有普遍性的问题和33个哲学大师的"标准答案""总有一款适合你"。不同于其他哲学史书籍的另一个显著特点，是该书也着力探讨和试图融合现代科学研究成果，如分子生物学、基因技术、广义相对论、量子力学，尝试分析了这些技术成果背后的哲学意义。

难能可贵的是，詹姆斯·克里斯蒂安在书中不仅以其生动的语言传达深刻的哲学思想，还采用名画、插图、漫画、专栏、思想家小传等青少年喜闻乐见的方式，阐释他们在日常生活中迟早都会遇到的持久存在的问题，从而"授之以渔"，引导他们用整合视角去看待自身和世界，找寻自己生活的意义，从中获取些许智慧，让生命变得更精彩。

这本书上下两册，篇幅很长，通读一遍，并不容易。但读者诸君或可尝试从任意一段自己感兴趣的内容读起，无论是寻求客观知识，还是探索生活中的启发与答案，抑或仅仅是希望走过一段某个具体思想领域的智识或者灵性之旅，都可以方便地切入主题，有所裨益。毕竟，名山到处都是，爬哪一座，你自己说了算。

81. 死生亦大矣

读《文化名人的最后时光》

书　　名　文化名人的最后时光
作　　者　张建安
出版机构　中央编译出版社
出版时间　2007 年 8 月

很少有一本书，能让人从头至尾都带着泪读完。我和几位读过这本书的朋友聊天，大家都有这样的感慨，叫作"不忍卒读"。确实，这是一本感动过许多读者的书，使人落泪、使人深思，也使人奋发。

西谚有云：爱情与死亡，是文学的两大主题。这本书，虽则也有爱情，但主要是写死亡的。从内容看，这本书记录了王国维、弘一法师、朱生豪、闻一多、于右任、傅雷、邵洵美、李广田、翦伯赞、陈翔鹤、陈寅恪、焦菊隐、王伯祥、王芸生、赵丹、梁漱溟等 16 位中国近现代史上第一流文化名人的最后时刻。他们中的绝大多数，其平生功业、历程乃至最重要的创造性劳动，我们并不陌生。他们的著作或作品，我们也曾认真或者不那么认真地读过看过。但他们的死，我们多半只知其略。大多数介绍他们的著作，或者一笔带过，或者语焉不详。令人惊异的是，居然有一本书，专门记述他们的"最后时光"。

十几年前，曾经有一套书，书名都是某位作家的最后若干年，比如《丁玲的最后37年》《周作人的最后22年》《陈寅恪的最后20年》《傅雷的最后17年》等。说是一套书，但并非一个出版社出版，每个人的最后之年份，也各不相同。后来我猜到，出版者异，或是彼此有过协作之商议，而最后年份之不同，其实皆是从1949年算起的。如此，这套书虽名"最后"，却不是以"人之将死"为主诉，更多的是"中华人民共和国成立后"的际遇。而这本《文化名人的最后时光》，实际上写的是"导致死亡的缘由""意识到人之将死的行动与感悟""对死亡的拒绝、接纳与挣扎"这样更为迫近人性的话题。因为时代、个人处境以及思想内涵的不同，这16位名人在生命的最后时光，"展现出最真切的自我，给后世留下了悬念、智慧、愤怒、宽容、痛苦、觉悟……让我们与主人公一起，解读生命的尊严和生命的意义，了解中国知识分子内心深处的忧患与悲欣。"（书中语）这是比"中华人民共和国成立后"更能激发人情感与哲思的文学题材。

这本书的作者叫张建安，在北京的某个杂志社做编辑。令我眼前一亮的是，他是山西省原平市人。原平是山西文化的重镇，历代文化名人辈出，今日之文气，亦为山西诸地之翘楚。这样一部分量十足的作品出自山西籍作家之手，这也是颇令人感慨的事情。我看了这本书的第一版和第二版，内容虽有改动，但醒目之处在于标题变化。关于王国维，第一版的标题是"此人现已投湖死"，虽有出处，不免平庸，第二版改为"义无再辱"，则颇有古风大雅。作家功力，此处亦可见。

  王羲之在《兰亭集序》中，曾思考了死亡这个人类永恒的主题。他说："向之所欣，俯仰之间，已为陈迹，犹不能不以之兴怀。况修短随化，终期于尽。古人云：'死生亦大矣。'岂不痛哉！每览昔人兴感之由，若合一契，未尝不临文嗟悼，不能喻之于怀。固知一死生为虚诞，齐彭殇为妄作。后之视今，亦犹今之视昔。"过去，每次读到这里，总觉得主题沉重，令人喟叹。但读了张建安先生的这本书，才发现王羲之的感受也不免轻飘飘的。生活之沉重，不在于抒情的言说，而在于王国维投湖之一刹那，他感受到了什么。

82. 上帝与牛顿之间，到底是什么关系？

读《在上帝与牛顿之间》

书　　名　在上帝与牛顿之间
作　　者　赵　林
出版机构　东方出版社
出版时间　2007年5月

从罗马帝国开始，西方的历史可以这样写：起初，一群人占据了地中海的四周。后来，他们皈依了耶稣基督。后来，有两个人试图分走耶稣基督的权势，一个叫作恺撒，另一个叫作牛顿。后来，世界一分为三，分别归耶稣、恺撒和牛顿管理，他们时而龃龉，时而和谐，一直到今天。

这当然不是正史，而是隐喻。耶稣自然是教会的权力，而恺撒和牛顿分别代表世俗的政治权力和后来兴起的科学权力。在三卷本的皇皇巨著《统治史》中，塞缪尔·芬纳把世界政治的基本力量简约为宫廷、教会、贵族和广场。如果对应起来，宫廷对应恺撒，教会对应耶稣，而科学，主要来自贵族和广场（平民）。这样的三分法，和芬纳的四分法，都有着不错的说明力。

在赵林教授的这本书里，着重讨论的是耶稣和牛顿的关系，也就是宗教和科学的关系。当然，赵林教授的这本书，只是他的演讲集中的一本（曰"之一"），不久以后就出版的"之二"，叫作《在天国与尘世之间》，主要讨论的便是耶稣和恺撒的关系。或许，赵林教授还可以讨论一下恺撒和牛顿的关系，不过，这是另一个话题了。

在大多数人看来，耶稣和牛顿的关系很简单，那就是冲突与对立，甚至是势不两立、你死我活的。一个人若要谈科学，那就不能谈宗教；若要谈宗教，那就不能谈科学；如果一个人同时认为科学和宗教都是正确的，那似乎就是在耍流氓。事实上，我们也可以用规范的语言来表达，那就是科学诉诸理性，而宗教诉诸信仰，毕竟，理性和信仰各有其边界，不能混为一谈。

赵林教授这本书，自然也持有这样的观念——顾名思义，如果有物在"上帝与牛顿之间"，那就意味着上帝不是牛顿，牛顿也不是上帝，而且，两者没有交集。但显然，上帝和牛顿并非全无关系，诚如一个男人和一个女人，即使结为夫妻也仍是独立个体，不能彼此代替，但关系是显而易见的。赵林教授的这本书，恰好就在谈这种关系，而且他不是静态地做比较，而是动态地谈两者之间深刻的互动，其中特别地，谈宗教的发展对科学的出现、演进和发展的影响。其实我们时常也能感觉到，科学和宗教并非如静态比较那样泾渭分明。比如，为什么西方很多科学家同时又是基督教信徒，科学和宗教难道不是对立的吗？基督教宣扬的是救赎，但世间为什么还有那么多苦难？重要的是，既然有那么多的苦难，为什么还有那么多人仍然笃信宗教？如何"科学地"论证上帝的存在或者不存在？等等。

赵林在他连续六个讲座中，介绍了西方发展历程中宗教与科学的关系史。比如在起初，无数经院哲学家都试图用纯粹的形式逻辑来作出论证，以证明上帝的存在。从安瑟伦的本体论证明，到阿奎那的宇宙论证明，一直到圣托马斯五路证明，以及设计论证明和帕斯卡尔的博弈论证明，都展现出了突破所处时代的逻辑能力的努力，对人类复杂思维的产生与发展起到了积极的推动作用。当然，今天，所有的基督教哲学家已经都清醒地认识到，关于上帝的种种都在信仰范畴，而信仰是不能以形式逻辑来证明和反证的——那是逻辑之外的另外一类事物。但必须明确的是，即便所有这些证明都已被人类新的智者所驳斥，没有一个能够经得起时间和后人智慧的考验，我们也不能认为从安瑟伦到阿奎那，从圣托马斯到帕斯卡尔，他们只是做了一些无谓的努力，最后"可耻地"失败了。恰恰相反，正是他们笃信可以用逻辑来证明上帝的存在，逻辑自身就得到了相当重要的发展。而随后，也正是依靠人类逻辑能力的空前进步，科学才能在这种强大的逻辑能力护佑之下迅猛发展，成为人类不可遏制的一种新的力量，甚至新的宗教。它不仅改变了现实世界，也改变了上帝的世界——今天，无数教堂采用了极其复杂多样的建筑工艺和技术，建得比哥特式教堂更宏伟、更奇特、更多样，但没有一个新的大教堂在建设中或者建成以后坍塌——而在中世纪，这是经常发生的灾难。这正是科学的力量。

赵林教授带着我们巡礼了欧洲宗教与科学相互交织而发展的历程，而这也恰恰是人类从中世纪走向文艺复兴，又走向科学革命的伟大历程。在这一历程中，没有什么事物是单独成长起来的。人类的各个精神取向，一直在相互影响、相互刺激、相互促进。今天，上帝和牛顿尽管各安其位，但他们之间的故事，还很长很长。

83. 永别了，生物武器

读《生物武器》

书　　名	生物武器
作　　者	［美］珍妮·吉耶曼（Jeanne Guilemin）
译　　者	周子平
出版机构	生活·读书·新知三联书店
出版时间	2009 年 7 月

1929 年，海明威以"一战"后期美国参战为背景，创作了长篇小说《永别了，武器》，讲述美国青年弗瑞德里克·亨利在第一次世界大战后期的经历。弗瑞德里克·亨利志愿参加红十字会驾驶救护车，在意大利北部战线抢救伤员。在一次执行任务时，亨利被炮弹击中受伤，在米兰医院养伤期间得到了英国籍护士凯瑟琳的悉心护理，两人陷入了热恋。亨利伤愈后重返前线，随意大利部队撤退时目睹战争的种种残酷景象，毅然脱离部队，和凯瑟琳会合后逃往瑞士。结果凯瑟琳在难产中死去。

海明威本人参加过"一战"，其参战的经历，就是在红十字会驾驶救护车。《永别了，武器》中的情节，有他自己的影子。不过，海明威呼吁"永别了，武器"，却是"一战"之后人类社会爱好和平的人们的普遍愿望。为了避免悲剧重演，国际社会采取了一系列措施，包括惩罚战败者、成立国际联盟、拆分战前的帝国、订立和平条约等。当时人们普遍相信，这些措施庶几可以使人类免受再次战争之祸。殊不知，仅仅过了20年，欧洲就重燃战火，全世界都陷入一片火海。海明威希望告别武器的愿景没有发生，他自己也作为一名随军记者第二次走上了战场。几年后，他写出长篇小说《丧钟为谁而鸣》，再一次表达了"永别了，武器"的强烈呼吁。

不过，"二战"结束后，人们开始意识到，作为一种美好的愿望，"永别了，武器"可能是不现实的。为了实现和平，有时恐怕只能采用战争的方式。因而，作为"二战"后全世界维护国际和平与安全的主要机制，联合国安理会致力于和平，但仍然做出了规定，联合国安理会有权确定谁是侵略国，并根据情况决定是否对侵略国采取武力行为。事实上，如果联合国安理会以公告或决议的形式宣布对侵略国行使武力，这就是一种宣战，也就是"以战争来实现止战"。"永别了，武器"并不容易。

当然，"二战"之后，国际社会把对人类避免战争的更多关切，付诸对大规模杀伤性武器的限制乃至禁止，包括核武器、化学武器和生物武器。在这三种武器中，核武器更多地为公众所熟知，化学武器已经远离现实，而生物武器却因为新冠疫情中的种种传闻，再度走入了公众的视野。珍妮·吉耶曼著的《生物武器》虽然写作于新冠疫情之前，但对于公众了解生物武器的来龙去脉有着相当的帮助。

本书作者是已故的美国生物学家珍妮·吉耶曼，在她的职业生涯中，一直致力于公众安全研究，曾经担任过麻省理工学院安全研究项目高级顾问。吉耶曼与这本《生物武器》相关的著作《隐藏的暴行：日本细菌战和美国在东京审判中妨碍司法》曾获得普利策奖提名，也证明了她作为一名公共安全专家的能力和水平。

这本书是"新知文库"中的一本，也是与这个文库"揭秘冷知识"的主旨高度契合的一本。顾名思义，这本书介绍了最初脱胎于化学武器的生物武器从出现一直到今天仍然鬼影重重、神秘莫测的全过程，揭秘各个大国鲜为人知的生物武器研究乃至使用和防护的历史，讨论人类防范生物武器的使用、扩散的策略与途径。

生物武器作为一种经常被与核武器相提并论的"大规模杀伤性武器"，一旦失去管控，对人类生命造成的威胁可想而知。尽管很多人可能认为，再强大的生物武器也比不了原子弹、氢弹的杀伤力，但唯其如此，生物武器在实战中反而更有可能被作为战争或者恐怖的手段投入实际应用。因为，核武器巨大的威力使任何一个率先使用它的人都意味着同归于尽，而生物武器却没有这样的死亡对称性。事实上，人类历史上只有一次使用了核武器，但却有多个国家在战争中多次使用生物武器："二战"中，德军曾以炭疽菌和鼻疽菌毒杀敌对国的驮畜。在中国战场上，日本的细菌部队曾在多个地区散播鼠疫和霍乱，造成大量的平民伤亡。到了20世纪末，恐怖分子也利用生物武器制造混乱：1995年3月20日早上，日本东京地下铁中出现了大量因不明液体而导致中毒的民众，最终 13 人死亡，约 5500 人中毒，1036 人住院治疗。这一事件，就是令人心有余悸的例证。而进入 21 世纪，炭疽菌信件的屡屡出现又重新点燃人们对人造瘟疫的恐慌。在大规模杀伤性武器中，生物武器的威力直追核武器，但其研制和使用却比核武器更加简便和随意。因此，珍妮·吉耶曼是用她的著作给我们指出，对于人类而言，在生物武器的危害性上，可怕的不是国家间的战争或者国家对平民的使用——这是不大可能的，而是这种技术门槛并不太高的大规模杀伤性武器，被从 20 世纪以来日益猖獗的极端恐怖主义者所掌握而带来的巨大危害。从这个意义上讲，全世界大国不能仅仅止步于宣称不再制造、使用生物武器，而应该携起手来，在全球范围内制止生物武器扩散，切实保护人类的安全。

人类之于大规模杀伤性武器，就像潘多拉一样，将灾难的盒子打开之后，要想再把它们放回去就更难了。生物武器是基于人类对瘟疫的了解而产生的，源于对生命的保护，而在战争和利益的面前，它又变成了杀人工具。这个问题上，也许我们需要再一次想起海明威。他的长篇处女作《永别了，武器》似乎很难实现，但我们当下要做的，应该是"永别了，核武器"和"永别了，生物武器"。如果我们做不到，就会听到海明威冷峻的预言：你以为丧钟为谁而鸣，它就是为你而鸣。

84. 时间的终结

读《艺术的起源》

书　　名　艺术的起源
作　　者　［日］杉本博司
译　　者　林叶
出版机构　广西师范大学出版社
出版时间　2014年4月

2005年，在日本东京著名的森美术馆举办了一个极为重要与成功的大型摄影回顾展"时间的终结（End of Time）"。这是被誉为"最后的现代主义者"的日本摄影家杉本博司的个展，展出他从1975年至2005年共30年间各个时期的不同系列作品，为数在100件以上。这些作品，既有已经展出过的作品，又有从未公开发表过的新作，是他一生作品最为完整的呈现。据说，参观的人数达到了森美术馆的历史之最。

现在，作为现代日本最伟大的摄影师，杉本博司仍然活跃在艺术创作的第一线。2017年，已近70岁的杉本博司创作了一座高达21米的不锈钢雕塑《无穷远点》，耸立在旧金山的金银岛上。这个雕塑利用了原先的一个水塔旧址，看上去仿佛一座塔耸立在岛上，无限延伸，刺穿云霄。一个70岁的老人仍然能有如此旺盛的创造力，让人赞叹。

我对杉本博司的了解，最初就是来源于他写的这本《艺术的起源》。书名很普通，如果不是封面上迷离的黑色风格，你或许以为这是本教材。我是在北京成府路的豆瓣书店看到这本书的，懂行的店员把它摆在了十分显眼的位置，我立刻默契地知道这是一本好书——对于何为好书，我和豆瓣书店具有惊人的一致性。摆在中间陈列柜台显眼位置的书是必买的——哪怕只是一本烹饪书。我甚至就在那个位置买到了一本名为《乌克兰拖拉机简史》的书，听说过的人都知道，和《禅与摩托车维修艺术》一样，都是真正的好书起了个古怪的名字，仿佛一个叫"大刚"的校花。

　　确有艺术家的作品，只看一眼就能让人联想到哲学——杉本博司的这本《艺术的起源》就是。先不看文本，书中的那些摄影照片就已经先声夺人地驻留在你心中了。那是简约，又不止于简约；那是神秘，又不止于神秘；那是唯美，又不止于唯美。后来，看到杉本博司先生摄影回顾展的名称，我突然就有感觉了，那就是"时间的终结"。只有这个短句适合来表现杉本博司的那些作品。在我看来，"时间的终结"就是永恒——或者因为完美，或者因为自信，或者因为极端，一切就都留在了那一瞬间，颠覆我们的认知，颠覆我们的想象，甚至屏住你的口鼻，让你呼吸困难。

　　在所有的那些摄影作品中，我印象最深的就是杉本博司用"无相机摄影"制作的新作《放电场》。他以静电灼烧底片，借闪电的意象创造出一些宇宙般神秘的图景，令人惊异，又美不胜收。当然，杉本博司的"有相机摄影"从技巧上看也是一流的，他为许多人物拍摄的黑白肖像作品，具有木刻一样的单纯感，又让人无法不佩服他以简化繁的丰沛表现力。不仅如此，他还涉足装置艺术和茶道，作品也充满了"时间的终结"般的表现力，让人欲罢不能。

更为难得的是，杉本博司在《艺术的起源》这本书中展现了清晰而深刻的艺术自觉。任何艺术家，在自觉之前只能是"匠"，当他开始自觉的时候，他才能真正地成了"家"。他的探寻、反思和批判，都不仅仅是就事论事的"小逻辑"，而是对艺术做整体性审视的"大文章"。他瞄准的不是某个作品的成败得失，而是人类艺术宏大主题下的精神涅槃。

这本书已经出版了有十年之久。那个时候的书，多数已经湮灭在废品回收站的废纸堆中。但总有一些伟大的作品可以陪伴"时间的终结"，在这样的书籍真诚的探寻之下，一切的过去，都和未来一样新鲜。

85. 从洋学到国学

读《佛教东来》

书　　名　佛教东来
作　　者　池田大作
出版机构　牛津大学出版社
出版时间　2008 年

前不久到洛阳出差，好客的主人推荐我去看洛阳久负盛名的两个人文景观，一个是白马寺，另一个是龙门石窟。这两个地方，我十几年前都去过，此番本来也拟重游，但限于会议的日程和已经不能更改的归期，最终一个也没去成。但这两个与佛教相关的遗迹，尤其是与"佛教东来"密切相关的白马寺，还是引起了我的思索。回来后，找出十几年前看过的《佛教东来》（池田大作著），看着里边为数不少的批注，对这段佛教历史上的重要历程，又有了一些新的认知。

池田大作的这本书，和《我的佛教观》《我的释宗观》《我的天台观》一道，共同构成了一个完整的学科体系。从书名看，《佛教东来》颇似历史学著作，但事实上，仍是阐述池田先生一直秉持的天台宗佛学要旨的教义之书。当然，由于池田先生以及两位参与对话的学者十分严肃的治学态度，这本书作为佛教由印度历经中亚传入中国的专门历史著作，也不会有太多的问题。

其实，池田先生四卷本中第一卷《我的释宗观》和第二卷《我的佛教观》，也都不是纯粹的佛学理论书，而是从佛教的产生到流布中亚的历程，渐次展开为对佛学观念的介绍。其实，在哲学领域内很久之前就流行一句重要的断言：哲学就是哲学史（这个观点源于黑格尔，原话是"哲学史本身就应该是哲学的"）。以此类推，我们似乎也可以说"佛学就是佛学史"，在同样的逻辑结构中，道理也当是不错的。池田先生以史入理，我们也可以逆流而上，以理入史。

无论如何，如书中所言，"在印度产生的佛教，踏上令人振奋的旅程，经过中亚细亚，传到中国，一般认为是公元67年。自那以后长达1000年期间，佛教在民众中不断地渗透，很快地扎下了根。人们说这是印度传来的佛教中国化。超越国家、民族、文化的差异，中国接受了佛教"。这是一段我们极为重要的国史历程，如果没有这一段，中华民族的文明史就可能是另一个样子。书中说，所谓"佛教中国化"，不外是"世界宗教化"，这当然没什么问题。但另一方面，"佛教中国化"，其实也是"中国佛教化"。这一过程，由东汉滥觞，到中唐基本完成。标志性的成果，是唐代的佛学，成了那个时代最为重要的国学构成。多年前季羡林先生去世的时候，有人认为他研究了大半辈子佛教，如何成了"国学大师"？殊不知，一定条件下和阶段里，佛学就是国学。

这本书对佛学演变成国学的历程，写得十分清晰。它秉持了池田先生著作的一贯特色，是以池田先生与两位年轻学者野崎勋和松本和夫的对谈为主要内容展开的。从对谈的内容看，这两位年轻学者对佛学及其沿革历程造诣很深，信息量堪与池田先生匹敌，因而，他们的话题推进很快，信息量极大，尽管本书篇幅不长，但却能够把这一长达数百年的发展历程描述得清清楚楚，使本书在佛教史的基础上，具有了思想史或者文明史的特点。

　　我看的这一本，是牛津大学出版社出版的繁体横排版，这是多年前在三联韬奋书店购书时的意外收获。我喜欢读繁体，因而阅读中的享受就多了几分。当然，读者诸君倘要读简体版，可以看四川人民出版社的简体字本。我翻了翻，两个版本内容是完全一样的，区别是，牛津大学本的装帧设计要漂亮得多。

86. 词在山水林田间

读《觅词记》

书　　名　觅词记
作　　者　韦　力
出版机构　上海文艺出版社
出版时间　2018年3月

最近买了一套大书，一函四册，其价数百元，名曰《觅画记》。显然，是收藏家韦力"传统文化遗迹寻踪"系列丛书中最新的一种。最近十年来，韦力先生寻踪历史文化遗迹，记录行程，挖掘古意，已经有《觅诗记》《觅词记》《觅理记》《觅曲记》《觅经记》《觅文记》《觅圣记》，如今随着《觅画记》之出世，韦先生之"觅系列"已有八种之多。倘他有兴致——当然主要是有钱有闲有精力，尚可以有更多之"觅"。在我看来，至少可以觅"书法"，觅"古建"，乃至觅"菜系"，觅"神话传说"等。

迄今为止，已出的八种"'觅'系列"我已经搜罗齐全。因为喜爱，不仅各买一套以供阅读，同时还另外买了一套毛边本，用以收藏。藏书如此，读书却多有欠缺。迄去年为止，只看完了《觅理记》全本和《觅诗记》的一部分，其他则仍束之高阁，无问津焉。最近，因为正在学习写词的缘故，特地找出《觅词记》

读，上、下两册，40多个词人，百余首优秀作品，花了半个多月——当然不是只看这一套，总算读完了。按照书中的概括，"全书凡四十篇，是对中国词人遗迹的勘访记录。共计40余位词人，42处遗迹，百余幅古籍书影，近300张实地图片，几千里路风尘，数载光阴流转，探访传统文明华彩篇章，追寻词风古韵沉淀千年的美"——这已经准确和生动到不用我辈置喙的地步了。

在我看来，这种无限逼近现场的"觅"，其实效果并不像想象的那么好。毕竟，从已实施过的勘访成果看，多数历史陈迹，已经邈如烟尘，概不可观。韦力先生每每跋山涉水地寻了去，所见之物，最为可观者，也无非是一个规模不大或者古意寥寥的旅游景点。而更多的是，村中野老以自己的理解，造出或者附会的现代坟茔或者纪念物，不是古迹，与古人亦无牵连。每次看韦力先生介绍古代名贤的文章，前面叙述平生与作品，翔实而厚重，而到了后面的探访，虽则话语不少，但信息量反而不大。多数都给人"虎头蛇尾""草草收兵"的印象，多少还是有些失望。

或有读者诸君问，既然如此，为什么你要如此追捧韦力先生的这个"觅系列"呢？在我看来，读这套书，虽则读的是词人或者诗人曲人乃至理学家之类的传记，但顺藤摸瓜，也能够读诗读词读文读曲。比如这本《觅词记》，收入书中的40多个词人，基本可以涵盖中国词成为文学样式以后词作者之大要，即便有个别未曾列入，也已经无关宏旨。顺着读书，等于把这些词人的代表作品以及时人、后人对他的评价，一网打尽般地重读一遍。特别是其代表作创作之时的历史背景、人生境况，自是其他选本涉及不多的——而恰恰是这种结合，是我们理解诗人词人这一首乃至这一句的基础。这样的收获，自非其他读本可比。

更为重要的是，尽管韦力先生寻找的"现场"，多半已经"今非昔比"，但这种努力所企及的这种山水林田，自然是词人（也包括今日之词人）所理当追求的远方。古人读万卷书，行万里路，不是因为书在万里，而是在行走万里路的途中，知识才有附丽，追寻才能切实。最重要的是，这种奔赴本身，正是从古至今一干文人"怀着乡愁，寻找家园"的意义之所在，也正是实践海德格尔"人，诗意地栖居"的最佳姿态。因此，韦力先生四处觅词，词不是目的，觅才是。

87. 古今中外的"另一条战线"

读《暗影：中国古代的刺客与间谍》

> 书　　名　暗影：中国古代的刺客与间谍
> 作　　者　熊剑平
> 出版机构　中华书局
> 出版时间　2015 年 6 月

上大学的时候，有一段时间很痴迷间谍类的图书，看了不少国外的此类著作。那时还没有电视剧看，电影也很少能看到，文学作品就是间谍类作品的基本来源。后来，电视逐步普及，谍战的影视剧层出不穷，热播者众。相对而言，反映刺客内容的文学和影视作品虽然少一些，但两者合起来，作为一个文学和影视的大类，占比也不能说小。这反映了人们对此类题材一种程度很深的好奇心。无论是间谍还是刺客，都是活在我们目光所及之外的另类人等，有一种我辈不能企及的自由与神秘之感。我们对他们的好奇，实是对过于枯燥的现实生活的厌倦。

其实，间谍也罢，刺客也好，都是古已有之的人类形象。看西方，《荷马史诗》和希罗多德的《历史》，以及修昔底德的《伯罗奔尼撒战争史》里，都有间谍和刺客的形象。特洛伊木马的计策之所以能成功，也有间谍的功劳——他们"忽悠"特洛伊人，把木马作为战利品拉回了城内。波斯的薛西斯一世就是被刺客所杀——后来的恺撒也是。间谍和刺客常常改变历史,由此也可见一斑。

在中国古代,间谍和刺客的历史更可谓源远流长。我几年前看过的这本《暗影:中国古代的刺客与间谍》,就是一部写中国历史上间谍与刺客历史的专著。现在通俗类历史作品不少,作品的同质化情况比较严重,能找到一个与众不同的题材,自己又能驾驭,那就差不多成功了一多半。本书的作者熊剑平是国防科技大学国际关系学院副教授,研究古代中国的军事乃至政治,正是他的本行。在这本书中,熊剑平教授系统而翔实地为我们描绘了中国古代谍战史的林林总总,从上古一直讲到清末。中国古代历史上居然有如此之多的谍战和刺客的素材,真可谓不看不知道,一看吓一跳。

谍战的产生和发展是古代战争的一大表现形式。从本书介绍的情况看,虽然早期的用间和行刺未必成为古人军争征伐的自觉手段,但此方面的实践却是史不绝书。按照作者的叙述,早在夏商之时,就有了用间和行刺的史事。到了春秋战国,这种用间和行刺的行为,就不仅有实践的实例,更有了理论的研究。依我看,《孙子兵法》中"不用乡导者,不能得地利",其中乡导,就不止于行军带路等军中后勤保障,而一定包括侦察敌情、破坏设施、切断水源、绘制地图、散布谣言等用间行为,乃至行刺敌酋等关键环节作战行为。此后,牧野之战、长平之战、垓下之战、官渡之战、淝水之战等这些耳熟能详的战役,都少不了暗处的谍战较量。作者深入挖掘了用间、行刺、信息收集与分析对战争的巨大影响，充分说明，一些我们早已知道结果的重要战争的历史走向，每每都是被这些在"暗影"中作战的人和事所决定的。这也启发我们，重视这种谍战和行刺的行为即使在今天的现代战争中，也有其不可缺少的价值。

　　这本书是中华书局的出版物，这也是书的品质保证。如果你对军事和历史领域感兴趣，这本书值得一读。

88. 掷地可作金石声
　　读《孔子》

书　　名　孔子
作　　者　[日] 井上靖
译　　者　文绘
出版机构　南海出版公司
出版日期　2024年3月

　　这本书的阅读，至少可以追溯到十年前甚至更早。那时我读书虽勤，但看书如狗熊掰棒子，看完一本（甚至未看完）就丢到一边。所以，要不是前几天整理书架，偶尔看到了这本有若干批注的旧书，我甚至都不记得看过这本书了。

　　但自己发过的朋友圈还是唤起了不少回忆。这是2013年的国庆长假，我在宁武的管涔山中潜居了两三天，带的就是井上靖先生的这本书：

　　　　国庆假日，蜗居管涔山中，枕山卧水，浴风听涛，难得的清净自在。相伴数日，是这本绝好的小书，井上靖先生八十高龄所著《孔子》。思想与哲学且不论他，单是那种娓娓道来的文字，就让人无法自拔地沉沦。

这是十年前的往事。其实,在我整个青年时代,井上靖都是偶像、名人和令人惊异的书写者,是如雷贯耳般的存在。首先,他是作为"中国人民的老朋友"而存在的,因而作为一个外国作家,他的作品被更多地翻译成中文为我们所熟知。另外,他也几乎是所有我们熟悉的外国作家中,以中国古代的历史和文化为题材,创作作品最多的一位。就我所知,他写过敦煌,写过楼兰,写过以西域为背景的《洪水》《昆仑之玉》《异域之人》,也写过鉴真,写过杨贵妃,写过成吉思汗,写过班超。即使将中国作家算上,光以小说对中国历史题材的涉猎广度论,井上靖也能榜上有名。除了《孔子》,我还看过他的《敦煌》《楼兰》《天平之甍》,这本即使不是他最好的,大约也是他最知名的中国历史题材小说了。

井上靖先生的中国历史题材小说,有些共同的特点。一是题材本身都是中国古代非常重要的人物和事件,无论是历史之地位抑或是历史之遗响,都足以流布后世,不可忽视。二是题材多具有典型性,这些历史事件,因为史料不足或者时代久远,皆各有脉络清楚但细节缺乏之弊,对于历史研究当然不免遗憾,但对于文学创作,却具有提供想象力空间之效果。三是皆以一个独特视角来展开叙事,如《敦煌》中的故事,是从宋仁宗天圣年间一个进京赶考却因瞌睡错过了考试的书生赵行德眼中观察所见。而这本《孔子》,也同样是从一个虚构的孔子再传弟子蔫姜的眼中展开的情节。仅从这个创作角度的切入上看,也体现了井上靖先生文学功力的大师级水平。

写孔子的一生,很不容易。一方面,广大读者特别是中国读者对于孔子这一历史人物已经熟悉到了如指掌的地步——虽然多数人并不能清晰地说出孔子一生的脉络，甚至对这种脉络是否准确，专家也不敢断言。问题在于，重要的不是熟知，而是以为自己熟知。这就会导致，每个人尽管都难以建构一个孔子，但却可以直截了当地否定别人的建构。正如一万个人就有一万个哈姆雷特，有多少个中国人就有多少个孔子。另一方面，孔子的历史评价，又非常难以把握。从至圣先师之封侯封王封帝，到"再踏上亿万只脚，教他永世不得翻身"，都是加诸孔子的极端评价。直到今天，关于回到孔子的儒学价值，仍然有大相径庭甚至截然相反的研究成果和实践取向。一个实用主义的孔子必然是一个充满争议的孔子，如果不能准确把握，那就会两面不讨好。

井上靖先生的办法是回到孔子——不是回到孔子的价值观和政治理想，而是回到孔子这个人，甚至都不是回到孔子的本体，而是用孔子时代一个普通人的视角，去审视和陈述孔子一度的经历，进而折射他的一生及其影响。这是一个令人拍案叫绝的视角。因为作家选择或者说创造的这个小人物"蔫姜"，并不是孔子思想的同道者，不是像子路、子贡或者颜回那样义无反顾奔赴理想与磨难的仁人志士，也不是对孔子的学说乃至政治实践虽然不明就里但也心生憧憬的"愤青"类人物。恰恰相反，即使把蔫姜拔高到自己都不能自洽的程度，他也仅仅是一个知识匮乏时代对学问以及因之而标明的贵族身份有朴素敬意的普通"劳力者"。只是因为某种与伟大和进步无缘的偶然，他被裹挟到了孔子周游列国的队伍和行程之中，成了一个重要和难得的"第三只眼睛"。

不是慷慨奔赴，也不拼死厮杀，他仅仅是带着困惑的眼神，从头寻找周围所发生的一切的意义。这种观察，从最初的意义上，不比当年菜市口伸着脖子看"夏瑜"（鲁迅小说《药》）开刀问斩的莘莘看客更高明。但当蔫姜因为种种原因无法脱离而跟随了周游之后，他就开始了自己的思考和探究。其实，这正是整个春秋晚期中原地区各类普通人与民对孔子的认知过程的场景化和戏剧化过程——在通常情况下，作为普通人的我们，是看得见"砍头"，看不见"主义"；看得见"夏明翰"，看不见"后来人"的。但是，不论多么伟大的真理，都不是天山上的雪莲，而应该是人人得而饮之的泉水。孔子周游列国的实践意义，正是反映在蔫姜心中的那些生长出来的陌生感受。这个蔫姜的"孔子化"，抑或可以说是孔子的"蔫姜化"过程，具有某种意义上的永恒性，直到今天，孔子学说与实践的永恒性、悲剧性和情感力量，都蕴含在这一刻。

　　《孔子》是井上靖先生一生中完成的最后一部文学作品，可谓他的绝唱。就从他选择以这样的方式，为我们创造出这样一个别开生面的孔子，我们都该服膺他的文学功力和思想底蕴。朱天心评价他说："井上靖是巨匠级的大家，书中人物所思所想所愿所怒所欢所终身企求，皆掷地可作金石声。"这是恰如其分的评价。

89. 从卡拉瓦乔开始

读《艺术的力量》

书　　名　艺术的力量
作　　者　[英]西蒙·沙玛（Simon Schama）
译　　者　陈玮　等
出版机构　中国美术学院出版社
出版日期　2019年1月

少年时读书，西洋美术基本是盲区。后来上了大学，艺术史的阅读也相当贫乏。很长一段时间以来，对西洋艺术的了解，大致就是达·芬奇、米开朗琪罗和拉斐尔所谓"文艺复兴三杰"，加上一个以特定原因为人所知的梵高，和一个苏俄艺术最杰出的列宾而已。而且，从文字看画家的平生多，从作品看画家的品质少。

这种状况有所改变，是近十年的事。而改变的契机，正是这本《艺术的力量》。而且，还是其中的第一篇文字，介绍卡拉瓦乔的那一篇。

从某种意义上，这颇似奇遇。毕竟，尽管卡拉瓦乔在西洋艺术史上也有不容忽略的一席之地，但相比前面所说的"三杰"，乃至在他前后如伦勃朗、委拉斯开兹、大卫、米勒、透纳，乃至印象派以来的塞尚、马奈、莫奈、梵高、高更、毕加索、马蒂斯、达利等大师级的人物，这位浪子般的艺术家也算不上特殊。不过，差不多十年前一个普通的下午，我偶然地从书架上翻开了一本书，被其中的一幅画作插图所吸引，就开始了我自己一段迄今未曾中断的灵性之旅——不是宗教，而是艺术。

我已经记不住那幅画的名字了，但能记住当时的震撼。那就是一个半裸上身、手持长剑、神情略显稚嫩的少年，手里提了一颗血淋淋的人头。那人头虽然已经和尸身分离，却依旧睁着眼睛，目光中有愤怒、不甘与一点点迷离。当时，尽管我不知道这幅画表现的主题，但依然被深深地震撼。读了文章我才知道，这幅画描绘了以色列王国英雄少年大卫战胜非利士人勇士歌利亚的情景。最令人难以置信的是，图中歌利亚脑袋的模特，居然就是这幅画作的作者，意大利画家卡拉瓦乔。而让我接触到卡拉瓦乔的这本书，就是今天要推荐的这本《艺术的力量》。

《艺术的力量》来自一部关于艺术历史的英国BBC纪录片。事实上，这样的多集纪录片共拍了三部，分别是《文明》《艺术的力量》和《新艺术的震撼》，分别介绍古代和中世纪文明、文艺复兴以来的绘画艺术家和从19世纪末期产生的新艺术。三者表现的对象虽然大致以时间来划分，但对作为对象的艺术品选择也并非整齐划一，《文明》介绍古代艺术，选择面更加宽泛，建筑、雕塑、绘画、哲学、诗歌、音乐、科学和工程无不涉及；而《新艺术的震撼》则着力介绍艺术自身的变迁，从多个艺术哲学的主题出发，探讨了新艺术的突变与因袭。显然，三部共26集这样的规模，合起来就是一部无所不包而又各有侧重的世界艺术史。

按照一种行之有效的惯例，三部纪录片也分别整理出了三本装帧精美的图书，与纪录片发行同步推出。我首先买到的是第二本，就是本文介绍的《艺术的力量》——也就是通过这本书，我才知道了三卷本的存在。后来，我也读完了《新艺术的震撼》，过几天可以聊聊。

《艺术的力量》详细讲述卡拉瓦乔、贝尼尼、伦勃朗、大卫、透纳、梵高、毕加索以及马克·罗斯科八位艺术家的生平，重现这八位艺术大师的创作历程。我不知道创作者是根据何等标准作出了这样八位艺术家的选择，是艺术史上的重要性，还是他们更有故事性，或是一种综合起来的代表性。在我看来，从创作成就看，他们都足够伟大——但我们还能找出更多伟大的画家。而且，也不能简单地把八位艺术家归入艺术史上的同一个阶段，至少，最后两位毕加索和马克·罗斯科更应该出现在"新艺术的震撼"中。因而，我宁可相信创作者选择的标准，更考虑的是艺术大师所具有的独特创作风格和鲜明个性。毕竟，这不是大学课堂上的艺术史课程，而是面向公众的摄影纪实类作品。我猜想，创作者们一定是这样想的：反正不能面面俱到，为什么不选那些有趣的呢？

仅以卡拉瓦乔看，创作者的匠心就体现得相当充分。在主持人西蒙·沙玛独特而富有个性化的叙事下，卡拉瓦乔一生中那些伟大的艺术作品，以及创作这些伟大作品背后曲折动人、宛如刑侦大片一样的人生故事都完美呈现出来。在电视和书籍两种不同的手法中，我自然更青睐书籍——尽管也通过手机观看了部分电视画面。无论如何，这都是一次饱览艺术大师们所创作的最伟大作品的饕餮盛宴，从画面到文字，从作品到故事，都是令人欲罢不能的审美体验——这就是艺术的力量。

90. 山西木构天下第一

读《立体史记》

书　　名	立体史记
作　　者	乔忠延
出版机构	山西人民出版社
出版日期	2023年4月

刚刚读罢的这本《立体史记》是一套八卷本的"走读山西"系列丛书中的一本。前不久，山西人民出版社的编辑吴春华老师送了我一套，希望我写写书评。我欣然领命，但洋洋八卷，先看哪一本呢？稍加思忖，便拿起了乔忠延先生写山西古建的这本《立体史记》。甫一阅读，便欲罢不能地一口气读完了。掩卷而思，许多赞叹，许多感慨。

近些年，山西着力于"转型发展"，欲变"一煤独大"为"八柱擎天"，曾经号称"无烟工业"的文化旅游业自然成了支柱产业。为了突出文化旅游的特色，析分出黄河、太行、长城"三大板块"。从文化旅游基础设施建设的规划布局看，这样的"三大板块"颇得要旨，各地分别领命，围绕板块之一或二，各自扬长避短，形成特色，当有出奇制胜之效。但就对外宣传看，"三大板块"却失之于泛泛。黄河流域九省，我居其一；长城即使是在一个较为狭窄的"北方防卫性砖石建筑"概念上，也有北京、河北、辽宁、内蒙古、陕西、甘肃、宁夏等地共享；而太行之所及，至少当包括今日所谓"山河四省"（山东、山西、河南、河北）。站在全国乃至全球游人的角度，提到黄河长城太行，第一反应为山西的，究竟为数不多。在旅游业同质化普遍、内卷严重的今日，没有"人无我有，人有我专"之特色，游客之不至可知之矣。以"黄河长城太行"为旅游布局之条目则可，以之为宣传主题，愚之见，须另加提炼为妥。

针对山西特色，本人曾经设想以"晋商、晋国、晋建"之另类"三晋"为主打，向外界推广山西旅游，或有突出差异、彰显特色、昭示品质之功效。此三晋者，宇中独有，海内最佳，皆为山西之特色，亦为山西之优势。"晋商"已倾力宣传30年有余，品牌早已深入人心，时至今日仍是外地游人动来晋念头之第一触发点。晋国则是山西早期历史之凝练，上溯尧舜，下延魏晋，"五千年文明看山西"，半数时间可以纳入，引人入胜之处，可谓星罗棋布。而晋建之地位与品质，较之前两个主题，更是独树一帜，这正是这本《立体史记》倾心描摹的重点。但从文化旅游开发的现实，反而着力不多，用心不足，从吸引游人特别是高品质游人之角度，晋建可能是潜力最大的环节。以这样的"三晋"着力，山西的优势是无法模仿、无可比拟的。人们说起山西旅游，不免有"景点众而散，主题多而杂"之评，以"晋国、晋商、晋建"统领，当有事半功倍之效。

80多年前，梁思成先生与林徽因女士及营造社之同人，遍访国内古建，四度踏上三晋大地，发现了五台山的唐代木结构建筑佛光寺，以及大同上、下华严寺，大同云冈石窟，应县佛宫寺释迦塔（木塔），洪洞广胜寺飞虹塔，晋祠圣母殿、鱼沼飞梁等绝伦古建在中国古代建筑史上的重要价值，并因此而破解成书于宋代的古代建筑学著作《营造法式》。由此，今天我们才可以说"唐代建筑全国仅存四处，都在山西；宋以前建筑，仅存百余，70%在山西；这里还有明清古建万余座"这样豪迈的言辞。在梁先生流芳百世的《中国建筑史》中，三分之一的建筑实体例证均来自山西，是山西古建地位的明证，也为我们留下了一个取之不尽用之不竭的文化宝库。无论是研究独具特色的中国古代木构建筑，还是开发以建筑人文品质为主导的旅游业，"晋建"都具有"独此一家，别无分店"的垄断性优势。看黄河、长城、太行，当然可以多有选择，但看中国古代建筑，却只能来山西，也只有山西好。

自梁先生之后，研究与推广"晋建"之图书，可谓车载斗量。山西古建的丰富遗存，成就了诸多学子攻读硕博、写出高水平论文的梦想。此方面的理论著述，从开掘学科建设深度的角度，自然多有力作。而另一个侧面，各地宣传当地建筑遗存的读物，基本上仍是解说词式的寥寥数语，令人可以"知其然"，却难以"知其所以然"。古代建筑游与自然风光游之最大区别，是游览之效果取决于游客人文知识之门槛。由于我们自身对古代建筑的基础知识普及不足，导致众人呼而不至，至而不懂，游客的数量和游览的深度都明显不足。在这样的情形下，像乔忠延先生这样一部庄谐杂出、雅俗共赏的力作，便有着非常特殊的意义在。

我和乔忠延先生不熟悉。乔先生是中国作家协会会员、山西省散文学会名誉会长，在《人民日报》《当代》等报纸杂志发表文章600余万字，出版图书90部，作品多次入选全国选本、教材读本和考卷，曾荣获冰心散文优秀奖、赵树理文学奖等多种奖项。难能可贵的是，他虽然不是古建本行当出身，但对古建筑，不仅具有宏观和整体上的知识储备，对微观上的建筑工艺、造型风格乃至细部做法，也有着非常丰富的知识。本书的编者邀请乔先生来撰写这部以山西古建为主题的著作，可谓恰得其人。

这本《立体史记》，单看书名，便彰显出一种博大胸襟。古往今来，司马迁一部《史记》，被鲁迅先生赞为"史家之绝唱，无韵之离骚"，已是中华文化的天花板。但由《史记》而起，中国古代史学"重帝王将相，轻百业人物；重政治沿革，轻社会变迁；重精神创造，轻物质文化"的弊病也代代承继。从某种意义上，我们看历史，多有平面，罕有立体。本书之定名，正是对长期以来这一历史研究弊端的拒斥，也正是对山西古建特殊价值的彰显。从书的结构看，作者把本书的体例结构按照古代建筑夯筑台基、架构主体和脊檐封顶三大部分的整体结构加以类比，以"夯筑台基"写整体风格和历史演变，以"架构主体"写建筑门类和单体内涵，以"脊檐封顶"写山西古建的精神品格和文化启迪。既考虑了整体内容的概括陈述，也突出了著名建筑的专题呈现；既总结了五千年文明史中山西建筑的历史价值，也点出了山西古建的未来启迪之处与发展之路，独具匠心、颇见功力。

对于读者而言，本书最大的价值，还在于其以居所、祠堂、长城、关隘、楼阁、佛寺、石窟、古塔、庙宇九大门类为基础，将各个重点遗存各归其列、分别陈述的深度导游作用。在这样的整体构架中，山西的那些令人耳熟能详以及虽非家喻户晓但品质高迈的单体建筑或者遗迹，如大同云冈石窟、应县木塔、悬空寺、雁门关、太原双塔、天龙山石窟、鹳雀楼、万荣秋风楼等数十个著名景点，在书中都有活灵活现、翔实生动的呈现。乔先生本来就是散文大家出身，以散文创作的功底写古代建筑，不仅能尽其详，也能发其意，出其神。如此，即便不能亲临观摩，游客亦能一书在手，揽人间精华，发思古幽情。这当然是"别有一番滋味在心头"的功效了。

旅游发展，根在文化建设。天下第一的山西木构古建，当有第一流的文化创作、文化命意和文化开掘作引路先锋。有了山西人民出版社包括《立体史记》在内的这一套丛书，我们或许还能期待更多。

91. 拒绝宏大叙事

读《历史活着》

书　　名　历史活着
作　　者　李天纲
出版机构　上海书店出版社
出版时间　2011 年 5 月

　　好的概念犹如灯塔，正当你在迷雾中摸索航向，感觉到陆地的方向却不敢确认时，它能迅速地带来清晰感和位置感，让你知道身在何处和去向哪里。1979 年，法国思想家让－弗朗索瓦·利奥塔在《后现代状况：关于知识的报告》中提出的"宏大叙事"这样一个迅速引起共鸣的历史哲学概念，立即如同灯塔般照亮了思想界。这是我们所能触及的思想灯塔中十分著名的一座，有了这个概念，我们曾经熟悉的历史就有了另外的样貌。

　　从此以后，历史突然就分野了。一种我们熟悉的历史，可以称为"宏大叙事的历史"，而另一种我们不那么熟悉的历史，可以称为拒斥宏大叙事的历史。两种历史观形成了很多冲突，但直到今天，似乎都仍然还能顽强地"活着"。而李天纲教授这本以民国史为主要叙述对象的文集，名为"历史活着"，在我看来，他是在拒斥宏大叙事的基础上才作出这个断言的。仿佛是说，只有在"宏大叙事"之外，历史才"活着"。

这本书收集了李天纲教授一段时间以来在报章上发表的一系列书评和专栏文章，在结集之前，大约也经历了一些润色和修改。尽管内容并未限定于某一段历史，但其中涉及中国近现代历史的篇章居多。当然，当我全部看完这本书的时候，才慢慢明白，书中入选篇章的总的主题可能更倾向于现代性。无论是议论中国近现代史的那些文章，还是对古希腊、古罗马乃至基督教文化的深入探讨，其着力点全在现代性这一我们既熟悉又陌生的领域。而我们前面谈到对"宏大叙事"历史观的拒斥和反叛，其实也是现代性史学中的一个基本论域，凡是那些秉持"宏大叙事"风格的史著多半都是现代性质疑甚至批判的对象，而在现代性观念指导下的史著乃至文学艺术，无一不是反对"宏大叙事"的。

一部中国近代史，尽管从不同视角可以有不同解读，但现代性观念的伸张与曲折，必然是其中不可或缺的重大主题。直到今天，传统与现代的二元对立，也仍然困扰着无数生活方式已经现代化了的城市青年。作者是研究中国近现代史的学者，在书中的相应文章中，对史实掌故信手拈来，如数家珍，文章写得深入浅出，引人入胜。其中对历史的若干隐秘之处，也没有像寻常可见的大而化之，或者"王顾左右而言他"。当然，能够清晰辨别的是，作者在有意识地回避那些已经成为标准叙事文本的"宏大叙事"篇章，而代之以对历史细节的敏感体悟和具体情景的深切思索。这种努力，使得这本小书的文章大多具有一种发乎理性而又驰骋其上的感性力量。如同欣赏音乐一样，这本书不是那些波澜壮阔的交响乐，而是一曲曲委婉动人的小夜曲，我们彷徨其中，仿佛若有所思，又什么都说不出来。

现在，这本书似乎已经成了一本冷门书，但其孤芳自赏之处，只可意会，不可言传，唯有识者得之。

92. 神方客谜留

读《100 谜题：对新奇问题的新鲜回答》

书　　名	100 谜题：对新奇问题的新鲜回答
作　　者	美国《大众科学》
译　　者	王英男
出版机构	新星出版社
出版时间	2017 年 3 月

晚唐诗人黄滔曾有一首叫作《寄少常卢同年》的五律，全文是：

> 官拜少常休，青绸换鹿裘。
> 狂歌离乐府，醉梦到瀛洲。
> 古器岩耕得，神方客谜留。
> 清溪莫沈钓，王者或畋游。

其中颈联第二句"神方客谜留"是规劝少常卢同年，没事当约几个好友，大家一起猜猜那些来自"神方"的谜语。一般的解释，"神方"为"中药神秘配方"，在我看来，此诗中的"神方"，或许有"神秘远方"的意思，也许就是唐人心目中那些偶有传闻却不甚了解的方外之地。如果这个理解不差，那么以这句诗作为我对名曰"谜题"的书的评介的标题，多少还有些可通之处吧。

我说的这本书，是美国《大众科学》杂志社前些年编著的一本科普读物，叫作《100谜题：对新奇问题的新鲜回答》。我本来不怎么看科普书，但某一天我在书房看书，感觉有些困了，就站起身在书架上乱翻，正巧拿起了这本书，翻开的一页，里边提了一个问题：我们为什么会打哈欠？立刻引起了正在哈欠连天的我的兴趣，遂拿回书桌旁看——居然连哈欠也不打了。后来，看到这本书的每一篇文章都不长，干脆就把它安置到了卫生间，每天早上上厕所的时候看一篇或者两篇，100多页的篇幅，整整100个问题，过了一段时间就看完了。虽然多一半问题过后又忘了答案，但我绝不后悔看了这本书——那些忘了的，如果在别处遇到类似的问题，记忆是能够唤醒的。

对世界保持好奇心，一直是人类区别于动物的主要特征。但究及旧时代，我们老祖宗的好奇心，都用来猜谜语了，对自然界种种不可解释亦无法理喻的问题，好奇心不强。春秋时期，墨家阴阳家乃至名家，对世界是有些好奇心的，特点是不停地追问——可惜他们都衰落了。而以老子为代表的道家，看上去有些自然主义，但一个大而化之的道，把一切追问都堵死了。而孔子更不愿在这种形而下的问题上下功夫，樊迟问他些菜园子里和农田里的事，老夫子满脸不高兴，把他打发走了。说子贡像瑚琏，虽然有点开玩笑的意思，但在"君子不器"的大旗下，恐怕也有些贬义。后来"独尊儒术"，中国人就没有了在自然界里像王阳明格竹子那样的追问精神，好奇心全献给了精神文明。后来没赶上工业革命的列车，一半怪精神文化的畸形，一半怪自然主义的缺乏。

而事实上，对外部世界提出问题并寻求答案，这个过程本身就是魅力无穷的——一旦形成科学理论，那就显得十分壮美和崇高。如今，我们提到科学，但细察周围，国人的科学素养不能说高，在许多生活常识领域内，科学或者被排斥，或者被伪装，或者被阉割，已经变得面目全非，成了科学算命、科学选墓地或者类似李森科的遗传学那样的伪科学。在纷繁复杂的世态万象之中，寻找一个符合真正科学精神和科学知识的答案，虽非很难，但由于人戴着迷信、盲从和伪科学的有色眼镜，往往与真正的科学擦肩而过。

在这样的情形之下，这本由美国《大众科学》杂志编著的科普著作，就有非常重要的现实意义。作者选取了物质、宇宙、人体、地球、生命、历史六大类别的100个接近或者曾经接近边界的问题，展示了有关问题的最新科学研究成果。本书作者既在每一个问题的回答中提供了共识，但也客观地指出了人类研究的攻坚之处——许多问题尚不能全部解释，科学家们仍然在黑暗中摸索。关于这类问题，我们与其说知道哪些答案是对的，毋宁说能知道哪些答案是错的。虽然本书的书名有"新鲜回答"这样的描述，但实际上在真正的科学意义上，无所谓新鲜不新鲜，无论是稀奇新鲜还是脑洞大开的疑问，本书给出的都是科学家的严谨回答。有些问题，也许会暂时画上句号，就像"光既是波也是粒子"，双方都是争论中的胜利者；有些问题，仍然只能打上大大的问号，比如"不管理论看起来多么诱人,成功离我们似乎还有几光年远",或是"引力之谜仍然没有最后的答案"。

　　无论看起来是否"合理",无论读者是否甘心,这正是对这些谜题的"科学"解答。老子在谈天道的时候指出:"天地不仁,以万物为刍狗;圣人不仁,以百姓为刍狗。"这些科学答案,其实也具有"不仁"的特征。无所谓仁,无所谓不仁,一直就那样,看你怎么想。这是科学的"神方客谜留",没有最终标准答案,谜底只能接近,永远到达不了。

93. 帝国是文明的温床

读《西方帝国简史：欧洲人的文明之旅》

书　　名	西方帝国简史：欧洲人的文明之旅
作　　者	［英］安东尼·帕戈登（Anthony Pagden）
译　　者	徐鹏博
出版机构	安徽人民出版社
出版时间	2013年6月

这本书讲欧洲帝国的历史。说起帝国，东方要早于西方。中国的"夏帝国"产生于公元前21世纪，在此之前约300年，生活在两河流域苏美尔地区的阿卡德人就建立了萨尔贡帝国，这可能是人类历史上有史可查的第一个帝国。有人可能说中国的炎黄尧舜更早，但无论分析史籍乃至结合考古，炎黄尧舜都更像是部落联盟，最多算早期国家，帝国还谈不上。严格地讲，中国的夏朝和商朝，甚至也不能视为帝国或大一统国家。夏王和商王即便存在，统治的区域也很小，离后来地域庞大的帝国有很大差距。有的历史著作称"夏帝国""商帝国"，其实不够严谨，他们对广大周边地区，最多有些短暂联合，以及文化的影响，但并未实施有效统治。由此来看，中国历史上的第一个帝国是周王朝，周公东征之后，采取"封土建邦"的办法扩大疆域，实施了有效统治，"普天之下，莫非王土；率土之滨，莫非王臣"，就有帝国的

意思了。而西方的帝国，诚如这本书所写，最早就是亚历山大建立的马其顿帝国和奥古斯都建立的罗马帝国。马其顿帝国时间很短，后来一分为三，但帝国的要素是具备的。罗马帝国则是马其顿帝国的终结者，这个最后横跨欧亚非三个大陆的庞大帝国，其实一开始也只是亚平宁半岛波河流域的一个小王国，直到他们统一了亚平宁半岛，随即外出征战，开疆拓土，到了战胜地中海对岸的迦太基，就像个帝国了。这个时间大约距今2300年。这样看，西方的帝国不仅晚于西亚地区的萨尔贡，也晚于中国的西周王朝。

简单地看帝国的概念，除了疆域广大，最重要的特征就是一个民族对多个异族的统治。在今天看来，这种奴役是一种不文明的历史陈迹，但在一定历史条件下，这种以武力加诸其身而实现的"联合"，虽非弱小民族所愿，但在一定区域内形成了经济、文化和科技发展的更大温床，对文明发展的益处也是显而易见的。按照马克思主义的历史唯物主义观点，这种生产关系在一定时期内是有利于生产力的发展的。因而，全球各大文明区域，在不同历史阶段都不约而同地产生了帝国：在亚欧大陆，印度产生了贵霜帝国，中国产生了秦帝国和汉帝国，罗马王国从奥古斯都开始也变成了真正的帝国；在美洲，也陆续产生了玛雅、印加和阿兹特克等，疆域广大、生产力水平很高的庞大帝国。本书的作者把帝国的历史与文明进步的历史等量齐观，其实是一种史学的常识。这种文明，是以广大疆域的弱小民族被奴役和被剥夺为代价的。有的学者戏称"文明就是不文明"，颇有见地。

这本书的作者安东尼·帕戈登，是英国一个著名的历史学家。

他先后在智利的圣地亚哥、英国的伦敦、西班牙的巴塞罗那、英国的牛津等地接受教育，获得牛津大学博士学位后，先后担任过剑桥大学的知识史高级讲师、国王大学的研究员，以及哈佛大学的客座教授。在出版这本书的时候，是霍普金斯大学布莱克研究中心的历史教授，还担任《泰晤士报文学副刊》《新共和》《纽约时报》的特约撰稿人。和许多欧洲著名历史学家一样，在致力于历史学深入研究之余，安东尼·帕戈登也撰写旨在普及的历史学著作和文章，这本书就是他此方面努力的成果。

作为一名历史学家，安东尼·帕戈登的研究主要集中于欧洲帝国这个庞大而重要的课题，而且，重点是从大航海以来欧洲的葡萄牙、西班牙、荷兰、英国、法国等老牌资本主义强国与它们征服的海外殖民地乃至非欧洲世界的关系。在这类研究的过程中，他提出了一整套关于"帝国"的历史学范畴和政治学理论，试图解释欧洲大陆何以并且经历了怎样的历程，才在从16世纪四处扩张到20世纪殖民主义宣告破产的长达400多年时间里主宰这个世界。当然，他不仅谈到了这种"西方治理"在世界范围内的形成，也详尽地描述了它的衰落。全书的篇幅虽然不长，但主题的意义却相当重大。

和许多由欧洲人所撰写的此类著作一样，安东尼·帕戈登的《西方帝国简史：欧洲人的文明之旅》试图给我们传达一种"历史的必然性"。他从亚历山大大帝与罗马帝国的时代讲起，直至欧洲殖民体系在两次大战以后的崩解。十分明确的是，安东尼·帕戈登把这一历史进程描绘成一种有着因果关系和基因承继的线性时间轴，试图建立起从罗马帝国一直到近世欧洲殖民帝国的某种相似性与必然性的联系。其实，只要深入研究历史就可以知道，安东尼·帕戈登试图建立的这一欧洲文明亘古而今的所谓"谱系"，其中诸多历史阶段彼此相关不假，但要说其中蕴含着如自然演化般线索清晰的逻辑链条，那恐怕是他的一厢情愿。从蛮族入侵之后，西欧就走上了一条全新的道路，如果说有链条存在，那么东西罗马谁才是欧洲的正朔？1453年拜占庭的陷落，当然不是链条所能覆盖的历史变异，而由此导致的"文明回流"更是偶然多于必然。至于工业革命发生在欧洲，尽管无数"欧洲中心主义"者解读出无数言之凿凿的必然性，但从逻辑上看，多数无非是倒果为因的历史决定论的变种。在历史的长河中寻找统一路径的普遍规律，即便委婉其词，也注定会漏洞百出。

当然，如果我们把安东尼·帕戈登的这部著作作为陈述历史事实的载记之作，这本书的价值仍然不可小觑。它不仅详简得当，而且译笔优美。在同类著作中，实在是不可多得的好书。如果你有了解欧洲历史的雄心壮志，又没有太多时间可供支配，这本书是不错的选择。它虽然旧了点，但并不过时。

94. 那些不太忧伤的"头脑和心灵"

读《十三邀》

书　　名　十三邀
作　　者　许知远
出版机构　广西师范大学出版社
出版时间　2020年12月

很久之前就知道许知远，自然是因为他那本颇有些影响力的《那些忧伤的年轻人》。前不久，策划一部电视专题片，认识了一位颇具才华与思想的知识女性，别人介绍她，不说她的才华乃至成果，而说她是"许知远的大学同学"，从中也能看出许知远的影响力。在这一代作家群体里，许知远是一个颇为另类的写作者。他被誉为中国为数不多真正的公共知识分子，充满理想、情怀和责任感，总是在隐隐约约地批判社会，致力要成为像苏珊·桑塔格、李普曼、汉娜·阿伦特乃至安·兰德那样的社会批判者和青年偶像。

除了《那些忧伤的年轻人》，许知远还写过一些其他作品，如《中国纪事》《我要成为世界的一部分》《转折年代》《纳斯达克的一代》《昨日与明日》《思想的历险》《新闻业的怀乡病》《这一代人的中国意识》等。这里边，除了《中国纪事》，其他我都没有读过，书名是在百度查到的。当然，我还看过他的一些专栏文章。总的来看，他的写作基本上都属于非虚构写作，以颇具现代感的叙事和抒情见长，从个体出发进行观察、体验和叙述，不依附或服从于任何写作以外的因素，注重真实的历史背景、人物性格和生活体验，而且基本都是草根的视角。

当然，在一些人看来，类似许知远这样的人张口闭口都是来自西方的晦涩的人名、书名、词语、概念，说话也云山雾罩高深莫测，因而令人质疑甚至反感。他们名之为所谓"砖家""叫兽"，一度，甚至"公知"本身，都成了相当程度上的妖魔。

但即便如此，许知远也没有像有些"公知"那样，主动或者被动地消失在公众的视野——我一直很好奇，那些似乎只会卖文为生的人，当不再卖文的时候，他们如何生计？不过，许知远显然不存在这样的问题，在我看来，他很巧妙地选择了"第三条道路"，那就是和资本合作，以一种更为平实（甚至中庸）的方式去揭示和呈现对现实世界和理想世界的理解——这大概就是"十三邀"这个名字的由来。

"十三邀"这个名字很有趣，甚至多少有些诡异。字面的意思，自然是每年邀请十三个名人，围绕他的事业、理想和人生，进行一种看上去相当深刻，实则也多有程式化内涵的访谈。"十三邀"就是"邀请十三个"的略说。至于为何是十三之数，大概正是要让读者展开联想的地方。

而"十三邀"之本身，也让人联想起"十三幺"这样一个麻将和牌术语。这个术语的基本意思是，用13张两两不相联系的牌构成和牌，其中七张必然是东西南北中发白，另外六张则非幺即九——从理念上看，这是一种麻将游戏的逆向思维，本来赢牌的思路是把牌尽量凑成相互联系的"搭子"，而这种和牌方法是必须谁也不挨着谁——也即"十三不靠"。这种和牌在日本麻将中有一个响亮的名称，叫作"国士无双"。我猜想，许知远以这样的"谐音梗"来命名，或许是因为"十三幺"里遍含东南西北中而彰其海纳百川，或者因为牌与牌互不联系而彰其独立风格，抑或因为日本"国士无双"的称谓而彰其嘉宾阵容可观？许知远没有说，也许就是个谐音梗也未可知。

我没有看电视中这个节目的任何一集，但从头至尾把由这个节目整理而成四册一函的《十三邀》全看完了。虽然不如电视上的声情并茂，但阅读本身开阔的想象空间弥补了这个缺憾。差不多半个月的时间里，我随着许知远的行迹，与52位各行各业的成功人士和行业翘楚促膝而谈，听他们在这个世界最前沿的生活状态和内心感受，听他们关于与他们相关的一切社会人文的意见和设想，听他们抒情、怀念、怅惘或者解释，听他们对世界的爱和忧虑。

这些娓娓道来的文字带给人的是今日世界、今日中国足够丰富而且也能深刻开掘的样貌，乃至构造和纹理。比起不能出现在追光灯下的芸芸众生，这些嘉宾大多从事创造性的工作，无论是电影导演还是文学作家，抑或是总是试图制造出这个世界过去没有的东西，还是如"二次元"或者罗振宇这样的"另类"。他们都存身于今日社会最为喧嚣、斑斓和不可名状的名利场中。他们不仅在调动自己全部的感悟能力去调适自己与社会、与他人的关系和位置，也在市场竞争、文化竞争的竞技场上竭尽全力地拼命搏杀。只有最遥远的观察者才会认为这些人是在远离世界的海滨豪宅里喝着咖啡、眺望大海的成功人士；相反，他们正是那些被世界逼迫得不能喘息的单行者，义无反顾，奔赴无碍。这并非巧合，而是许知远刻意为之的选择。套用今日反腐时常用的一个词，他挑出了一些能够代表这个时代的"重要少数"，然后将我们对今天光怪陆离的世界的一大堆疑问抛给他们，请他们用自己的理解做出回答。这样的回答，有时是一段记忆，有时是一个故事，有时是一个感悟而成的箴言，有时，更是一个袅袅远去的背影。内容很丰富，甚至有些迷离。

当然，与以往许知远那些充满了小镇知识青年式愤怒与反抗的文字相比，这一个提问者许知远优雅得有点陌生，乱蓬蓬的头发虽然还在，但优雅的服饰，现代而高档的访问场所，乃至充满艺术感的发问方式，都更体现了"制造商品"而非"直面问题"的商业特征，与过去那种苦得痛切的味觉相比，这是一杯杯加了糖和奶的咖啡，呈现出楚楚动人的装饰美。

95. 何来广厦千万间

读《建筑的历史》

书　　名　建筑的历史
作　　者　［德］苏珊娜·帕尔奇（Susanna Partsch）
译　　者　吕　娜
出版机构　学林出版社
出版时间　2009年12月

1968年，英国学者丹尼尔在《最初的文明》一书中提出了影响极大的"文明三要素"，他本来指的是"文字、城市、复杂的礼仪建筑"。后来，中国著名考古学家夏鼐发展了这个理论，他提出的三要素是"文字、城市、金属冶炼技术"。尽管夏鼐先生修正的部分恰好是去掉了"礼仪建筑"，但其实无论是丹尼尔版，还是夏鼐版的"三要素"，建筑都是不可或缺的基本要素。你看，复杂的礼仪建筑自不待言，城市当然也是由建筑物组成的，而无论是文字还是金属冶炼技术，都必然是发生在复杂构筑物内的文明形态——开个玩笑，露天冶铜和写字，都有下了雨怎么办的问题。所以，文明的历史就是文明进入建筑的历史，甚至可以说文明就是人类开始建设高大建筑的历史。无论是红山文化高大的祭坛，还是尼罗河畔巍然屹立的金字塔，建筑总是文明最基本也是最重要的表征。我们今天衡量一个城市的档次，也还是看其标志性建筑，从天安门到凯旋门，从东方明珠到悉尼歌剧院，莫不如是。

德国著名学者苏珊娜·帕尔奇出版于20多年前的《建筑的历史》正是书写人类建筑历史的上佳之作。与此类著作更多地介绍那些流传至今的建筑物本身不同，这本书着重介绍的是人类构筑方式与风格的发展与流变。它从早期人类修建的简陋茅棚说起，着力介绍了人类建筑工艺的变迁与进步，在这样的基础上，又描绘了形形色色的建筑物由最初素朴的造型演变为今天巴黎、柏林和佛罗伦萨那样，传统建筑风格与现代艺术气息交相辉映的大型都市的变迁历程。许多此方面的著作谈到建筑，实际上叙述的是"一个个建筑"，而苏珊娜·帕尔奇的这部著作着眼于"复数"的建筑，也即各个时代建筑风格的演进，以及人类的建筑生产方式的变迁。它展示了人类几千年的建筑发展历史及世界各地风格迥异的建筑样式，勾勒的是一幅建筑历史发展的全程图景。

作为一本文质兼美，集建筑学、建筑历史学、考古学、社会学于一体的跨学科综合性读物，这本书既可以作为建筑类专业的入门读物，也为研究西方建筑发展史提供了大量极富参考价值的史实资料，不论对哪一类读者，都具有较高的认知价值与鉴赏价值。值得一提的是，《建筑的历史》本身也是一本很美的书。它装帧精致，设计感强，悠远而深沉的蓝底色封面，配以内文中简练的文字和大量的彩色照片与插图，如此赏心悦目，我几乎是一气呵成看完的。

这本书的问题是对东方建筑着墨不多，如果不是作者有一种欧洲中心主义的观念，那就是她可能对东方建筑不够熟悉。无论如何，一部冠名为"世界"的著作内容却很"欧洲"，是个不小的缺憾。

如果你有旅行的习惯，那就必然地该有一些关于建筑及其历史的知识。毕竟，绝大多数的人文旅行，其实就是看建筑的。那么，从这本书开始吧。

96. 致敬纳兰

读《纳兰词》

- 书　　名　纳兰词
- 作　　者　[清] 纳兰性德
- 评　　注　马大勇
- 出版机构　中华书局
- 出版时间　2015年1月

王国维称纳兰性德"以自然之眼观物，以自然之舌言情，此初入中原未染汉人风气，故能真切如此，北宋以来，一人而已。"王国维才高八斗，许纳兰性德"北宋以来，一人而已"八个字，可谓至高评价。徐志摩说他"信手的一阕词就波澜过你我的一个世界，可以催漫天的烟火盛开，可以催漫山的荼蘼谢尽"。如此浪漫的句子，只有徐志摩写得出。但徐氏自信诗才，未肯服人，能这样说，也说明纳兰真好。

我本不喜欢纳兰，年轻时心浮，读不得婉约，看过他的几首，心里不起波澜，所以以往几乎没读过他太多作品，对他的功名与生涯，也只了解些许。前年以来，开始学词，从五代温庭筠、韦庄起，古代的词作，约略都有些涉猎，自然也会再读到纳兰。因为年纪大了，心里有些沧桑，才知道他的分量。一年多来，他的词，林林总总，看了若干遍，心中的体会，逐次提升，现在快成了"纳兰粉"。

这样的日子（编注：本文写于2023年7月1日，是纳兰性德逝世338周年纪念日），不知道怎么纪念他。索性落个俗套，和他一首。古人以和作表达敬意，我也是这个意思。水平自然是差远了。

《木兰花令　人生若只如初见》：

人生若只如初见，何事秋风悲画扇。
等闲变却故人心，却道故人心易变。
骊山语罢清宵半，泪雨霖铃终不怨。
何如薄幸锦衣郎，比翼连枝当日愿。

我的和词：

孤身向月湖心见，对影仿佛曾画扇。
依依岸柳本无心，岂料贞姿终不变。
遥思故国飘零半，着意丹青多构怨。
劝君惜取旧时光，冷雨秋深非凤愿。

97. 清明时节诗纷纷

读《清明遇见诗歌·古今清明诗歌选》

书　　名　清明遇见诗歌·古今清明诗歌选
编　　者　中华诗词研究院
出版机构　中国书籍出版社
出版时间　2018 年 1 月

晨起后，随手翻《清明遇见诗歌·古今清明诗歌选》，忽然想起那首脍炙人口的清明诗来。

清　明

杜　牧

清明时节雨纷纷，路上行人欲断魂。

借问酒家何处有？牧童遥指杏花村。

在我看来，诗算不上好。所以流传，多半是它描绘的那一场淅淅沥沥的春雨，慰藉了在慎终追远中不免悲切的中国人的心灵。

有趣的是，自晚唐以降，这首清明诗多有文人恶搞，改成各种样貌，颇值得玩味。

最著名的当是将七言改作五言。理由颇充分，首句"清明时节",清明就是时节,所以"时节"多余。次句"路上行人","路上"明显多余,行人不在路上,还在家里不成? 三句"酒家何处有",本来就是问句,何必要"借问"? 最后一句改动的理由略为牵强,说"牧童遥指杏花村",其实人人皆可遥指,不必独劳牧童。如此,这首诗便改作:

> 清明雨纷纷,行人欲断魂。
> 酒家何处有? 人曰杏花村。

似乎明白畅直,诗意却没有了。可见若情感需要,废话也是好话。

还有将诗改作词的,曰:

> 清明时节雨,纷纷路上行人,欲断魂。借问酒家何处,有牧童遥指,杏花村。

最绝的,是将诗改作了剧本:

> 场景:清明时节。雨纷纷。路上。
> 行人(欲断魂):借问酒家何处有?
> 牧童(遥指):杏花村。

虽然是戏说,于悲悲戚戚的清明,添些亮色,也是好处。

98. 万物生光辉

读《大英博物馆世界简史》

- 书　　名　大英博物馆世界简史
- 作　　者　[英]尼尔·麦格雷戈（Neil MacGregor）
- 译　　者　余燕
- 出版机构　新星出版社
- 出版时间　2017年11月

关于物质文明的历史，我前一段曾经推荐过几本书，比如马克·米奥多尼克《迷人的材料》，孙机先生《中国古代物质文化》，以及《艺术中的灰姑娘》等。但如果从以物质文明来印证历史沧桑巨变与文明演进历程的角度，没有比这套三卷本的《大英博物馆世界简史》更具代表性的了。

这本书的策划方式并非独创，而是沿袭了电视媒体成为社会主流传播方式以后常见的一种艺术生产方式，即由专业文化艺术机构和媒体联手，将专业机构的第一流文艺内容，打造成优秀电视艺术作品，通过电视画面传遍千家万户。在新媒体出现之前，这就是全部传播方式中的"喜马拉雅山"。而这一段时间，全球处于"珠穆朗玛峰"的作品，就是英国国家广播公司（BBC）打造的无数部高水平电视纪录片。前一段，我曾推荐过同是BBC打造的世界艺术三部曲《文明》《艺术的力量》《新艺术的震撼》。无论是电视艺术片还是据此出版的图书，都精致得令人叹为观止。

这本《大英博物馆世界简史》是BBC此类风格作品的又一优秀范例。它由大英博物馆馆长尼尔·麦格雷戈领衔，动员了100多名馆员、400多名专家，从大英博物馆800万件馆藏中精选了100件最具代表性的物品，花了长达四年的时间精心编撰，以之来展现人类长达百万年以上的历史长河中的文化印迹和历程。每一件文物都制作了一期，100件文物便有100集电视节目，最终汇集为《大英博物馆世界简史》一套三本。由于过于浩大的工作量以及各方面协调显而易见的难度，这项工作曾被称为"不可能完成的任务"。不过，和他们所表现的许多伟大艺术品也曾是"不可能完成的任务"一样，它最终呈现在了全世界的电视观众乃至读者面前，成了一个奇迹般的存在。

我们还是说它最终整理成的书籍吧。这套三卷本的图书，主旨就是通过文物来讲述历史，意在通过人类物质文明的演化史看人类发展的进程乃至其未来走向。书中展示的"100件最具代表性的藏品"，是经过尼尔·麦格雷戈馆长带领的一众专家反复讨论选定的，包括我们十分熟悉的石器时代工具、埃及木乃伊、婆罗浮屠佛陀头像、中国青花瓷、俄罗斯革命瓷盘，以及可能不那么熟悉的玛雅玉米神像、莫尔德黄金披肩、拉吉浮雕、阿拉伯铜手等。有趣的是，专家们并未厚古薄今，入选的文物，居然还包括现代社会的信用卡、中国的太阳能灯具与充电器等，惊诧之余，才能恍然大悟般地明白这正是出于呈现历史真实面貌的需要。使一物成为文物的,不是其自身的稀缺性,而是它曾代表着某一种历史传统、意识形态或者生活方式——这正是信用卡、充电器能入选的理由。在这里,每一件入选的文物其实就成了100个支撑起人类历史大厦的"巨鳌之足"。当专家们结合文物产生的历史背景和时代风格,对藏品进行全方位、多角度的介绍,并努力还原隐藏其后的不为人知的历史真相时,曾经漫漶不清的过往历史就渐次清晰起来,成为我们心灵之中历史想象的实物印证,从而在一定程度上甚至很大程度上还原了我们曾经对历史的推演,拨开了迷雾,提供了情景,甚至还原了不止一件物品的现场。这是该书一大特色,也是它最大的价值之所在。

由尼尔·麦格雷戈牵头的专家们并没有简单地逐次排列文物,而是相当精密地将每五件文物确定在一个主题之内,这样,100件文物就按照"人之所以为人""冰河时代后的食与性""最早的城市与国家""文学与科学的开端""旧世界新势力""孔夫子时代的世界""帝国缔造者""古代享乐现代香料""信仰的兴起""丝绸之路及其延伸""宫墙之内:宫廷的秘密""朝圣者入侵者和商人""地位的象征""与神相见""现代世界的入口""第一次经济全球化""宽容与褊狭""探索剥削与启蒙运动""批量生产大众宣传""我们制造的世界"等20个主题依次展开。显然每个主题都有五件文物。在我看来,也许有的主题该多些,有的主题有一件就够了,但这只是我的看法,这样等分其实更有道理。

值得一提的是,这本书介绍的100件藏品中,有十件是来自中国的藏品,分别是中国西周康侯簋、中国铜钟、汉代的漆杯、女史箴图、传丝公主画版、唐代墓葬俑、元代的大卫对瓶、明代的纸币、清代的玉璧以及现代的太阳能灯具。而且，前面提到过的"现代太阳能灯具"是第 100 件入选藏品。能够在人类历史的长河中占据十分之一的比例，中国人还是值得骄傲一下的。虽然我觉得应该更多些，而且入选的藏品也可以讨论，但毕竟这是一家之藏，不可能包罗万象。

这本书出版的时候，《华尔街日报》曾评论说："本书是以收藏全球文物为宗旨的博物馆在当今世界上何以仍能保有重要地位的明证。本书让人欲罢不能，充满了深厚的人文关怀，文明社会中的每个成员都应该阅读。"或许，这句话也可以送给那些对物质文明历史有浓厚兴趣的读友。

99. 一份迟到的敬意

读《生活在树上：卡尔维诺传》

书　　名	生活在树上：卡尔维诺传
作　　者	[意]卢卡·巴拉内利、[意]埃内斯托·费里罗
译　　者	毕艳红
出版机构	译林出版社
出版时间	2023 年 10 月

2023 年是卡尔维诺 100 周年诞辰。整个 2023 年下半年，我一直想聊聊这位伟大的作家。但我纠结的一点是，我迟至快退休的年纪，才去纪念一位在我上大学时就已经故去的作家，是否有些太晚？当然，事实上是不可能再早的，因为不仅上大学的时候，而且在我 20 世纪的生涯里，我都压根不知道卡尔维诺，如同不知道博尔赫斯、马尔克斯乃至卡夫卡一样。我的文学欣赏对象似乎总是晚一个世纪，20 世纪阅读 19 世纪的作家，到了 21 世纪，才开始阅读 20 世纪的作家。

不过，我最终还是下决心要和我的读者聊聊卡尔维诺，是因为看了这本有趣的书——《生活在树上：卡尔维诺传》。显然，一本有趣的书才配得上卡尔维诺有趣的灵魂。

考虑到卡尔维诺在中国并不具有家喻户晓的知名度，所以介绍这本书之前还得先说说这个人——伊塔洛·卡尔维诺，意大利文学家,生于古巴,长于意大利,"二战"期间积极参加反法西斯斗争,做过媒体和出版工作,1947年出版首部小说,开始文学创作,此后余生,卡尔维诺的作品屡获好评。他曾经走访美国、隐居巴黎,晚年又住在罗马,对于欧洲、美洲的局势有着精到的分析,晚期与法国先锋文学团体"乌力波"交往密切,引领了文学的新风尚。说卡尔维诺是20世纪最伟大的作家,可能会有争议,但加个"之一"就没问题了。遗憾的是,卡尔维诺1985年获得诺奖提名,基本上可以说锁定了这个奖项。但不幸的是,他当年就因脑出血逝世,年仅62岁,被誉为"错失诺奖的神秘天才"。

写一部出色的卡尔维诺传记并不容易。这倒不是因为他的经历简单(他的经历并不简单)或者没有花边新闻(确实不多),而是他本人不认同写传记这件事。卡尔维诺在世时候,也曾有人试图为他写传,但他坚持说,一个作家的价值就在于作品,你想知道一个作家的真实,只能在他的作品里寻找。因而他拒绝向任何人提供传记资料。

这本《生活在树上:卡尔维诺传》之所以能写出来,是因为两位作家都是他的生前好友,他们可以凭着与卡尔维诺接触时了解到的情况来创作。但显然,他们对卡尔维诺的了解谈不上全面,就其一生的经历而言,很多我们关心的内容都告阙如,写出来的部分,有些叙述缺少细节。如果把一生经历的完整性和翔实性作为衡量标准,这本书难言合格,更遑论优秀。

但在我看来,这本书又堪称一部优秀的卡尔维诺传记。其原因正是两位作者找到的最为正确的卡尔维诺打开方式,恰恰就是卡尔维诺希望的那样，围绕着他的作品去研究那些背后的东西——经历、思想和情感变化的印迹。或者说，是探寻到底什么样的背景——思想的、行动的和环境的背景，使得卡尔维诺形成那些足够独特又不停变化的文学风格，从而引领读者进一步认识了解这位 20 世纪最重要的作家。

这本篇幅不算很大的传记分为五章："古巴与圣雷莫篇"追溯卡尔维诺的家族记忆、学生岁月与青年时光；"都灵篇"回忆在埃伊纳乌迪出版社的编辑岁月；"阅读城市篇"跟随在罗马、巴黎间游历的卡尔维诺的脚步，展现一个"国际化的卡尔维诺"，一个"旅行家、数学家、百科全书式的学者"；在"作家的工作篇"中，卡尔维诺向我们讲述为什么写作，写作和翻译的奥义；"茂丘西奥"则是卡尔维诺最想成为的人，彰显了他写作与生活的理想。在这些篇章中，两位作家并没有面面俱到地详细叙述卡尔维诺经历的全过程，而是努力从卡尔维诺人生的诸多特定情景中走进作家的思想深处，倾听卡尔维诺谈"为什么写作"，了解其作品特定的思想背景、特殊笔调的来历，以及卡尔维诺何以不停地变换文学的风格。

这本书的题目"生活在树上"也正巧妙地揭示了传记作者的这一追求。在卡尔维诺的成名之作《树上的男爵》中，卡尔维诺正是以"攀爬在一棵树上的少年"这样特殊的文学符号表达了他的志趣与理想。在《树上的男爵》的后记里，卡尔维诺说：

> 这一次也是我的头脑里先有一个形象多时：一个攀爬在

一棵树上的少年；他爬，会发生什么事情？他爬，走进另一个世界？不对：他爬，遇见奇妙的人物；对了：他爬，每天从一棵树到另一棵树地漫游，甚至不再回到树下，拒绝下地，在树上度过一生。我应当为此编造一个从人际关系、社会、政治等中脱逃的故事吗？不是，那样就太肤浅和无聊：我让这个不愿像别人一样在地上行走的人物不变成一个厌世者，而变成一个不断为众人谋利益的男子汉，投身于那个时代的运动，愿意全面参与积极生活：从技术进步到地方治理和精致生活。只有这样写，我才有兴趣动笔。但是他始终认为，为了与他人真正在一起，唯一的出路是与他人相疏离，他在生命的每时每刻都顽固地为自己和为他人坚持那种不方便的特立独行和离群索居。这就是他作为诗人、探险者、革命者的志趣。

看得出，卡尔维诺并不追求那种行走远方、永远在出发的自由，他"生活在树上"，是另一种自由，回归自然，与大地保持联系。他并不离开这个世界，也不是顽强地"固守精神家园"，而是制造疏离感，从而换一个不同的角度观察世界。唯有如此，我们才能更深刻地阅读他的作品，走入他的内心，去了解卡尔维诺如何"成为卡尔维诺"的故事。正是从这个意义上，这本传记成了一本弥足珍贵的卡尔维诺心灵史。

更加令人心动的是，这本书不仅内涵深刻，装帧水平也精美到无以复加。书中选择了300余幅图片，几乎涵盖卡尔维诺人生全过程：包括少年时期与父母、弟弟、外祖父母的家族合影；出生地古巴圣地亚哥·德·拉斯维加斯、旅居城市意大利圣雷莫和罗马、法国巴黎的街景；代表作《树上的男爵》的作品手稿、《通向蜘蛛巢的小径》的图书卡草图、《马可瓦尔多》的提纲手稿；卡尔维诺诙谐的自画像、亲手绘制的父亲打猎图、利古里亚农民像，发表在杂志上的数幅漫画图；卡尔维诺与博尔赫斯、帕索里尼、卡塞斯、蒙塔莱、雨果·克劳斯等作家友人的珍贵合影，等等。这些图片和文本相得益彰，展现了卡尔维诺有趣而丰富的人生，显示出了一种非凡的力量。

这本书的封面是一张卡尔维诺的侧身照。他站在一幢建筑物的顶端，手扶矮墙向下张望，眼里满是兴味盎然的笑意。在城市里，每一幢建筑都像一棵树，因而，这或许正是"生活在树上"的视角。他看到了什么？1985年夏天，卡尔维诺在美国突发脑梗，送到医院接受手术，主刀医生表示，自己未曾见过任何大脑构造像卡尔维诺的那般复杂精致。也许，这就是卡尔维诺能够写出那些与众不同的作品的原因。传记的作者用封面的图像传达了和文字同样深刻的意味，我们虽然没有完全看懂，但明白一点，卡尔维诺是微笑着看世界的，这样看到的世界，和那些愁眉苦脸的人会有根本的不同。

100. 山西不只好风光

读《大地上的山西》

书　　名　大地上的山西
作　　者　姜剑波
出版机构　三晋出版社
出版时间　2023 年 9 月

这本超大超厚超美的书，你只要看见了，就很难再忽略。我是在一次活动中获得作者的签名赠书的，回家后就决定要放下正在看的其他书，先读这本名曰《大地上的山西》的精美著作。此后，阅读这本超过 700 页的巨著花了我整整一周的全部空闲时间，最终，在 2023 年的最后一天，我看完了它。这是一段美好的时光，所谓赏心悦目，正可用来形容阅读这本大书的从始到终。

顾名思义，这本书是介绍山西的。封面里，一幅凹凸不平、纤毫毕现的山西地形图映入眼帘，预示着即将开始的阅读将是一次大饱眼福的视觉之旅。翻到目录，作者十分精巧而又独具匠心地将整部作品分为四个时代，分别以内容翔实而又才情飞扬的涓涓文字和色彩绚烂、视野雄阔的逼真图片充实其中，构成这部被称为"山西首部典藏级人文地理著作"的宏大作品。以往，我只在中信出版社出版、星球研究所编著的《这里是中国》及其续集中，看到过亦以如此样貌呈现出来的图书，那时就以为，从图书的精美程度看，《这里是中国》已经是出版界的天花板了。不承想，一部介绍大美山西的类似图书，从装帧水准和创作水平上，都突破了天花板，达到了新的境界。

《大地上的山西》展现了一种相当智慧的结构方式，它既不是由古及今的线性叙述，也不是由南到北（或者相反）的逐次介绍，而是在山西这块土地的历史长河中，从纷繁复杂的文化符号中，选取了山西自然地理的缘起、山西作为古国的缘起、山西作为民族熔炉的缘起以及近代山西特殊生产生活方式的缘起四个特殊形态，分别命名为冰川时代、洪水时代、长城时代和茶路时代，让冰川、洪水、长城和茶路，作为具有典型意义的自然与人文符号，把山西各地的独特地域风貌和人文特色分别揳入四个文化符号牵引的篇章之中，从而既区分了自然、传统和历史的主题与重点，又兼顾了区域、时代和变革的特色与风格。因为这样的特殊结构方式，作者兼顾地理与历史，趋同与求异，宏观与微观，演化与突变，系统与个案，以无比宏大的气概勾勒出一个维度立体而丰满的文化山西。本书的推荐语说："（它）从15万平方公里大地理的横向角度展开，用灵动细腻的文字、地理摄影、精准简明的地图勾勒出独特地理环境下，生长于山西的独特遗存、独特风情、独特的人文历史，呈现一个简明而深刻的山西。本书以广阔的地理视角、宏大的时间尺度、独特的文化视角，解读不一样的山西故事；以唯美的照片、专业的地图、情理兼备的文字，描绘最炫酷的表里山河，为山西亮出超高颜值又富有内涵的自我介绍，可以说是第一部山西全视野人文地理科普著作。"

这本《大地上的山西》由文化旅游学者姜剑波和秘境书房团队历时四年编著完成。姜剑波，1974年生，忻州市保德县人，山西秘境书房联合创始人、山西财经大学硕士生导师、北京绿维文旅集团乡土休闲分院院长、国家高级导游员。已出版《太行：天下脊》《带你大朝台》《表里山河三部曲》《五福忻州导游词精编》（主撰）等著作，主持规划忻州古城、张壁古堡、芦芽山、老牛湾、呼伦贝尔农垦集团、安康瀛湖等上百个文旅项目，一直致力于以山西为基点的中华人文地理深度探索和中国文旅产业的深度融合。一个一直奋战在山西文化旅游前沿阵地的实业家，居然能够花费四年时间，潜心于研究山西乃至中原和中国的历史、自然地理、人类学等领域如恒河沙数般体量的知识，最终完成这本长达720页，几乎90万字的巨型作品，实在是一件让人高度敬佩的壮举。

阅读这本书时难以名状的欣快之感，首先来自作者不凡的文字功力。在作者笔下，每一段山西的自然地理、人文传统和历史记忆，都不仅要以史学家的严谨笔锋清晰描述、客观记载，乃至平实传达，也必须用诗人的如火激情热切讴歌，浪漫抒发和诗意渲染。在每一页的文字之中，都能感受到这种"诗化"语言的特殊感染力，使得我们也曾千百次打量的这块土地，无形间焕发出如仰望哥特式教堂或者凝视浩渺星空般神性的光芒。

阅读这本书时难以名状的欣快之感还来自书中150位摄影师（机构）精心创作的361张影像，带给人直观山西大好河山的绝佳视觉体验。即便没有文字,这些精彩绝伦的图片也能深刻地感染读者,使我们欲罢不能地欣赏、沉醉和感悟。尤为难得的是,面对那些具有非凡体量的欣赏对象,作者巧妙地把尺幅巨大、如《清明上河图》乃至《千里江山图》般的插页折叠安放在书中,随着插页的打开,你就能飘逸飞升而进入历史的现场,以上帝般的视角去观照那些历史和人文的非凡遗存,获得比身临其境更逼真的现场感。

阅读这本书时难以名状的欣快之感,更在于纵览全书,作者综合史家所发,构建起一个关于山西自然地理和人文历史起源与沿革的宏大知识体系。"游山西就是读历史。"在这个体系中,山西独特的"表里山河"形胜固可以获得来自地理学乃至地质学的阐释和说明,而这种自然形胜对山西人文历史的塑造作用,也以一种清晰的脉络获得呈现。尽管我们不能完全赞成这种把漫漶不清的传说时代过于具象化、故事化和人物化的倾向,但作为一本以宣传文化旅游为主旨的著作,或许不能苛求更多。

从新闻报道中看到,山西省社会学学会副会长、山西省作协会员徐文胜表示,"《大地上的山西》是一本让世界重新认识山西的好书,以广阔的地理视角、宏大的时间尺度、独特的文化视角,解读不一样的山西故事",这是颇具代表性的评价。在我看来,我们应该把这本书作为礼物,送给一切愿意来山西做客的中外宾朋。通过这本书认识山西,了解山西,不仅体验独特,而且事半功倍。

跋

提笔，怯意涌出。

老赵之前出版的几本读书札记，我并没有认真阅读过。所以，小英姐让我为丙篇写跋的时候我胆怯得很，既怕文不达意，降低了整本书的文学质量，又怕自己这点浅薄的文字让各位读者贻笑大方。

我眼中的老赵和大家眼中的老赵应该略有不同。在大家眼中，老赵是一个博学、健谈、讲义气、风趣的人。在我眼里，准确地说在家里，他是一个不修边幅、粗枝大叶、生活能力几乎为零的人。我经常开玩笑说，我有三个孩子，老赵是我家的老大。可在我内心深处，也的确是想在老赵读书写书的生活中留下一点痕迹，权当是对自己的一次锻炼吧。

老赵是一个爱书如命的人，不是做出来给人看的那种，是真真实实的，书对于他和氧气一样同等重要。他每天必做的事情除了吃饭、睡觉、喝水，就剩下读书了。工作累了，看会儿书；睡觉前，看会儿书；现在有点空闲时间，看会儿书。甚至有详细的计划安排在什么时间前阅读完什么书，一旦今天的读书时间被别的事情耽误了，点灯熬油，也得把制定的阅读计划完成。挑灯夜读在他身上是家常便饭，我也不止一次因为他熬夜不休息而发脾气。在我看来经常熬夜这种行为极其伤身，我始终觉得身体是革命的本钱，作为伴侣希望他能从细小处保护身体。但不论我怎样说，都收效甚微。

这本《应邀而来：半日闲斋读书札记·丙篇》的出版是在老赵严格计划之中的。他有严格的写作规划，不仅会把当天要发公众号的文章提前准备出来，还会备上几篇以备不时之需。

书籍是老赵的氧气，书房是他的氧气瓶。他的书房我一般是不去的，因为太杂乱，看得我头晕。每次去打扫的时候，我并不做大的整理，只是清扫一下表面灰尘，扔掉垃圾。在我看来，老赵是一个对生活不讲究的人，吃喝用度随意且朴实。但独独对书不是，一本书的折角都能让他心疼不已，想尽各种办法使其恢复到原来的样子。在他的生命中独独有书能让他有无穷的话题，一旦开始，很难停下。

可惜的是，我的两个孩子和我都没有养成如赵老师一般读书的好习惯。在当前快餐化信息充斥的生活中，我和很多人一样更习惯从短视频中获取信息，无法静下心来抱着一本书慢慢阅读，深入思考，提取出有用的信息。虽然内心也知道，这个信息只会在脑海中存在片刻，一旦做完这件事情就会被我忘到脑后，但内心的浮躁终究还是让我把手里那本读过几页的书放在案边落灰。或许，在写完这篇文章后，我会有耐心翻完一本书……

说到我家的书多，这是谁都无法反驳的，多的程度大家可能无法想象。书架做到顶，书上摞着书。不仅多且杂，老赵读书从不限于某一种类，买书的理由更是五花八门：这本书装帧漂亮，这本书排版符合他的阅读习惯，旁边留白多方便他做批注；这本书的出版社是他喜欢的，所出必是精品；甚至同一本书的不同版本，都被他悉数收入囊中。像我们女人买包、买衣服，在男人眼里看起来没什么差别，但在我们眼里可都是各有特点的。

我们从小就知道读书是好事，无论是家里、学校、社会都向我们灌输这个观念。所谓"书中自有黄金屋，书中自有颜如玉"。但对于我这种读课本比读课外书多的人来说体会并不深刻，而对于赵老师这种爱书人来说，他能在书中构建起精神家园。

我记得有段时间，他在读佛教类的书，书里有个词他不明白，于是他把跟这个词有关的书全部买了回来。对于一般人，可能用手机查一查词义，上下文能读通就可以了，但在老赵那不行，这也是我家书越来越多的另一个原因。所以我特别欢迎友人来我家，有喜欢的书（只要不是老赵收藏的或者舍不得的）尽可拿走。

有时候你会发现老赵身上有种近乎于稚童的纯粹精神，似乎我也正是被这种精神所吸引。在和老赵相守的近20年间，看着他踏踏实实地工作、读书、写作、锻炼，近似机器般的严格执行自己制定的每日计划。虽心向往之，但始终战胜不了自己懒惰的本性，每日活得散漫且随性。在这里特别感谢老赵的包容和宽容，让我如此心安理得地生活。所以，老赵头儿，往后余生你负责让自己身体健康，我念叨你的时候，你要乖乖听话。我负责照顾好自己、你和孩子们，照顾好这个家。就这么相携到老吧！

李俊君